Denis Türmer

Parcours der Versuche

Autor

Seine größten Erfolge feierte der 1947 in Hamburg geborene Autor anlässlich der Geburten seiner Kinder und seines Abiturs auf der Abendschule. Nach Abbruch seines Jurastudiums war er alleinerziehender Vater, arbeitete in der Hamburger Verwaltung und veröffentlichte einige Kurzgeschichten in Literaturzeitschriften. Mittlerweile ist er Rentner und beabsichtigt, es noch lange zu bleiben.

Für Tina und meine Familie

Denis Türmer

Parcours der Versuche

Deutsche Erstausgabe 2013
Copyright 2013 by Denis Türmer
Herstellung und Verlag: BoD – Books on Demand, Norderstedt
Bibliografische Informationen der Deutschen Nationalbibliothek

ISBN 978-3-7322-8195-4

Es zeugte von seiner Sentimentalität, dass er sich angesichts des Tors, durch das er als Schüler vor bald fünfzig Jahren tagein, tagaus gegangen war und vor dem er jetzt erstmalig wieder stand, jene Zeit in seine Erinnerung zurückrief. Eine Schwere senkte sich dabei auf ihn, ließ ihn sich müde und alt fühlen.

„Na, mein klein Ulf, Mammi hat dich aber fein gemacht. Tolle Schuhe! Sind die neu, die Koreawaldbrandaustreter?" Da waren sie wieder die Stimmen und Gesichter von damals: Werner, John, Gitte, Wolfgang, Marianne, Kirsten und wie sie alle hießen, jung, gesund, ausgelassen, immer auf Spaß aus. Bald fünfzig Jahre war das her. Seine Klasse, damals. Was mochte aus ihnen geworden sein? Vielleicht lebten einige schon nicht mehr. Nun stand er hier, allein. Das vertraute Gefühl von Einsamkeit und Vergänglichkeit beschlich ihn, und die nicht neue Erkenntnis, dass das Leben eine Folge einzigartiger, unwiederbringlicher Augenblicke war, ließ ihn tief seufzen.

Und was war aus ihm geworden? Viel hatte er nicht vorzuweisen weder beruflich noch privat. Als Erfolg betrachtete er, das Alter von neunundfünfzig Jahren erreicht zu haben und bei vergleichsweise guter Gesundheit weiterhin unter den Lebenden zu weilen, sich durchgeschlagen zu haben durch das Gestrüpp der Welt, niemandem zur Last gefallen zu sein und nach Lage der Dinge auch weiterhin nicht zu fallen. Ansonsten war nicht viel Berühmtes von ihm zu vermelden: drei Ehen, drei Scheidungen, drei Kinder, Sachbearbeiter der Gehaltsklasse 5 b BAT bei der Ausländerbehörde, unkündbar durch Zeitablauf. Rentenansprüche! Inzwischen gehörte er bereits zum erlauchten Kreis der rentennahen Personen. Dieser neue Status erfüllte ihn mit Freude.

Von seinen anderen Aktivitäten, seiner Gedankenarbeit um den Zustand der Welt und seinen schriftlichen Bemühungen durch all die Jahre, wusste niemand etwas. Er hatte niemandem davon erzählt, denn viel anderes, als ein Kopfschmerz, der ihm immer Grenzen setzte, war dabei nicht herausgekommen. Warum ihn dieses Negativergebnis bis heute nicht von seiner Schreibarbeit hatte abbringen können, das wusste nur er.

Sinnend stand er vor dem farbbeschmierten Tor. Diese Schule hatte ihm einst die Tür zu einer neuen Entwicklung geöffnet. Nach neun Jahren Volksschule und einer Aufnahmeprüfung, die er zur Überraschung aller bestanden hatte, war er an diese Schule, eine Handelsschule, gekommen mit Lehrern, die ihn siezten (Ulf, übersetzen Sie bitte diesen Satz), die ansprechbar und freundlich waren. Nicht zu vergleichen mit den allmächtigen Respektpersonen zuvor, in deren Nähe sich alles in ihm zusammen gezogen hatte. An dieser Schule war vieles anders gewesen, allein der Weg dorthin per Bahn zusammen mit den Berufstätigen gab ihm ein ganz neues Gefühl.

Ein von niemand erwarteter Schub hatte etwas in ihm in Bewegung gesetzt. Zum Erstaunen aller und auch zu seinem eigenen hatte er zu lesen angefangen. Sein erstes Buch „Das vergessene Dorf" hatte ihn bis spät in die Nacht nicht losgelassen. Es folgten Tolstoi und Dostojewski.

Es hatte auch eine Mitschülerin, Gitte mit Namen, gegeben, von der alle schwärmten, auch er, zu der ihm aber trotz gewisser Signale, am Ende seine Schüchternheit den Weg verstellte. Nichtsdestotrotz schärfte sich in dieser Zeit sein Blick für das andere Geschlecht, genauer, sein Interesse dafür überstieg das zum Schulstoff um ein Vielfaches, praktisch vernachlässigte er seinetwegen alles andere. Für den erfolgreichen Abschluss dieser Schule reichte es noch, aber auf dem weiterführenden Wirtschaftsgymnasium war nach zwei Jahren für ihn Schluss gewesen. Er hatte sich durch sein problematisches Verhältnis zum anderen Geschlecht und eine ungesunde Lebensweise irgendwie selbst verloren und Jahre gebraucht, um sich wieder zu finden. Dass er einmal in unmittelbarer Nähe seiner Schule arbeiten würde, empfand er in diesem Augenblick wie eine Rückkehr nach einer langen Reise.

Er wandte sich dem gegenüberliegenden Rathaus zu, der Stätte seines künftigen, beruflichen Wirkens. Ein alter, renovierter, makellos weiß gestrichener Bau, einem Schloss ähnlich, dem seine klassische Architektur und nicht zuletzt eine vor dem Portal stehende, bronzene Reiterstatue auf einem über vier Meter hohen Sockel, wahrscheinlich aus der wilhelminischen Zeit, möglicherweise Kaiser Wilhelm selbst (er nahm sich vor, das noch zu eruieren) einen herrschaftlichen Ausdruck verlieh. Hinten war zu jeder Seite des Sockels eine wenig bekleidete, sitzende, männliche Figur postiert. An der Frontseite, in der Mitte, stand, die Blicke mehr auf sich ziehend als Kaiser Willhelm, eine dritte, ein martialischer Geselle mit emporgereckter Faust und einem Schwert in der anderen Hand, mit einem losen Tuch über den Lenden, das bei der geringsten Bewegung seines Körpers oder einem Luftzug den Blick fraglos auf sein edelstes Körperteil freigegeben hätte, das so jedoch, metallen, wie der ganze Bursche nun einmal war, der Vorstellungskraft des Betrachters überlassen blieb. Auf seinem Helm saß ein lurchenartiges, beflügeltes Tier. Und zu seinen Füßen, links und rechts, hockten zwei bekleidete, weibliche Wesen, die sich vor seinen Beinen, etwas unterhalb seiner Knie, die Hände reichten. Er fragte sich, welche Bedeutung diesem Zierrat zukam.

Im Gegensatz zu der zubetonierten, asphaltierten, von Bürotürmen besetzten Örtlichkeit seiner bisherigen Arbeitsstelle vor der Dezentralisierung der Ausländerbehörde, fühlte er sich hier wohl. Es machte ihn richtig glücklich, in diesen, seinem Wohnort am nächsten gelegenen Bezirk versetzt worden zu sein. Dieser Stadtteil war ihm vertraut, hier kannte er sich aus. Er war durchzogen von vielen kleinen und engen Straßen mit normal dimensionierten, vielfach älteren Häusern. Es gab Geschäfte, große und kleine, und dort, wo er bald arbeiten würde, auch Bäume, die schon zu seiner Schulzeit dort gestanden hatten. Aber das Wichtigste für ihn war die Nähe seines neuen Arbeitsplatzes zu seinem Wohnort. Er konnte die Strecke mit seinem Fahrrad fahren, elf Kilometer auf einem Wanderweg direkt an der Elbe entlang. Diese Aussicht war für ihn ein wirklicher Lichtblick in seinem beruflichen Alltag.

Es hatte aufgehört zu nieseln, der Wind fühlte sich dadurch noch wärmer an. Er öffnete seinen Anorak und ging denselben Weg, wie früher, zurück zum Bahnhof.

Da hatte sie ihn erwischt. Unvermittelt, mitten in der Zubereitung seiner Pommes Frites, ohne dass sie beabsichtigte, ihn nach möglichen Wünschen zu fragen (mit Ketchup oder Mayo?), von ihr aus gesehen grundlos, hatte sie sich zu ihm umgedreht und sah ihn kühl an. Da nutzte es auch nichts, dass er in Sekundenbruchteilen seinen Blick von ihrem Hinterteil wandte und mit der unbeteiligsten aller Mienen sein Portemonnaie aus der Hosentasche hervorkramte. Er hatte auf ihren Hintern gestarrt, und sie hatte es bemerkt. Es geschah nicht zum ersten Mal, dass jemand, den er wegen einer Besonderheit heimlich betrachtete, plötzlich seinem Blick begegnete. Offenbar fühlte sie sich aufgrund eines sensiblen Köperbewusstseins leicht beobachtet und hatte eine Empfindlichkeit gegenüber Blicken entwickelt, die ihr telepatische Fähigkeiten verlieh. Eben dieses Phänomen. Zu allem Überfluss wurde er auch noch rot. Sichtbare Gefühlsregung. Das erleichterte die Situation in keiner Weise.

Was starrte er auch mit seinen neunundfünfzig Jahren einer jungen Schnellimbissangestellten auf den Hintern? Zunächst, bei seiner Bestellung, hatte er ihr ins Gesicht gesehen, das auffallend ebenmäßig war mit Zügen, die ihrem Mienenspiel zusammen mit dem gewinnenden Ausdruck ihrer Augen Intelligenz und eine klassische Note vermittelten, so dass er dieses Gesicht einer Studentin, die hier einen Nebenjob machte, zugeschrieben hätte. Umso mehr setzte ihn ihr Hinterteil in Erstaunen, dessen er ansichtig wurde, als sie sich umwandte, um seine Bestellung zu erledigen, stand es doch in keinem Verhältnis zu ihrem Gesicht, dieses glich dem eines Engels, ihr Hinterteil jedoch einem Traktor.

Die uniforme Kleidung: braune Cap, braune Weste, darunter eine türkis/blau gestreifte Bluse und braune Hose, mit der die Angestellten dieser Schnellimbisskette, Männer wie Frauen, ausstaffiert waren, tat ein übriges, um sie nicht gerade vorteilhaft aussehen zu lassen. Zum einen zeugte die Zusammenstellung an sich nicht gerade von Geschmack, zum anderen schien sie meistens nicht zu passen, schlotterte oder schnürte an manchen Partien. In diesem Fall war es nur eine Frage der Zeit, wann der Stoff nicht mehr standhielt. Ein Rock oder auch eine Hose mit einem großzügigen, über die Hüften reichenden Oberteil hätte sicherlich bessere Dienste getan, jedenfalls wäre er dann nicht in diese peinliche Situation geraten. Er nahm seinen Burger und sah zu, dass er außer Sichtweite kam.

Er fand, Frauen waren komplizierte und anspruchsvolle Wesen. Seinen Erfahrungen zufolge verlangten sie ständig Aufmerksamkeit und Bestätigung. Unterschritten diese ein gewisses Maß, kam leicht Sand ins Getriebe der Beziehung. Sein Problem war, dass außer der Partnerin auch Andere und Anderes viel Raum in seinem Kopf einnahnnahmen. Er hatte Kinder und Freunde und ganz eigene Interessen und Anliegen, die seine Aufmerksamkeit beanspruchten, seine Gefühls- und Gedankenwelt splitteten und änderten. Nicht zuletzt aufgrund seines Alters und seiner Lebensumstände mangelte es ihm wohl an der einseitigen Ausrichtung seiner Gefühle, so wie früher, um diesen Ansprüchen zuverlässig gerecht zu werden. Er musste nicht mehr ständig Schmetterlinge im Bauch haben, aber den Frauen schien es wichtig zu sein, wollten umgarnt und erobert werden.

Nach seinem Eindruck schätzten Frauen im allgemeinen eher unkomplizierte Männer, die nicht zuviel Probleme hatten, vor allem nicht mit sich selbst, nicht zu grüblerisch waren und durch Zweifel wankelmütig, die vielmehr über ein gesundes Selbstbewusstsein verfügten, über Verstand und Witz, gern auch über ein gutes oder jedenfalls markantes Aussehen. Und besonders wichtig, sie mussten erklärlich sein, in dem Sinne, dass sie eine Linie hatten, durch die sie sich zuordnen ließen, sie neben ihrem Äußeren eben zu Max, Moritz, Phillip und Marcel machte, der Grund also, aus dem die Wahl auf sie gefallen war. Wenig zu melden hatten Männer, aus denen nicht schlau zu werden war, sie vermittelten keine Sicherheit, und das war exakt das, was Frauen nicht suchten.

Was ihn betraf, so konnte er sich nicht vorstellen, dass eine Frau sich damit abfinden würde, ihn nicht zu verstehen, oder ihn verstand und sich nicht an seinem widersprüchlichen Verhalten störte, wenn er etwas anderes tat, als er sagte oder dachte. Eine Unart, die er selbst verurteilte und die für manche Kompliziertheit verantwortlich war. Ein Zusammenleben, in dem er nicht auch für sich sein konnte, war für ihn jedenfalls nicht denkbar. Er musste sich, ohne ein schlechtes Gefühl zu haben, zurückziehen können in Räume, in denen er allein war mit sich und der Welt. Wenn diese Voraussetzung in Schieflage kam, wenn die Konturen seines Wollens und Nichtwollens aus Rücksichtnahme in einem Nebel zu verschwimmen begannen, wurde er nervös. Seine Gefühle zu Frauen und Liebe hatten sich geändert. Früher hatten sie ihn überwältigt, ihn beherrscht. - Frauen. Er seufzte tief. - Liebe! Was für ein Wort. Für alle Gelegenheiten, pauschal und abgegriffen, früher das Wort der Worte, Synonym für Sinn des Lebens, heute eine platte Worthülse, peinlich sein Gebrauch.

Er suchte noch oder besser, wieder, aber er war dabei ganz ruhig. Er war sich der Probleme, die eine Beziehung in der Regel mit sich brachte, im Gegensatz zu früher, sehr bewusst, Probleme die er nicht mehr wollte. Eigentlich ging es ihm, so wie es war, sehr gut, eigentlich wusste er nicht, was ihn wieder trieb.

Frauen, Beziehungen! Ein Buch mit sieben Siegeln war dieses Kapitel für ihn von Anbeginn gewesen. Es hatte so angefangen, dass ihm die Pubertät ein nicht gerade ausgeprägtes Selbstbewusstsein eingebracht, sein ohnehin zurückhaltendes Wesen eher verstärkt hatte. In bezug auf Mädchen und Frauen hatte es zur Folge, dass er sich im Umgang mit ihnen schwer tat, sich fragte, was an ihm Anziehendes sei. Er konnte nichts finden. Zudem war die Konkurrenz groß. Er fand sich langweilig und überhaupt nicht schlagfertig, wenn er verglich. Seinen idealistischen Gefühlen und Vorstellungen tat es indes keinen Abbruch, denn seinem gefühlten Anderssein zum Trotz, oder gerade deshalb, hielt er sich für etwas ganz Besonderes, zu dem es seiner festen Überzeugung nach irgendwo auf der Welt eine Entsprechung gab, die Eine. Möglicherweise überstiegen sie gerade deshalb das übliche Maß. Damals hatte ihn der Gedanke an SIE beherrscht, hatte er sich wieder und wieder das Leben mit IHR ausgemalt, dem noch gesichtslosen weiblichen Wesen, dem er irgendwann begegnen würde. Es waren keine sexuellen Gelüste bei diesen Gedanken und Träumen gewesen.

Die meldeten sich zwischendurch, dann und wann, lauerten ihm auf, Wegelagerern gleich. In der ersten Zeit seiner Kontakte zum anderen Geschlecht hatten ihn seine Gefühle immer bis an die Grenzen des mit dem Alltag Vereinbaren aufgewühlt. Aber seiner Erwählten zu nahe zu treten, ihr seine verborgene, ins Tierreich gehende Seite zu zeigen, die sich in sein Leben gedrängt hatte, die ihn mit sich entzweite und die zu verbergen ihm nichts wichtiger war, sich auszuziehen und ihr sein Geschlechtsteil zu zeigen, war eine Vorstellung, die sich ihm von vornherein verschloss. Dafür war „Sie" nicht da. Wenn es um Erotik ging, hatte er immer die Bilder der Magazine vor Augen gehabt, jener Frauen, die seine Fantasien, derer er sich schämte, die aber nötig waren, beflügelten. Kaum, dass es in jenen Jahren zu mehr, als zum Händchenhalten gekommen war. Es hatte schon einige Zeit gedauert, bis sich seine ursprüngliche Einstellung geändert, bis er gelernt hatte, dass nicht nur diese Frauen, sondern Frauen an sich, jedenfalls die meisten, nach einer gewissen Zeit verliebten Zusammenseins nichts dagegen hatten, wenn man ihnen zu nahe trat, ab einem bestimmten Punkt jede Zurückhaltung ablegte, bis er entdeckte, dass auch sie zu diesem Rausch fähig waren und ihn wollten, bis auch *SIE* seine Fantasie beflügelte, bis sein Frauenbild ein anderes geworden war. Trotzdem setzte sich dieses Problem später auf anderer Ebene fort, hielt ihn bis heute in einem Zwiespalt gefangen. Eben diese beiden Pole in ihm: das Liebevoll-Fürsorgliche und das genaue Gegenteil davon, das ihn nicht viel von einem Tier unterschied, aber um Kinder zu haben, nötig war. Immer, wenn ihm seine Partnerin sehr vertraut geworden war, und nach der Geburt seiner Kinder, hatte er es mit dem Problem zu tun, beides unter einen Hut zu bringen, das hieß, in der Regel ließ das zweite zugunsten des ersten nach. Und wie den Magazinen zu entnehmen war, war gerade dieses Problem oftmals verantwortlich für das Scheitern von Beziehungen.
Er fand, dass diese Angelegenheit nicht gut geregelt war.

Er trat hinaus. Februar, Sonntagnachmittag, fünfzehn Uhr. Geschlossene Wolkendecke beigegrau, kein Regen, kein Wind, nicht kalt, nicht warm, das Licht neutral, nicht besonders hell, nicht dunkel. Der Temperaturunterschied zwischen drinnen und draußen kaum spürbar. Und nun? Er hatte nichts Bestimmtes vor. An ihm vorbei schlenderten Leute von Schaufenster zu Schaufenster, familien- oder paarweise, eingehakt oder auch nicht, mit Schirm, ohne Schirm, mit Hund, ohne Hund. Boutiquen, Optiker, Banken, Apotheken, Bäckereien, Reisebüros, Immobilienmakler, bis auf den Bäcker alle geschlossen. Jemand kratzte mit einem Schraubenzieher das Moos zwischen den Gehwegplatten heraus. Gedankenverloren trollte er durch die Straßen, Gesichter tauchten auf und verschwanden. Die Menschen, die Straßen, die Geschäfte, die Häuser, der Himmel, alles zerfloss zu einem indifferenten Ganzen. Er fand sich vor einem Schaufenster eines Kaffeegeschäfts wieder, dessen Auslagen in Sideboards, Tabletttischen, Multifunktionsregalen, Duftkerzen, Garderobenständern bestanden. Dann stand er vor einer Damenboutique und betrachtete die in teures Tuch gekleideten Schaufensterpuppen, suchte nach einem Ausdruck in ihren Gesichtern.
Da war sie wieder, diese lähmende Müdigkeit, die vom Kopf herab in seine Beine kroch, dass ihn schon der Gedanke ans Gehen erschöpfte.

Mit einem Ruck wandte er sich um. Zu Hause angekommen, sprang er in seine Joggingschuhe. Was das Laufen betraf, war er ein alter Hase. Er hatte es vor Jahren für sich entdeckt, als er verzweifelt gewesen war. Er war damals einfach losgelaufen, raus aus der Wohnung, mitten hinein in die Verzweiflung, sie zertrampelnd mit seinen Schritten, bis er nicht mehr konnte. Seither lief er regelmäßig, zwei- oder dreimal wöchentlich, immer drei große Runden durch den Park, gut zwanzig Minuten jedes Mal. Das Laufen war nicht immer gleich. Je nach körperlicher Verfassung und Witterung beanspruchte es ihn mal mehr, mal weniger. Am besten war trockene, klare Luft. Sie machte ihm das Laufen leicht, ließ das Zusammenspiel von Lunge, Herz und Muskeln problemlos funktionieren. Anders feuchte, oder gar feuchtkalte Luft, sie machte ihn kurzatmig, was eine schlechte Sauerstoffversorgung bedeutete und schwere Beine. Der Trägheit der Masse nicht nachzugeben, gelang ihm dann manchmal nur unter Qualen. Schweißtriefend, fix und fertig aber mit einem guten Gefühl kam er anschließend wieder zu Hause an.

In bewährter Art und Weise ging es zunächst die Anhöhe hinauf, wie immer langsam, er kannte die Folgen eines zu schnellen Beginns. Am Gosslerhaus vorbei und bergab, entlang einer großen Wiese linkerhand, die den Kindern im Winter und auch ihm früher als Rodelbahn diente, geradeaus die nun wieder leicht ansteigende Strecke, eine scharfe Kurve nach links, auf der anderen Seite der Wiese den leicht abfallenden Weg in die entgegengesetzte Richtung. Doch was war das? War er zu schnell? Das Laufen fiel ihm schwer, die Beine wollten nicht, wie er. Er keuchte auf diesem angenehmen Teil der Strecke. Am zu schnellen Tempo konnte es nicht liegen. Das Wetter, die Luft! Es war kein Tag zum Laufen. Er musste sich zwingen, nicht anzuhalten, obwohl er schon sehr langsam lief. Jetzt wieder links herum, das lange ebene Stück parallel zur wie immer stark befahrenen Landstraße. Kein Gedanke heute an einen Wettlauf mit den im Stau schleichenden Autos. Diese Autos. Wohin sollte das führen? Die Menge aller Autos, der Flugzeuge, der Schiffe, der Kraftwerke, der Fabriken. Gigantische Mengen Öl. Tag für Tag. Jahr für Jahr. Meere, Ozeane. Das Klima, die Pole. Überschwemmungen, Erdbeben, Millionen Obdachlose. So viele Menschen. Der Wunsch eines jeden, gut zu leben. Glücksache zu welchem Teil du gehörst. Für Unsereinen mag es ja noch reichen, wenn die Berechnungen stimmten. Aber dann? - Die Kinder! Verkörperung des Vertrauens, Schutzbefohlene, Verratene. - Etwas Tun. Es gibt nichts Gutes, außer man tut es. Wie wahr! Auto abschaffen! Fahrrad fahren? Aber die Arbeitslosen! Rückgang der Entwicklung? Schwäche? Vakuum? Homo homini lupus. Genügend Beispiele in der Geschichte. Die Menschen, die Welt, zerbrechlich, unvollkommen, vergänglich. Laufen, laufen. Schau, die Bäume, diese wunderbaren stummen Riesen, das Gras, der Weg, die Blätter auf dem Boden, der Geruch, das Licht, die Luft. Du ein Teil von allem. Wieder links herum, ein Stück bergauf, bergab, zurück zum Ausgangspunkt. Da war er wieder. Leichter nun das Laufen. Betriebstemperatur erreicht. Noch zwei Runden.

Der Schweiß rann, er rann aus allen Poren. Dieses Gefühl, es wieder geschafft zu haben, stehen bleiben zu können, strapazierte Muskeln nicht länger zu strapazieren, eine beanspruchte Lunge nicht länger zu beanspruchen. Dieses Behagen nun, das an die Stelle des Schmerzes trat. Schweiß, fürwahr. Klebendes Hemd, klebende Hose. Nasse Flecken unter den Armen und in den Beugen. Gesunder Schweiß, nicht von Stress und ungewollter Anstrengung herrührend, sondern Folge bewusster Körperertüchtigung.

Der Platz im Sessel. Beine hoch. Ausschwitzen. Dann das Duschen. Keine Fragen, nur genießen, das warme Wasser, das zusammen mit dem Seifenschaum wie Balsam vom Kopf übers Gesicht und über den entspannten Körper läuft. Zum Schluss das kalte Wasser. Ein Gefühl, wie neu geboren.

„Guten morgen, haben Sie die Nummer Zwei? Nehmen Sie Platz. Was kann ich für Sie tun?" Stereotype Sätze, gesprochen von ihm in der Hoffnung, die auf seinen Aufruf via Tastendruck Erschienenen, in diesem Fall ein afghanisches Ehepaar mit drei Kindern, mögen kein kompliziertes Anliegen haben. Nach einer Nacht mit wenig Schlaf hatte er nämlich Kopfschmerzen, fehlte ihm die Konzentration und der Nerv für lange Prüfungen.

Eine normale Verlängerung oder einfache Übertragung der Aufenthaltsgenehmigung in einen neuen Pass wäre ihm lieb gewesen. Ein frommer Wunsch, der sich nicht erfüllte. Die Familie begehrte unbefristete Aufenthaltserlaubnisse. § 35!! Der Paragraf mit den ständig aktualisierten und nachgebesserten Vorschriften. Und das gleich fünfmal. Immer hatte er dieses Glück. Innerlich fluchend und Verwünschungen ausstoßend begann er mit der Prüfung der Anträge.

Zunächst, waren sie vollständig ausgefüllt? Da, die Kinder waren auf den Formularen der Eltern nicht eingetragen, also bitte. Nein, er dürfe nicht helfen, deutsch sei die Amtssprache, und außerdem müssten sie über ausreichende Deutschkenntnisse verfügen, was zudem noch zu prüfen sei. Dann die zeitlichen Voraussetzungen. War die Familie schon acht Jahre in Deutschland? Wenn nicht, konnte er sich das Weitere schenken. Zu welchen Zweck war sie eingereist? Aha, Asylantrag, diese Zeit war anzurechnen. Jedoch, es fehlten seit ihrer Antragstellung noch vier Tage an acht Jahren. Was nun? Genau genommen hätte er hier seine Prüfung einstellen können mit einer entsprechenden Belehrung. Aber vier Tage! Wie genau war das Gesetz zu nehmen? Diese Pedanterie war ihm peinlich, und ein neuer Termin war erst in drei Monaten wieder möglich, was bedeutet hätte, dass auch wieder aktuelle Unterlagen hätten beigebracht werden müssen. Angespannt setzte er seine Prüfung fort und nahm sich vor, der Angelegenheit bei der geringsten weiteren Unstimmigkeit ein Ende zu setzen.

Auch das noch! Der Mann hatte nach negativem Abschluss seines Asylverfahrens eine Duldung erhalten, und nicht alle Duldungszeiten waren anrechenbar. Nervös blätterte er in den Verwaltungsvorschriften. Wäre er doch tags zuvor nur früher schlafen gegangen. Immer wieder nahm er es sich vor, nicht zuletzt seinen Kindern würde das zugute kommen. Das Licht im Büro war nicht besonders hell, beziehungsweise, seine Augen waren schlechter geworden, eigentlich brauchte er eine Brille. Die Buchstaben verschwammen und kehrten wieder. Er las mühsam:

Angerechnet werden Zeiten einer Duldung in dem nach § 35 Abs. 1 Satz 3 eingeschränkten sachlichen und zeitlichen Umfang. Eine Duldung aus tatsächlichen oder rechtlichen Gründen ist nicht anrechenbar.

Er schlug im Ausländergesetz nach. Die Schrift war noch kleiner. Er riet mehr, als dass er las, kam schließlich zu dem Ergebnis, dass die Duldungszeit anzurechnen war. Soweit also die zeitlichen Voraussetzungen. Wie stand es mit den finanziellen? Der Mann legte eine Arbeitsbescheinigung über ein ungekündigtes und unbefristetes Arbeitsverhältnis vor. Auch die letzten drei Gehaltsabrechnungen hatte er dabei. Der Mann hatte sich vorbereitet, grob und gefühllos Ulfs Hoffnung auf ein vorzeitiges Ende der aufwendigen Prüfung zunichte gemacht. Das bedeutete, dass er ungeachtet seiner Kopfschmerzen nun mittels der Einkommenstabelle zu prüfen hatte, ob die finanziellen Mittel zur Sicherung des Lebensunterhalts ausreichten. Für eine fünf-köpfige Familie war sein Einkommen allein zu klein. Maßstab waren die Regelsätze der allgemeinen Hilfe zum Lebensunterhalt. Da es jedoch für ihn allein reichte und auch für die Wohnungsmiete, konnte auch das Einkommen der Ehefrau angerechnet werden. Diese arbeitete als Putzfrau auf 400 Euro Basis. Er tippte in den PC. Bis auf neunzehn Euro reichte das Familieneinkommen, wenn man das Kindergeld von 540 Euro mitrechnete. Jedoch, was musste er sehen, die Frau hatte bei drei verschiedenen Firmen gearbeitet. Das bedeutete, dass ihr Einkommen doch nicht angerechnet werden konnte, denn laut Arbeitsanweisung musste die Dauer mehrerer Arbeitsverhältnisse zusammen mindestens achtzehn Monate betragen, während sie bei nur einem Arbeits-verhältnis zwölf Monate betrug. Sie war jedoch insgesamt erst fünfzehn Monate be-rufstätig, und die längste Zeit, die sie davon bei einem Arbeitgeber gearbeitet hatte, betrug acht Monate.

„Leider kann ich Ihnen die unbefristete Aufenthaltserlaubnis nicht geben," erklärte er, „Ihre Frau hat bisher erst fünfzehn Monate gearbeitet, und zwar bei verschiedenen Ar-beitgebern. Sie müsste in diesem Fall aber schon achtzehn Monate gearbeitet haben."
Ulf hatte nicht den Eindruck, dass sie ihn verstanden hatten, nur dass es Schwierigkei-ten gab, schienen sie zu begreifen. Sie redeten untereinander in ihrer Sprache. Die beiden jüngsten Kinder begannen auf den Stühlen hin und her zu rutschen. Der Mann wog den Kopf, schaute ratlos. Dass seine Erwartung sich nicht erfüllte, schien ihm langsam klar zu werden.
„Aber wir brauchen Visum," wandte die Frau ein, „sonst keine Arbeit. Chef sagen un-befristet."
„Tja, da kann ich leider nichts machen. Gesetz ist Gesetz. Es gibt zwei Möglichkeiten: entweder ich gebe Ihnen eine vorläufige Bescheinigung für drei Monate und Sie kom-men dann noch einmal wieder oder ich verlängere jetzt Ihre Aufenthaltsbefugnis wie-der um zwei Jahre."
Getuschel in fremder Sprache. „Bitte unbefristet," sagte der Mann, „schon das dritte Mal. Immer neue Papiere. Immer anderes. Der eine sagt so, der andere so. Nächstes Mal wieder anderes. Brauchen unbefristet, dann eigenes Geschäft. Bitte helfen."
„Ich kann Ihnen nicht helfen, ich darf es nicht," sagte Ulf, der sich alles andere als wohl in seiner Haut fühlte. „Also ich an Ihrer Stelle würde die Bescheinigungen neh-men und dann noch einmal wiederkommen. Dann müsste es eigentlich klappen."
Der Mann sammelte achselzuckend seine Papiere zusammen, während Ulf die fünf Bescheinigungen ausdruckte. Er übergab sie zusammen mit einem neuen Termin in vier Monaten. Die Leute gingen, wortlos. Das älteste der Kinder sagte tschüss. Er at-mete durch, die waren weg!

Es ging ja auch darum, sich nicht zu lange mit dem Einzelfall zu beschäftigen, um eine große Zahl abgefertigter Wartenummern vorweisen zu können, die der Vorgabe von mindestens zwölf am Vormittag entsprach. Wer zu langsam war, der bekam schon mal von seinen Kollegen zu hören, dass sie nicht bereit wären, seine Langsamkeit zu kom-pensieren. Da diese kleinen Kärtchen mit den aufgedruckten Nummern keine Auskunft darüber gaben, was sich hinter ihnen verbarg, brachten einfache Verlängerungen von Bescheinigungen die meisten Punkte. Dem Nummernkonto tat es aus diesem Grunde auch gut, irgendeine Unstimmigkeit aufzuspüren: eine Unterlage, die fehlte, ein paar Euro, ein paar Tage. Bescheinigung verlängert, ruck zuck war der Fall erledigt. Auf diese Weise entzog man sich gleichzeitig der Verantwortung für eine oftmals schwierige Entscheidung. Kein Sachbearbeiter, der knifflige, zeitraubende Grenzfälle nicht lieber bei seinem Kollegen sah.

Er durchblätterte die Akte seines letzten Kunden und zuckte zusammen. Die beiden Aktenzeichen der Asylverfahren stimmten nicht überein. Der Mann hatte zwei verschiedene Verfahren betrieben, was bedeutete, dass die Zeit des ersten Verfahrens nicht angerechnet werden konnte, dass die zeitlichen Voraussetzungen damit nicht erfüllt waren und die unbefristete Aufenthaltserlaubnis auch bei seiner nächsten Vorsprache nicht erteilt werden konnte. Ihm wurde heiß. Er rannte auf den Flur, doch die Familie war nicht mehr zu sehen.

Um zehn Uhr hatte er einen Termin beim Abteilungsleiter. Diesem oblag es, alle paar Monate die Bestände der sensiblen Dokumente der einzelnen Sachbearbeiter, sprich der Aufenthaltsgenehmigungen, die im Erteilungsfalle als Etiketten in den Pass geklebt wurden, zu kontrollieren. Wegen verschiedener Bestechungsfälle in der Vergangenheit war diese Kontrolle eingeführt und verschärft worden. Jeder Sachbearbeiter hatte gerade zu stehen für seinen Bestand. An und für sich wurden alle vergebenen Etikettennummern im Computer registriert, Probleme konnte es bei den als vergeben gespeicherten Nummern geben, die aus irgendeinem Grunde (z.B. revidierte Entscheidung, oder Fehldruck oder verschrieben) nicht in den Pass geklebt oder in den Pass geklebt, jedoch anschließend wieder ungültig gestempelt worden waren. Im ersten Falle waren diese Etiketten aufzubewahren und bei der Kontrolle vorzulegen, im zweiten waren als Nachweis Fotokopien der betreffenden Passseiten mit den Etiketten anzufertigen. Wer nun, wie er, das Aufheben oder Fotokopieren dieser Etiketten vergessen hatte, ihren Verbleib nicht nachweisen konnte, bekam ernste Probleme, stand da, wie ein Angeklagter, der nach ergebnislosem Verlauf seiner anschließenden Nachforschungsbemühungen einen Bericht schreiben und die Behördenleitung von seiner Unschuld überzeugen musste.

„Und was ist mit der Nummer 221?", wollte der Abteilungsleiter im leiernden Ton einer Aufzählung wissen. Ein grober, ungeschlachter Mann, dessen Menschsein Ulf fremd und unangenehm war, so dass er ihm nach Möglichkeit aus dem Wege ging. Diese Begegnung war nun unvermeidbar, und Ulf fühlte sich doppelt unwohl. Situationen wie diese wären ihm erspart geblieben, wenn er einen der zahlreichen Wege, die sich ihm nach dem Abitur eröffnet hatten, beschritten hätte. Ein richtiger Beruf, Ingenieur vielleicht, Baubranche oder Zahnmedizin, Kieferorthopädie, alles hatte ihm offen gestanden, er hatte die freie Wahl gehabt. Hätte, könnte, wollte, würde! Nun saß er hier. Traurig aber wahr. Der Abteilungsleiter stellte fest, dass der Verbleib von acht Etiketten ungeklärt war. Er sollte das nicht auf die leichte Schulter nehmen und sich kümmern.

Auf seinen nächsten Aufruf erschien wiederum eine Familie, ein türkisches Paar mit vier Kindern. Die Frau und die Kinder waren vor sechs Wochen mit einem entsprechenden Visum zum hier lebenden Ehemann und Vater eingereist, um hier dauerhaft zu leben. Familienzusammenführung. Das sah nach einer einfachen Angelegenheit aus. Schließlich war der Einreise die Prüfung und positive Entscheidung durch die zuständige Auslandsvertretung vorausgegangen. Die Frau und die Kinder waren also mit der Zustimmung der deutschen Behörden eingereist.

Er hatte sich mal wieder zu früh gefreut. Der hier seit neun Jahren lebende Mann war kurz nach der Zustimmung zur Einreise seiner Familie arbeitslos geworden und bezog nun Arbeitslosengeld, dessen Höhe weit unter der seines früheren Gehalts lag und für die Sicherung des Lebensunterhalts der ganzen Familie nur unter Inanspruchnahme von Wohngeld knapp ausreichte. Das Wohngeld war jedoch eine Leistung der öffentlichen Hand, das deshalb nicht auf das Arbeitslosengeld angerechnet werden durfte. Die Lage war also die, dass das Einkommen nicht mehr ausreichend war, was zur Folge hatte, dass er der Frau und den bereits eingeschulten Kindern ein sogenanntes rechtliches Gehör aushändigen musste, ein Schreiben, in dem stand, dass beabsichtigt sei, die Erteilung der Aufenthaltserlaubnis wegen nicht ausreichender finanzieller Mittel abzulehnen. Frist zur Stellungnahme vierzehn Tage. Er erklärte dem Familienoberhaupt den Sachverhalt. Dieser war sehr ungehalten, hieß seine Ehefrau aber trotzdem Ulfs Aufforderung nachzukommen, den Empfang des rechtlichen Gehörs auf dem Empfangsbekenntnis zu quittieren.

Sie hatten also ihre Zelte in der Türkei abgebrochen, waren unter Befolgung der gesetzlichen Bestimmungen nach Deutschland gekommen zu ihrem Ehemann und Vater und wurden nun aufgefordert, wieder zurückzufahren. Ulf war es, der ihnen diesen Empfang bereitete. Angestrengt sah er auf den Bildschirm. Die Leute gingen.

Der nächste Fall. Eine Frau aus dem ehemaligen Jugoslawien, der er bereits vergangenes Jahr eine Aufenthaltserlaubnis erteilt hatte. Damals war sie im Wege der Familienzusammenführung mit einem ihrer Söhne aus erster Ehe zu ihrem neuen, hier lebenden, deutschen Ehemann eingereist. Wie sie ihm mitteilte, war der Mann vor zwei Monaten gestorben, zeigte ihm zitternd die Sterbeurkunde. Es ging nun um ihren zweiten Sohn aus erster Ehe, der ebenfalls zugegen war, sich mit einem abgelaufenen Touristenvisum in Deutschland aufhielt und die Schule besuchte.

„Tut mir leid!" sagte Ulf, „ein Touristenvisum kann nicht verlängert werden. Ihr Sohn muss wieder ausreisen und bei der deutschen Botschaft das Visum für einen Daueraufenthalt beantragen. Er bekommt jetzt eine Grenzübertrittsbescheinigung, die noch zwei Tage gültig ist."

Wie er das sagte! Streng und unmissverständlich, so dass die Überflüssigkeit einer weiteren Unterhaltung über das Problem sofort klar war. Nicht einmal sein Beileid hatte er ausgesprochen. Manchmal fehlte es ihm einfach an der Geduld, mitzufühlen und eine unerfreuliche Mitteilung in versöhnliche Worte zu verpacken. Er hatte die Gesetze und diese Welt nicht geschaffen. Er war nur ein kleines Rädchen und hatte seine eigenen Probleme. Seine Kinder waren schon wieder aus der Schule und allein zu Haus, das hieß, sie hatten zwei Freundinnen mitgebracht, und der Anruf seiner jüngeren Tochter war von reichlich Geräuschkulisse begleitet gewesen. Möglichst zeitig wollte er heute wieder nach Haus, vorher noch Bratnudeln vom Asiaten holen. Nicht, dass sie wieder ausflogen, weil es ihnen zu lange dauerte. Sie brauchten ein warmes Essen und mussten ihre Schularbeiten zu machen. Ihre schulischen Leistungen ließen ohnehin zu wünschen übrig, und morgen stand wieder eine Mathearbeit an. Leider setzten sie sich nicht von selbst auf den Hosenboden. Das wäre schön gewesen. Es musste geübt werden, es kam jetzt auf jede Note an, damit die Versetzung gelang. Sobald die Frau gegangen war, wollte er sie noch einmal anrufen.

Und sein alter Vater hatte heute wieder einen Termin bei der Fußpflegerin, zu dem er ihn fahren musste. Mindestens eine Stunde würde die Aktion dauern, Zeit, die seine Töchter wieder sich selbst überlassen waren. Auf jeden Fall wollte er heute endlich mal wieder früh ins Bett. Der Kopfschmerz war am Tage nicht weniger geworden. Seine Tage liefen besser, wenn er ausgeschlafen hatte.

Der schöne Vogel, der einstmals königlich durch die Lüfte glitt, hatte das Fliegen verlernt. Da saß er nun auf seiner Stange. Alle Versuche, sich erneut in die Lüfte zu erheben, waren kläglich gescheitert.

Da war sie, die ganz normale Passübertragung. Endlich. Der türkische Inhaber einer unbefristeten Aufenthaltserlaubnis legte einen vom türkischen Konsulat neu ausgestellten Pass vor, in den nun die Aufenthaltserlaubnis vom alten Pass zu übertragen war. Keine Prüfung, kein Lamentieren, keine Entscheidung. Einfach der Übertrag. Er atmete durch. Auch die Akte fand er auf Anhieb. Aber nun hatte er versehentlich das Etikett zu früh in den Drucker geschoben, was zur Folge hatte, dass es falsch bedruckt wieder erschien. Schon hatte er es zerknüllt, um es in den Papierkorb zu werfen, da besann er sich. Um Gottes willen! Aufheben! Das ganze noch einmal.

Als nächstes erschien eine junge, verheiratete, seit fünf Jahren in Deutschland lebende, türkische Frau mit ihrem türkischen Mann, die ihm einen sorgfältig ausgefüllten Antrag auf Erteilung einer unbefristeten Aufenthaltserlaubnis vorlegte. Er holte die Akte und stellte fest, dass sie die zeitlichen Voraussetzung erfüllte und auch das durch die letzten drei Gehaltsabrechnungen belegte Einkommen ihres Mannes zur Sicherung des Lebensunterhalts ausreichend war. Zudem legte sie die Arbeitserlaubnis, den Mietvertrag und einen Kontoauszug mit der aktuellen Miethöhe vor. Auch der deutschen Sprache war sie mächtig. Schon war er drauf und dran, die gewünschte Aufenthaltserlaubnis zu erteilen, da sah er, dass sie drei Kinder hatten, die Wohnung aber nur aus zwei Zimmern von insgesamt zweiunddreißig Quadratmetern bestand. Das bedeutete, sie entsprach nicht den vorgeschriebenen Anforderungen, sie war zu klein.
„Für unbefristet ist Ihre Wohnung zu klein!" sagte er, froh diesen Mangel noch rechtzeitig erkannt zu haben und bat sie, den Antrag von unbefristet auf zwei Jahre abzuändern, da sonst erst ein Ablehnungsbescheid geschrieben werden müsse. Der Ehemann, der sich mit dieser Auskunft nicht zufrieden geben wollte, fragte, was denn ihre Woh-

nung damit zu tun habe. Für ihn, Ulf, sei diese Wohnung vielleicht zu klein, nicht aber für sie. Sie lebten dort sehr gut, Tür an Tür mit seinen Eltern, die sich ebenfalls um die Kinder zu kümmerten, sie beköstigten und auch bei sich schlafen ließen.

Ulf zeigte ihm zur Erklärung eine Tabelle, aus der zu entnehmen war, wieviel Zimmer und Quadratmeter eine Wohnung für fünf Personen ausländerrechtlich gesehen zu haben hatte. Als der Mann dann anfing von Schikane zu reden und davon, dass er seine Steuern zahle, von denen die Beamten bezahlt würden, damit sie etwas für die Ausländer täten und nicht damit sie ihnen Steine in den Weg legten, erklärte Ulf ihm, dass er gern seinen Antrag aufrechterhalten und mit dem Ablehnungsbescheid, den er dann erhielte und in dem die Ablehnungsgründe seines Antrags genau dargelegt seien, auf dem Gerichtsweg versuchen könne, zu seinem Recht zu kommen. Auch die Gerichte würden ja von ihm bezahlt. Darauf entgegnete jener, dass er kein Geld für einen Anwalt habe und auch keinen brauche für etwas, das ihm zustehe. Spätestens jetzt wusste Ulf, dass mit dem Herrn nicht gut Kirschen essen war.

„Ob sie sich einen Anwalt leisten können oder nicht, ist Ihre Sache," sagte er, darauf bedacht, eine Eskalation zu vermeiden. „Ich müsste jetzt nur von Ihnen wissen, was ich tun soll. Sie haben die Wahl zwischen Ablehnungsbescheid und zwei Jahren."

Wiederum begann jener zu erzählen, dass er in Deutschland geboren sei, die Schule besucht und eine Ausbildung gemacht habe, wie seine Eltern eine unbefristete Aufenthaltserlaubnis besitze, die nun nach fünf Jahren Aufenthalt auch seiner Frau zustünde. Die Wohnung sei zwar etwas klein, aber das sei kein Problem, da die beiden älteren seiner Kinder ja bei seinen Eltern schliefen.

Das alles möge ja sein, fiel Ulf ihm ins Wort, aber es ändere nichts. Seine Wohnung sei und bleibe zu klein. Er müsse nun sagen, was er wolle. Er habe nicht so viel Zeit. Und wie zu seiner Unterstützung steckte ein Wartender seinen Kopf zur Tür herein, um zu fragen, wann der Nächste dran komme.

„Sehen Sie, die Leute werden schon ungeduldig," sagte Ulf.

Sein Gegenüber lehnte sich, die Arme verschränkend, darauf zurück und sagte, dass er den Chef sprechen wolle.

Ulf begab sich zu jenem und schilderte ihm den Fall.

„Ich hab keine Zeit," erhielt er zur Antwort, „die Sache ist doch klar."

Diese Auskunft gab er weiter an seinen Kunden, der darauf frustriert den Kopf schüttelnd sagte: „Machen Sie, was sie wollen."

Das tat Ulf, verlängerte die Aufenthaltserlaubnis um zwei Jahre und rauchte anschließend eine Zigarette im Aktenraum.

Zuletzt erschienen eine nicht mehr ganz junge Dame, ein ihr altersmäßig unterlegener Mann und eine sehr junge Dame. Es stellte sich heraus, dass die ältere der beiden Damen Frau Grünklee war, eine Deutsche, die Anfang des Jahres den sie begleitenden Herrn, der aus Kroatien stammte, geheiratet hatte. Die ganz junge Dame war die Tochter des Herrn aus erster Ehe, ebenfalls kroatische Staatsangehörige. Sie begehrten eine Aufenthaltserlaubnis aufgrund der Eheschließung, legten eine Heiratsurkunde des

Standesamtes Hamburg-Emsbüttel vor. An Hand der Pässe stellte Ulf fest, dass sie ohne Visum eingereist waren. Für die ersten drei Monate brauchten sie auch keins, erklärte ihm die Frau, außerdem hätten sie von der Deutschen Botschaft die Auskunft erhalten, dass sie alles in Deutschland regeln könnten.

„So, so. Hm, hm."

Über den Computer erfuhr er, dass es sich bei dem Herrn und seiner Tochter um ehemalige Bürgerkriegsflüchtlinge handelte, die 1995 nach einem fünfjährigen Aufenthalt in ihre Heimat abgeschoben worden waren. Es war damals von der Ausländerbehörde eine Ausweisungsverfügung unbefristeter Wirkung erlassen worden, was bedeutete, dass den beiden Antragstellern die Wiedereinreise auf unbestimmte Zeit verwehrt war. Er sagte ihnen, dass bei einer Kontrolle der Herr und seine Tochter aufgrund dieser Eintragung hätten verhaftet werden können.

Tatsächlich? Aber wie denn das? Sie seien doch verheiratet, und ihr Mann habe doch das Recht, bei seiner deutschen Frau zu leben. Sie hätten jetzt bitteschön gern die Aufenthaltserlaubnisse. Der Mann holte zwei säuberlich ausgefüllte Erstanträge hervor. Dafür wäre von rechts wegen ein von der deutschen Botschaft in Kroatien erteiltes Visum zum Zwecke der Familienzusammenführung nötig gewesen, aber in einem solchen Fall konnte der Mangel nachträglich geheilt werden, jedenfalls was den Herrn betraf. Auf die junge Dame erstreckte sich dieses Recht nicht. Er erklärte ihnen, dass sie keine Aufenthaltserlaubnis erhalten könne und dass diese Unannehmlichkeiten bei einer Einreise mit den entsprechenden Visa vermieden worden wären. Nun müsse zunächst die damals verfügte Sperrwirkung von der zuständigen Stelle wieder aufgehoben werden. Aus diesem Grunde müssten sie sich zuerst an diese Stelle wenden. Er gab ihnen die Adresse. Erst danach wäre die Erteilung einer Aufenthaltserlaubnis an den Herrn möglich.

Frau Grünklee blickte kopfschüttelnd vor sich hin. Sie erklärte, dass sie bereits tags zuvor bei einem anderen Kollegen gewesen seien, der ihnen gesagt hätte, dass sie eine Wartenummer bräuchten und am nächsten Tag frühzeitig wiederkommen sollten. Nun seien sie da mit dieser Nummer und hätten eine dreistündige Wartezeit hinter sich. Sie sei berufstätig und könne es sich nicht leisten, jeden Tag bei der Ausländerbehörde vorzusprechen. Sie seien aufgrund der gestrigen Information wieder gekommen und wären nun für die Erledigung ihres Anliegens dankbar.

Noch einmal erklärte er ihnen die Sachlage. Zuerst müsse die Sperrwirkung durch die andere Dienststelle gelöscht und danach die Akte zuständigkeitshalber an die bezirkliche Ausländerabteilung abgegeben werden. Erst dann, wenn die so bearbeitete Akte vorläge, könne die Aufenthaltserlaubnis erteilt werden. Es tue ihm leid, das sei der Weg, er könne es nicht ändern. Sie müssten sich zunächst an die andere Dienststelle wenden.

„Aber das gibt's doch nicht...," die Dame rang nach Luft. „Versuchen Sie bitte, die Sache telefonisch mit dieser anderen Abteilung zu klären."

„Tut mir leid," antwortete er, „aber ihre persönliche Vorsprache dort ist unerlässlich." Ihr Blick schweifte aus dem Fenster. Es herrschte Stille.

„Geben Sie mir bitte Ihren Namen," sagte sie, dann gingen sie.

Er freute sich sehr darüber, nun im Rathaus arbeiten zu können. Die ausländerrechtlichen und behördlichen Belange hatten sich aber in diesen ehrwürdigen, von einer anderen Zeit erzählenden Räumlichkeiten, nicht geändert.

Er war selten gleich. Sein Befinden wechselte wie das Hamburger Wetter und mit ihm sein Kommunikationsvermögen. Dieses Auf und Ab in seinem Kopf, besonders das Ab, machte ihn unsicher, verkrampft, ungelenk, abwartend, wirkte trennend. Sein Mangel an Sicherheit verhinderte die Ausbildung eines erkennbaren Selbstbewusstseins, durch das er sich einordnen ließ und ihm die Fähigkeit zu Nähe öffnete. Sicherheit war für ihn nur ein Wort, ein abstrakter Begriff ohne reale Entsprechung, eine Wunschvorstellung, die nur in den Köpfen existierte, eben aus dem Grunde, weil es nichts gab, das sicher war. Bis auf den Tod natürlich, doch diese Sicherheit vermochte nicht, ihm beizustehen.

Heute war es mal wieder das Ab. Ein Kopfschmerz, Beton gleich, der nach unten drückte, auf sein Gehirn, auf sein Denken und seine Gedanken, der den Tag grau machte, ihn bleiern isolierte. Am liebsten hätte er diese Zeiten schlafend verbracht, aber in Ermangelung dieser Möglichkeit überstand er sie irgendwie und irgendwann. Sein Wille, diese Zustände zu überwinden, erstarkte indes immer wieder neu.

Er betrachtete eingehend sein Spiegelbild. Die grauen Augen eines älteren Herrn musterten ihn fragend, wanderten über sein blasses Gesicht zu seiner Stirn, die erschreckend hoch geworden war, zurück zu seinen glanzlosen, ernsten Augen. Er fragte sich, ob sie auch noch strahlen konnten und verzog sein Gesicht zu einem künstlichen Lachen. Siehe da, seine Augen lachten mit, leuchteten förmlich. Für einen Augenblick. Dann traf ihn wieder dieser ernste Blick. Das war er, Ulf, beziehungsweise, das war er geworden. Alt, grau. Sein Gesicht erinnerte ihn an die vereinzelt in der Lüneburger Heide stehenden, verwitterten, windschiefen, dem Einsturz nahen Holzhütten. Dass er die Brille abnahm, machte die Sache schon etwas besser, doch er beschloss, sich von seinem Bart zu trennen, der, wie er fand, dazu beitrug, den Zustand seines Gesichts dem der Hütten anzugleichen.

Dieser seltsame Mensch war Vater von drei Kindern. Die eine seiner beiden Töchter befand sich jetzt genau dort, wo sie vor zwanzig Jahren geboren worden war. Damals Geburtenklinik, heute psychiatrische Anstalt. Das Zimmer, das sie sich mit einer anderen Patientin teilte, war früher der Kreissaal gewesen, in welchem sie das Licht der Welt erblickt hatte. Damals, das kleine Bündel. Glückseliger Vater. Ungezählte Male, die er sich über sie gebeugt hatte, um sich zu überzeugen, dass sie atmete. Dieses unfassbare Leben, dieser kleine, neue, autarke Mensch, seine Tochter, ein Wunder, damals..

Rückkehr an diesen geweihten Ort. Hohn des Schicksals. Vor Drogen und falschen Freunden hatte er immer gewarnt. Er atmete schwer. Müde, tiefliegende Augen sahen ihn aus dem Spiegel an.

Die Schule. Mit ihr hatte es angefangen. Er hatte nicht zulassen wollen, dass sie seine Kinder aussortierte. Sie hatte sich von Anfang an zwischen sie gestellt. Ein stachelbewehrtes Insekt, das zwischen ihnen umhersummte. Er wandte sich ab. Schwer ließ er sich in den Sessel fallen. Seine Hand ergriff die Fernbedienung. Ein bisschen Ablenkung! Die Moderatorin auf dem Bildschirm verhieß Vielversprechendes.

Was war passiert, was hatte er falsch gemacht? Nein, er war nicht der Vater gewesen, der er immer sein wollte. Anfangs ja, später nicht mehr. Als die Schule kam. Doppelbelastung, Zeitmangel, Alltagsstress. Aber seine Ungeduld und Unduldsamkeit. Hatte er nicht etwas erwartet, Ansprüche gestellt, die seine Kinder nicht erfüllen konnten? War da nicht aus diesem Grunde ein Groll gewachsen, der sich von Zeit zu Zeit entlud? Wieso hatte er an ihnen nur immer etwas ausgesetzt? Ihnen nicht ihren Übermut gelassen, ungeachtet des äußeren Drucks? Wieso sie nicht in den Arm genommen, statt ihnen den Ernst des Lebens vorzuhalten? Ihnen nicht Mut gemacht, statt sie zu kritisieren? Wie kam es, dass er es nicht geschafft hatte, das Ruder herumzureißen?

Auf dem Bildschirm erschien der Träger einer neuartigen Unterhose, die durch eine besondere Konstruktion eine bestimmte Wölbung vergrößerte. Der Hersteller erklärte Einzelheiten.

Er empfand Solidarität mit den Menschen dort im Krankenhaus, denen das Leben über den Kopf gewachsen war, die, verletzt und erschöpft, die Kräfte verlassen hatten in dem großen, unruhigen Meer. Wenn er seine Tochter in der Klinik besuchte, drängte sich ihm der Vergleich zu einem Lazarett auf, in dem kriegsverletzte Soldaten behandelt wurden, damit sie anschließend erneut ins Feld zogen.

Ihm fielen die Worte der damaligen Sozialbetreuerin ein: „das ganze Leben ist ein Versuch." Versuche glückten und scheiterten. Er hatte wohl auch erst scheitern müssen, um alle Maschinen zu stoppen. Zum Nachdenken blieb ihm nicht viel Zeit. Er hatte Angst. Um seine Tochter und dass der Albtraum kein Ende mehr nehmen würde. Solange sie an diesem Ort war, konnte er ruhig sein. Aber danach? Die Therapeutin verbreitete wenig Optimismus. Es gab eine Chance, natürlich, aber ebenso gut konnte der andere Fall eintreten. Er spürte deutlich, dass er mit dieser Möglichkeit nicht fertig werden würde. Er schloss die Augen.

Der auf dem Fahrrad sah komisch aus. Seine aufrechte, steife Haltung, sein altersbedingt gelehrter Gesichtsausdruck und sein kahler Kopf bildeten einen witzigen Gegensatz zu seinen kraftvollen Tretbewegungen und dem sportlichen Tempo.

Er fuhr durch leuchtend gelbe, berauschend riechende Rapsfelder auf ungepflasterten Wegen, die nach sanftem Anstieg den Blick freigaben auf grün, gelb durchwirkte Hügel und einen unbefleckt blauen Himmel. Die Schatten der lispelnden Blätter der Birken zu beiden Seiten streichelten den Weg und ihn, den entrückten Fahrer. Vorbei ging die Fahrt an einem Fichtenwald zur einen Seite und zur anderen an satten Weiden mit grasenden Kühen hinter einem von hohem Gras gesäumten Wassergraben und einem verwitterten Holzzaun. In der Ferne war ein Gehöft, weit voraus querte ein Traktor den Weg, ein Hund bellte. Es roch nach Erde und frischem Grün. Ein leichter Fahrtwind umspielte sein Gesicht. Vereinzelt tschiepten Vögel.

Ein paar Häuser wurden sichtbar. Auf der anderen Seite des Weges kam ihm eine Frau entgegen. Sie fragte ihn im Vorbeigehen, ob sie nicht zusammen ein Bad nehmen wollten. Das wäre doch nett. Er schluckte und stieg vom Rad, ein Schwindelgefühl ließ ihn leicht schwanken.

„Das könnte nett sein", hörte er sich sagen.

Sie hatte blond gefärbtes, sorgsam frisiertes Haar, ihr Gesicht war gepudert und geschminkt. Ihre runden, weichen Gesichtszüge passten zu den etwas hervorstehenden, kuhhaften Augen. Ihre Kleidung war konservativ, fraulich. Kleid, Strickjacke. Sie roch stark nach Parfüm.

„Huch, schon wieder eine Laufmasche!" Sie hob ihren Rock und zog ihre Strumpfhose nach oben. Dann ließ sie Einen fahren. Eine Verrückte sagte er sich und stand jetzt wieder sicherer auf seinen Beinen.

„Ich bin die Franzi und Du?"

„Ich, der Heinzi."

„Magst du Kirschen, Heinzi?" Sie langte in ihre Tasche und hängte sich Kirschpaare über die Ohren. „Na, wie sehe ich aus? Hol sie dir!" Sie hielt ihm das eine Ohr hin, um sich, bevor er die Kirschen ergreifen konnte, neckend wegzudrehen.

„Komm, ich weiß, wo es ganz viele gibt," sagte sie und ergriff seine Hand, um ihn zu einer Öffnung im Zaun eines großen Grundstückes zu ziehen.

Sie bedeutete ihm, leise zu sein. Geduckt, von Busch zu Busch pirschten sie einer Lichtung entgegen, auf der ein großer, von Netzen umspannter Kirschbaum stand.

„Los!" sagte sie und pflückte die Kirschen in ihre Tasche. Um sich spähend, mit klopfendem Herzen folgte er ihrem Beispiel.

Es dauerte nicht lange, da tauchte eiligen Schritts und gestikulierend von einem hinter Rhododendronbüschen versteckten Teil des Weges in ziemlich kurzer Entfernung eine männliche Gestalt auf mit einem Knüppel in der Hand. Ein Grund für sie, eiligst ihre Sachen zu packen. Wie die Hasen spritzten sie durchs Gebüsch davon.

Wieder auf der Straße aßen sie feixend und außer Atem von ihrer Beute.

Keine Felder mehr, keine Gärten und Bäume, nur noch Häuser und Straßen. Straßenschluchten, belebt, bevölkert.

Inzwischen war es dämmrig, die Fenster erleuchtet. Im Vorbeifahren sah er im bläulich zuckenden Licht des Fernsehers eine gestikulierende Frau und ein auf dem Sofa hüpfendes Kind. Voraus leuchteten die Buchstaben DB, auf der anderen Seite verschiedenfarbig, *Hotel, Pizza, Spielhalle.* Am Bahnhof herrschte reger Betrieb. Ein paar Obdachlose sangen heiser. Eine blasse Frau ging rauchend unruhig auf und ab. Ein zerzaust bärtiger Mann lehnte mit geschlossenen Augen an der Wand, schien im Stehen einzuschlafen, sackte in merkwürdig ruckhaften Bewegungen in sich zusammen, um sich sodann kurz, wie erschreckt, wieder aufzurichten.

Wo Mauervorsprünge, Geschäftseingänge, Passagen Schutz boten, lagen Schlafsäcke. Von der anderen Straßenseite winkten seine Töchter. Er winkte zurück.

Samstag Nachmittag, ersehntes Wochenende. Seine Töchter waren unterwegs, hatten ihre eigenen Kreise. Er war allein zu Haus, hatte an sich genügend Zeit für Arbeiten und Vorhaben, die er bisher vor sich hergeschoben hatte. Der Dachboden wartete auf weiteren Ausbau, Küche und Klo auf Reinigung, sein Schreibtisch auf Ordnung, die Steuererklärung und die Formulare für das Kindergeld darauf, ausgefüllt zu werden. Und was machte er? Erschreckt über sein Phlegma stellte er den Fernseher aus, überlegte, was zu tun war. Zwar gab es genügend Möglichkeiten der Betätigung, trotzdem ging er ziellos durch die Wohnung, erledigte grundlos ein kleines Geschäft.

Die Räume, vor nicht langer Zeit von Kinderstimmen und Leben erfüllt, das Mobiliar mit den Spuren seiner Benutzung, die von Kinderhänden gemalten Bilder an den Wänden waren nun stumme Zeugen einer vergangenen Zeit. Das Undenkbare war eingetreten. Seine Kinder waren groß geworden, gingen ihre eigenen Wege. Er war allein.

Da war sie wieder, diese bleierne Stimmung, die sich wie ein schweres Tuch herabsenkte, die Stille hörbar machte, die Fenster verschleierte, durch die er auf die in staubiges Sonnenlicht getauchte Umgebung blickte. Die Buche, die Straße, die Häuser auf der anderen Seite. Er schwang sich aufs Rad.

Die Gegend war ihm nicht nur bekannt, er hatte auch den Garten wiedergefunden, aus dem er vor einiger Zeit zusammen mit dieser Franzi die Kirschen geraubt hatte. Er stieg durch das immer noch vorhandene Loch im Zaun, näherte sich ohne bestimmte Absicht an dem jetzt leeren Kirschbaum vorbei dem weinbewachsenen, dreigeschossigen Haus hinter der Baumgruppe. Der Gedanke an mögliche Hunde auf dem Gelände ließ ihn erschaudern, hinderte ihn aber nicht, seinen Weg Richtung Haus um sich spähend fortzusetzen. Das Haus erschien ihm jetzt größer. Auf der ihm zugewandten Seite befand sich eine Terrasse, auf der unter einer Markise ein großer Tisch mit zusammengestelltem, benutztem Kaffeegeschirr, Stühle, Liegestühle und zwei Hollywoodschaukeln standen. Die Tür war geöffnet. Er trat ein.

Hannes, sein Sohn, hockt vor seinem auf Sattel und Lenker stehenden Montainbike. „Ulf, hälst du mal," bittet er. Mit Kabelbindern befestigt er geschickt ein Kabel, das Ulf am Rahmen strammgezogen hält.
„Endlich," seufzt er. „Ulf, was würde wohl passieren, wenn ich mit Lichtgeschwindigkeit fahren würde? Ich plane nämlich ein System an mein Bike anzubauen, so etwas wie ein Dynamo mit Motor, weißt du, nur dass es beim Fahren immer mehr Energie erzeugt, als es verbraucht, verstehst du, ich erklär es dir, also, egal, wie schnell ich fahre, es bleibt immer Energie übrig, die die Geschwindigkeit automatisch erhöht, und die höhere Geschwindigkeit erzeugt wieder mehr Energie, die wieder die Geschwindigkeit erhöht. Soll ich es Dir an einem Beispiel erklären? Nehmen wir an, ich fahre Hundert, dann erzeugt das System aber Energie für Einhundertzwanzig, und ich fahre dann Einhundertzwanzig, bei Einhundertzwanzig wird aber dann Energie für Einhundertfünfzig erzeugt, und ich fahre Einhundertfünfzig, und immer so weiter bis ich mit Lichtgeschwindigkeit fahre, kannst du mir folgen? Je schneller ich fahre, de-

26

sto mehr Energie wird erzeugt, und je mehr Energie ich habe..."

„...desto höher wird die Geschwindigkeit," ergänzt Ulf, „ich habe verstanden. Da brauchst Du aber eine windfeste Frisur."

Hannes sieht ihn zufrieden schmunzelnd an. „Ulf, gibt es eigentlich eine Geschwindigkeit, die noch schneller ist als die Lichtgeschwindigkeit?"

„Ich glaube nicht," antwortet Ulf, „soviel ich weiß ist die Lichtgeschwindigkeit die höchste gemessene Geschwindigkeit. Sag mir Bescheid, wenn du den Apparat eingebaut hast, den lassen wir dann patentieren."

„Patentieren?" Dieser Gedanke gefällt Hannes ausnehmend gut. „Genau. Und dann kriegen wir richtig Kohle," jubelt er in einer Weise, die erkennen lässt, dass er sein Vorhaben auch mehr als einen Scherz ansieht.

„Das dauert aber noch ein bisschen. Im Moment bin ich noch in der Konstruktionsphase. Als erstes brauche ich einen Dynamo. Ulf, weißt du, wie lange das Licht von der Sonne zur Erde braucht?"

„Im Moment nicht, Hannes. Wollen wir heute zusammen den Kaffee für Opa machen? Dann können wir ihn ja auch mal fragen wegen der Lichtgeschwindigkeit."

Hannes willigt ohne zu zögern ein. Mit dem Kaffee begeben sie sich zu ihrem Vater und Großvater.

Dieser sitzt aufrecht in seinem Bett, während Anja ihm aus der Zeitung vorliest.

„Hallo Opa, hier kommt dein Kaffee," begrüßt ihn Hannes.

„Und ein paar Kekse haben wir auch dabei," ergänzt Ulf.

„Wunderbar!" tönt es zurück. „Danke. Das ist was Gutes. Kaffee. Jaaa, ein wunderbares Getränk, das tut gut."

Anja hält ihm die Tasse an den Mund. „Aber pass auf, er ist noch etwas heiß."

Nachdem der alte Mann vorsichtig ein paar Schluck genommen hat, lehnt er den Kopf seufzend ins Kissen zurück

„Was ich noch sagen wollte, Ulf, hast du der Fußpflegerin bescheid gesagt, dass ich nicht kommen kann? Wie heißt sie noch, wie dieser Vogel..."

„Geyer," hilft Ulf ihm auf die Sprünge.

„Richtig, die Geyer.."

„Nein, noch nicht, aber ich werde es gleich erledigen. Vati, wie geht es dir denn heute nachmittag?"

„Wie soll es mir schon gehen? Schlecht."

„Wieder der Magen?"

Kopfnicken. „Ich kriege nichts runter, und dann die Schmerzen. Und das Sehen ist dadurch natürlich auch wieder schlechter. Eins hängt mit dem anderen zusammen. Alles Scheibenkleister, das kann ich dir sagen."

„Immerhin, ein paar Löffel von der Roten Grütze hast du doch gegessen," wirft Anja seine Hand streichelnd ein, „morgen kommt ja auch wieder Frau Dr. Koch, sie wird dir schon helfen."

„Ach, die Koch, die kann doch och nischt machen," murrt er. „Was ist bloß mit mir los? So kann es doch nicht weitergehen. Gib mir bitte noch einen Schluck. Ja, das tut gut." Es rumort in seinem Magen, und sein Blick gleitet ins Leere. „So ist das," seufzt er und schließt die Augen.

„Vati, möchtest du jetzt vielleicht etwas schlafen?" Ulf nimmt seine Hand, und diese drückt seine.

„Ja, aber vorher bitte noch das Fernsehprogramm." Hannes liest ihm das Abendprogramm aus der Zeitung vor. Sein Opa ist davon nicht sehr angetan.

„Ich empfehle dir das Quiz. Das ist immer interessant und man lernt dabei, und zwischendurch treten auch bekannte Künstler auf," erklärt er.

„Na wenn du es sagst, mein Lieber," meint Opa

„Opa, ich hab da noch eine Frage. Weißt du wie viel Kilometer es von der Erde zur Sonne sind?"

„Nein Hannes, keine Ahnung, ich habe das irgendwann einmal gelesen, aber ich habe es vergessen."

„Das macht nichts," beschwichtigt Hannes, „ich kriege das schon raus."

„Und sagst du es mir dann?"

„Na klar. Opa, möchtest du noch ein Rätsel lösen? Es ist ein Blondinen-Rätsel, selber ausgedacht."

„Na dann mal los. Da bin ich aber gespannt."

„Also, was passiert, wenn eine Blondine über eine Brücke geht."

Opa überlegt eine Weile, doch er kommt nicht drauf.

„Soll ich es dir sagen? Die Brücke stürzt ein, und weißt du warum? Der Klügere gibt nach."

Da Opa die Pointe nicht versteht, erklärt ihm Hannes ausführlich, was es mit den Blondinenwitzen auf sich hat.

Nun lacht auch er. „Das ist gut, Hannes, und du hast es dir selber ausgedacht? Großartig."

„Und jetzt etwas Einfacheres, wie ist das Adjektiv zu Dame?"

„Dämlich!" antwortet Opa, und erhält großes Lob und drei Punkte von seinem Enkel. Sie betten den alten Mann zum Schlafen.

Im Wohnzimmer findet er seine Tochter, Sybille, der er versprochen hat, Vokabeln abzufragen. Diese Aufgabe hat bereits seine Mutter übernommen.

„Vorteil?"

„Average."

„Nein, Liebes..."

„Ach ja, das ist ja Durchschnitt. Was sagtest du noch?"

„Vorteil!"

„Vorteil.. warte, ich hab`s gleich.., das ist auch etwas mit A..."

„Advantage!" sagt Ulf unbedacht.

„Papa, halte dich bitte zurück. Ich wäre selbst drauf gekommen, ich wollte es gerade sagen."

„Na Ulfi, was macht die Arbeit, kommst du voran? Wie fühlst du dich als Schriftsteller," fragt ihn seine Mutter.

„Normal", antwortet er. „Der Verlag macht Probleme. Schickt alles zurück. Ich merke schon, Schreiben als Beruf, das muss man sich überlegen."

„Ach Ulfi, nicht gleich den Mut verlieren" meint seine Mutter, „es gibt doch noch andere Verlage oder du verhandelst noch ein bisschen, es führt nicht nur ein Weg nach Rom."

„Das stimmt zwar, aber es ist für mich auch kein Problem, wieder Häuser zu bauen, im Gegenteil. Ehrlich gesagt überlege ich, was besser für mich ist. Ich habe Römer jedenfalls die Pistole auf die Brust gesetzt. Jetzt warte ich erst einmal ab."

„Na siehst du," seine Mutter lächelt ihn liebevoll an, und er bemerkt in ihrem Blick einen müden Anflug, der ihn plötzlich feststellen lässt, dass sie älter geworden ist, unmerklich, ihr Haar, ihr Gesicht, ihr Hals, ihre Haltung. Er sieht sie an.

„Ulfi, komm, setz dich zu uns."

„Mutti, alles gut?"

Sie lächelt ihn an, streicht ihm übers Gesicht.

„Und wie sieht es bei dir aus? Wie weit seid ihr mit eurem Stück?" fragt er.

„Du, totales Chaos, Marion ist krank, kann an den nächsten Proben nicht teilnehmen, und die meisten können ihren Text noch nicht, und was das Schönste ist, Karl-Heinz hatte neulich wieder einen sitzen. Du kannst dir ja vorstellen..., ich weiß nicht, was aus unserer Premiere werden soll, aber so war es ja immer, und am Ende hat es dann doch irgendwie geklappt."

„Fragst du mich nachher wieder meine Rolle ab?" wendet sie sich an ihre Enkelin.

„Sybille schüttelt den Kopf. „Heute nicht, bin nicht in Stimmung."

„So.., was ist denn?"

Sybille zuckt mit den Achseln.

„Hm." Nachdenklich mustert die Großmutter sie. „Schade.., was hast du denn? Du siehst wirklich blass aus, bist du vielleicht krank?"

Sybille schüttelt den Kopf.

„Ha, aufgegangen!" schallt es von der anderen Seite des Raumes.

Wolfgang erhebt sich von seiner Patience, und kommt zu ihnen herüber.

„Na Ulf, wie stehen die Aktien? Sybille, was ist los?" sagt er seine Hand auf ihren Arm legend.

Sybille verbirgt ihr Gesicht an Omimis Schulter.

„Bille, Kleines," sagt Omimi und legt ihren Arm um sie. „Komm mal mit." Sich erhebend nimmt sie sie bei der Hand.

Ulf, dem es mit seinen Töchtern in solchen Situationen manchmal an der nötigen Sensibilität und Ruhe fehlt, weiß das Problem in guten Händen, wenn seine Mutter, zu der seine Kinder ein anderes, freieres Verhältnis haben, als zu ihren Eltern, sich ihrer annimmt und ist dankbar dafür.

Zum Abendessen versammeln sich alle an einem langen Tisch.

Da ist seine Mutter, inzwischen sechzigjährig mit leicht ergrautem Haar, die sich ihre Leidenschaft für das Theaterspiel durch all die Jahre erhalten hat, wenn sie auch ihre Schauspielerische Ausbildung aus Geldmangel oder wegen ihrer Heirat oder des

Krieges aufgegeben und im Büro zu arbeiten angefangen hatte, wenn sie auch zwei Kinder bekam, die Erwartung eines gelungenen Familienlebens breiten Raum einnahm und wieder zerstob, wenn sie auch nach Zeiten des Leidens ein neues Glück fand, seinem Bruder, genauer Halbbruder, das Leben schenkte, wenn ihr auch ihre Kinder Anlass zur Sorge gegeben haben, wenn sie auch unter Schlaflosigkeit litt, die ihr gesundheitlich schadete. Ihre Begeisterung für das Theater hat sie sich nie nehmen lassen.

Zu ihrer Enkelin, Sybille, die diese Neigung teilt, hat sie ein besonders inniges Verhältnis. Schon früh hatte die Großmutter beim Einstudieren ihrer Rollen und der sich beim Abfragen des Textes ergebenden Rollenverteilungen ihr Interesse geweckt, mit der Folge, dass seine eher introvertierte Tochter ein völlig unerwartetes Temperament an den Tag zu legen imstande ist, das ihr gut steht und auch gut tut, und ihren Wunsch und Willen weckte, Schauspielerin zu werden.

So sitzen sie denn auch zu den Mahlzeiten stets nebeneinander. Liebevoll streicht sie ihrer blass und still an ihrem Brot nagenden Enkelin über die Wange.

„Ulfi, reich mir doch bitte die Margarine," wendet sie sich an ihren Sohn. Soweit seine Erinnerung reicht, nennt sie ihn so und weiß nicht, wie gern er diesen Kosenamen aus ihrem Munde hört.

Und dann ist da Wolfgang, sein Stiefvater, bei dem er zusammen mit seiner Mutter, seiner Schwester und seinem Brüderchen von seinem fünfzehnten Lebensjahr an acht Jahre gelebt hatte. Dieser ruhende Pol im Wirrwarr des Alltags mit seinen Problemen, diese Verkörperung von Verlässlichkeit, Geduld und Besonnenheit, Wärme und Geborgenheit. Ulf konnte sich nicht erinnern, je einen so liebevollen und aufmerksamen, sich selbst zurücknehmenden, um das Wohlergehen seiner Frau besorgten Mann begegnet zu sein.

Seine Schwester sitzt neben ihrem Vater, der sich, seit er geschlafen hat, wundersam gut fühlt und aufgeräumt nach den Bundesligaergebnissen fragt, die ihm seine Tochter sobald er ausreichendes Gehör sich zu verschaffen nicht in der Lage ist, durch insistierendes, die anderen übertönendes Wiederholen seiner Frage „wie hat der HSV gegen Dortmund gespielt?" liefert. Sie schmiert ihm das Brot und führt das Teeglas an seinen Mund, fragt ihn nach seinen Wünschen („möchtest du noch eine Scheibe oder vielleicht einen Jogurt?") Nein er möchte lieber noch etwas Rote Grütze, und schon springt sie auf, seinen Wunsch zu erfüllen.

Das ist ihre Stärke, auf die Menschen einzugehen, ihnen nicht nur zuzuhören, sondern sich ihres Anliegens anzunehmen, durch Nachfragen ihr Interesse und ihre Anteilnahme zu bekunden. Und handelte es sich dabei auch um Kleinigkeiten, eine geäußerte Müdigkeit etwa oder einen zu laut geratenen Nieser, auf alles reagiert sie mit großer Aufmerksamkeit, die sie in ausführlichen Worten, meistens verbunden mit aufmunternden Ratschlägen und dadurch, dass sie später noch einmal auf die Angelegenheit zurückkommt, äußert.

Als wenn nicht sie es wäre, der ein wenig Zuspruch von Zeit zu Zeit ganz gut täte, denn seit ihrer Krankheit und der anschließenden Therapie vor Jahren lässt ihre Gesundheit zu wünschen übrig. Einmal nicht warm genug angezogen, ein Witterungs-umschwung, ein Schauer, eine schlecht geschlafene Nacht zur falschen Zeit und schon hat es sie erwischt, liegt sie darnieder mit Bronchitis und allem, was dazu gehört. Immer öfter, fast so, als würde die Zeit knapp, fällt ihm ein, dass auch, und gerade sie, die so wenig Aufhebens von sich macht, Aufmerksamkeit bedarf. Manches ist ihr versagt geblieben. Ihr Kinderwunsch hat sich trotz Hinzuziehung ärztlicher Kunst nicht erfüllt, von vielen Plänen und Perspektiven hat sie sich verabschieden müssen. Erst spät, erst seit sie sich beide um ihren kranken Vater kümmern, hat sich seine bis dahin eher gleichgültige Einstellung zu seiner Schwester geändert, denkt er an Sie, fragt sich, was sie macht und ob es ihr gut geht. Der Gedanke, dass sie den gleichen Vater und die gleiche Mutter haben, berührt ihn zunehmend, lässt ihn sie mit anderen Augen sehen, als einen überaus vertrauten Menschen, dessen Gegenwart die gemeinsame Vergangenheit wieder lebendig macht.

Als wäre es gestern gewesen, sieht er sie beide als Kinder, vor Spannung quietschend, sich unter der Bettdecke verstecken und ihren Vater, der mit einem Pantoffel nicht zimperlich auf alles einschlägt, was drunter hervorschaut. Besonders, wenn sie da ist, kommen die Bilder zurück: von Weihnachten, von ihren von Heimweh geprägten Verschickungen, von den Ausflügen auf die Elbinsel Meyerssand.

Ihr gegenüber sitzt sein Schwager, Marc, groß und kräftig, ein bisschen zur Fülle neigend, beruflich ausgelastet mit wenig Möglichkeiten der Bewegung. Ulf erinnert ihn und seine Schwester immer wieder an die gesundheitliche Notwendigkeit sportlichen Ausgleichs. Es ist die Sorge um die, die ihm lieb und teuer sind, die ihn zu diesen Mahnungen treibt, damit sie mehr tun, um nicht zu altern, damit es bleibt, wie es ist.

Daneben sitzt sein Bruder, genauer Halbbruder. Sensibel gestrickt, leicht aufbrausend trotz Johanneskraut, mit einem Zug zum Schlaumeier. Sein Markenzeichen, keine Meinung unwidersprochen zu lassen, auch und gerade dann nicht, wenn sie von Kompetenz zeugt. Regelmäßig einen anderen Blickwinkel einzunehmen, überzeugend zu argumentieren, keine Zweifel an sich, seiner Meinung und seinen Handlungen aufkommen zu lassen, ist ein Wesenszug, der ihm Respekt einträgt.

Besonders gern erinnert sich Ulf an die Zeiten, als er sich noch für seinen kleinen Bruder verantwortlich gefühlt hatte, mit ihm gespielt, ihm diesen oder jenen Trick gezeigt hatte. Verbunden mit jener Zeit ist auch das jammervolle Bild eines gekrümmten Wichts, das er bot, als eine rätselhaftes Leiden an der Schulter von ihm Besitz ergriffen hatte, das ihn nicht nur daran hinderte, aufrecht zu gehen. Um sich dem Schmerz zu entziehen, hatte er, der Fünfjährige, die Haltung eines Greises angenommen, die Schulter hoch gezogen, den Kopf verkrampft nach vorn gestreckt, was diesen lieben, unschuldigen Jungen grotesk entstellte. Der Arm befand sich in einer Schlinge.

Damals hatte Ulf abends im Bett tatsächlich gebetet, überlegt, was er persönlich tun könne, damit er wieder gesund werde. Etwas, das ihm schwer fiel, das ihn Überwindung kostete, musste es sein. Und das war, aus dem gemütlichen, warmen Bett aufzustehen, über den kalten Flur zu gehen, die Wohnungstür zu öffnen, um das Gute, die

guten Mächte und Kräfte, den lieben Gott, falls es ihn tatsächlich gab, hereinzulassen, niemand, der helfen konnte, wurde ausgeschlossen, damit sie ungehindert und bequem zu seinem Bruder gelangten, um ihn wieder gesund zu machen. Eine Woche lang, jeden Abend, hatte er sich dieser Prozedur unterzogen, auch auf die Gefahr hin, seiner Mutter oder seinem Stiefvater über den Weg zu laufen, die gleich nebenan im Wohnzimmer saßen, und sich sicherlich über sein Gebaren gewundert hätten.
Bis zum heutigen Tag hat er diese Geschichte für sich behalten.
Jetzt ist er groß, der kleine Bruder, hat selbst Familie, lässt sich nichts mehr sagen. Die Ruhe seines Vaters ist nicht auf ihn übergegangen, eher schon die Spontaneität seiner Mutter. Vergleichsweise gradlinig ist sein Lebensweg verlaufen. Sein Abitur hat er auf normalem Weg gemacht. Schon während seiner Schulzeit hatte er bei einer kleinen Zeitung mitgeholfen, Insiderkenntnisse erworben, Artikel über dieses oder jenes sportliche Ereignis geschrieben, Fuß gefasst und in dieser Branche bis vor kurzem sein Brot verdient. Er hat geheiratet, wurde Vater von zwei Kindern. Eine Querflöte spielende, pferdebegeisterte Tochter und ein Gitarre und Fußball spielender Sohn, beide Schüler desselben Gymnasiums. Musterkinder. Er selbst kümmert sich um den Fußballnachwuchs. Alles verlief sozusagen nach Plan. Bis vor kurzem, da hat er von heute auf morgen, völlig überraschend für alle, auch seine Frau, aufgehört zu arbeiten, hat seine gut bezahlte Stellung gekündigt, alles hingeschmissen und ist seitdem arbeitslos. Mit der Journaille hat er abgeschlossen. Über den näheren Hintergrund, hat er sich Ulf gegenüber nicht geäußert. Das Wort, Umstrukturierung, war gefallen.
Seither kriselt es in seiner Ehe. Bis vor kurzem hatte nichts darauf hin gedeutet, dass die Harmonie in dieser Familie nicht mehr vorhanden war. Edith, seine aus Frankreich stammende Frau, und seine beiden Kinder waren heute ohne ihn auf Besuch bei einer befreundeten Familie. Es heißt, Edith habe einen anderen.

Am linken Ende des Tisches sitzt Ulfs Tochter, Betty, mit ihrer Freundin.
„Papa, du hast es gut, du brauchst dir das Haar nicht zu färben," sagt sie kichernd in ihrer direkten Art.
„Stimmt, bei mir reicht ein bisschen Sonnenöl," gibt er irritiert zurück. „Aber du brauchst es auch nicht, deine natürliche Haarfarbe ist viel schöner."
„Papa, das ist Frauensache, davon verstehst du nichts." Sie winkt ab. Offensichtlich sticht sie einmal mehr der Hafer, weiß nicht wohin mit ihrem Übermut. Inzwischen fünfzehnjährig hat sie Gefallen am Necken gefunden.
Ihr Herz gehört den Kindern, den ganz kleinen. Nach Hannes` Geburt war sie praktisch nicht von seiner Seite gewichen. Keine Windel, die ohne sie gewechselt wurde, kein Essen, kein Bad, kein Umkleiden, das ohne sie stattfand, kein Schluckauf, kein Furz, der ihr entging. Die täglichen Ausfahrten mit dem Kinderwagen hatte sie von Anfang an zu ihrer Sache gemacht. Ihr größtes Anliegen, das sie sich bis heute erhalten hat, ist, nichts zu verpassen, der Grund, aus dem sie ihre Abneigung gegen das Laufen überwand und jeden Tag in rekordverdächtiger Schnelligkeit vom Unterricht nach Hause kam. Sie geht noch zur Schule und will danach, wie ihre Freundin, eine Ausbildung zur Säuglingsschwester machen. Die Jungs spielen in ihrem Leben noch immer eine Nebenrolle.

Betty. Wenn sie sich auch sehr von ihrer Schwester unterscheidet (wer es nicht weiß, kommt nicht darauf, dass sie verwandt sind), so gibt es doch Übereinstimmungen, besonders in puncto Spaß und Ausgelassenheit, auf diesem Gebiet verstehen sie sich blind. Wenn die beiden Schwestern erst einmal anfangen, albern zu sein, sind sie nicht zu stoppen. Ein Funke, und ihre Vorstellungskraft ist entfacht, treibt sie, sich an Ausschmückungen überbietend, von Einfall zu Einfall, zu immer neuen Blüten ihres Übermuts, bis der Vorrat aufgebraucht ist und sie vom Lachen erschöpft zu Boden sinken. Betty schickt sich gerade an, diesbezüglich den Faden zu ihrer Schwester aufzunehmen, gibt ihr Zeichen, ruft ihr etwas zu, doch Sybille kostet es diesmal nur ein müdes Lächeln. Wie ein Häuflein Unglück sitzt sie vor ihrer angebissenen Brotscheibe. Ihre Mutter betrachtet sie aufmerksam. Hannes, neben ihr, kommt vor Schwadronieren wieder einmal nicht zum Essen. Diesmal doziert er über düsenbetriebene Trucks.

Anja, Glücksfall seines Lebens, leibhaftige Entsprechung des Bildes, das er bis dahin in sich getragen hatte. Damals die Wattwanderung, die Muschel, in die sie getreten war, und seine ihr zu großen Gummilatschen. Sein Staunen über ihr stillschweigendes Einverständnis zur immer größer werdenden Entfernung von der Gruppe, über seine Feststellung, dass sie nichts gegen seine Gesellschaft zu haben schien, und die Freude, die ihn durchströmte. Die Unkompliziertheit ihres Kennenlernens dort draußen in Wasser, Sonne und Wind setzte sich in ihrem Zusammenleben fort, zog sich wie ein roter Faden durch ihre gemeinsame Zeit. Ihr Kinderwunsch erfüllte sich wie von allein, ihr Zusammenleben entwickelte sich ebenso, mühelos, spielerisch, gab nie Anlass zu Auseinandersetzungen. Es verhielt sich mit ihnen wie mit den Röhren aus dem Physikunterricht. Er dankte ihr innerlich für jeden Moment ihres gemeinsamen Lebens. Sie, dieser Traum aus dem Watt. Seine Frau. Sie hatte sich für ihn entschieden. Er hatte es nicht fassen können. Die Gewissheit ihrer Anwesenheit genügte, dass er einen neuen Anfang machte. Was er ist, ist er mit ihr geworden.
Sie bemerkt, dass er sie ansieht, erwidert seinen Blick mit einem fragenden Lächeln.
„Wann gehen wir denn mal wieder ins Watt?" fragt er sie.
„Ich möchte auch mit," ruft Betty sofort, ganz auf der Linie ihrer ersten, als Kleinkind gesprochenen Worte: ich auch!
„Ok!" erklärt Anja, „wenn das Wetter mitspielt, können wir ja nächstes Wochenende mal wieder nach St. Peter fahren. Wer mit will, kommt mit."
„Wie lange seid ihr eigentlich schon zusammen?" will Sybille wissen.
„17 Jahre!"
„Und war es Euch nie langweilig?"
„Für mich nicht, was eure Mutter betrifft, musst du sie fragen," erklärt Ulf.
„Ich sage mal so," sagt Anja, „früher klopfte mein Herz, jetzt schlägt es, und ich bin froh darüber, sonst hätte ich vielleicht irgendwann einen Infarkt bekommen. – Nein, Bille, im Ernst, in den 17 Jahren hat sich schon einiges verändert zwischen eurem Vater und mir, schließlich sind ja noch drei Kinder und ein Hund dazugekommen, die uns noch viel glücklicher gemacht haben."
„Der Hund oder die Kinder?" sagt Hannes, der Schelm.

Sein Freund Norbert und Marc unterhalten sich angeregt über Probleme, die der Anbau eines Wintergartens mit bringt. Sie sind sich einig darüber, dass dessen Decke den Boden eines Balkons, eine Etage höher bilden soll, also die stabile, teure Variante. Norbert berichtet von etwas Vergleichbarem in der näheren Umgebung. Eigentlich ist er mehr ein Mann der Theorie, des Denkens, der Philosophie, die praktischen Dinge des Lebens liegen ihm weniger, die regelt seine Frau. Jedoch in diesem Falle, die Aussicht, von seinem Zimmer auf einen Balkon hinaustreten zu können, hat verborgene Qualitäten zutage gefördert, das heißt, er, der Bücherwurm, ist derjenige, der die Planung und die Umsetzung des Projekts übernommen hat. Er holt sich Tips von einem befreundeten Architekten, kümmert sich um die Baugenehmigung und die Finanzierung. Dass er der Vater des kostengünstigsten Wintergartens wird, steht außer Frage. Jedem, der zwei Arme und Beine hat, ist von ihm bereits sein Beitrag an Eigenleistung zugeteilt worden.

Norbert, Schulfreund aus frühester Zeit. Ein Sonderling ist er immer gewesen, ein Diogenes dieser Tage. Der einzige Luxus, den er sich leistet, ist ein Päckchen Tabak für seine Pfeife. Alles andere überlässt er, Ulla, seiner Frau.

Jenna, ihr kleiner Hund, streicht ruhelos um die Tafel, sorgsam darauf achtend, dass ihm kein herabfallendes Krümelchen entgeht.

„Jenna, du sollst doch nicht betteln! Hey wirst du wohl! Nein, Jenna, aus! Ich darf dir nichts geben!" ist von den verschiedenen Seiten des Tisches zwischendurch zu hören. Jenna ficht das nicht an. Unverdrossen wartet sie auf eine milde Gabe oder dass etwas hinunter fällt.

Ulf sieht angestrengt in die Runde, wie, um für immer das Bild festzuhalten.

Leider stand die Kloschüssel nicht so, dass er im Sitzen aus dem Fenster in den Garten sehen konnte. Im Sitzen endete sein Blick an der lange nicht mehr gewischten Tür und lud zu keinem längeren Verweilen ein. Der Blick aus dem Fenster des WC`s in die Nachbarschaft vermittelte indes nicht weniger die Tatsache, dass er in einer privilegierten Gegend Hamburgs wohnte, als der Richtung Süden aus dem Wohnzimmer zur Straße hin auf die gegenüberliegenden Einfamilienhäuser.

Was zu erledigen war, erledigte er im Stehen und blickte dabei wohlgefällig in seinen Garten, wo er gestern Gras gemäht und geharkt hatte.

Auf dem Nachbargrundstück saßen frühstückenderweise im wärmenden Licht der Morgensonne die Eheleute Kroll auf ihrer Terrasse, um deren Sauberkeit seine Wohnung sie beneidete. Sie bewohnten die Einheit im Parterre der Wohnanlage mit Sondernutzungsrecht des Gartens, von dem sie reichlich Gebrauch machten.

Die Unterschiedlichkeit der beiden Gärten sprang ins Auge: hier wildes Wuchern, dort kontrolliertes Wachstum, hier ein Misthaufen, dort Platten und hygienische Sauberkeit, hier mehr der Plan der Natur, dort der des Ehepaares Kroll, das sich jedes Jahr auf diesen Garten stürzte: hackte, pflanzte, wässerte, schnitt, düngte, begradigte, reinigte. Außerdem erfolgten in regelmäßigen Abständen weitere Behandlungen durch den von der Eigentümergemeinschaft bestellten Gartendienst, der mit schwerem, benzinbetriebenen Gerät anrückte, den Rasen mähte, vertikutierte, die Hecke stutzte, im Herbst mit den Püstern das Laub unter den Ziersträuchern hervorwirbelte, wobei die Gärtner wegen der Geräuschentwicklung Ohrenschützer trugen.

Nun genoss das Ehepaar die Stille und die Früchte seiner Bemühungen.

Sehr viele Gärten dieser Gegend entsprachen diesem Muster, auch die öffentlichen Parks, die dem Gartenbauamt unterstanden, welches bei der Wahrnehmung seiner Aufsicht nach dem Prinzip „verbrannte Erde" vorging, seine Trupps ausschwärmen ließ, die, mit Kreissägen und Äxten bewaffnet, auf ihren Wegen durchs Gehölz niedermähten, was sich Ihnen in den Weg stellte, in wenigen Minuten der Lauschigkeit den Garaus machten. Deutlichste Zeugen dieses Wütens waren die Aussichtsplätze, die um der guten Sicht willen von jeglichem Gebüsch und hinderlichen Bäumen befreit wurden, so dass sich nun auch jedem Zwergpudel der Panoramablick über die Elbe darbot. Die Bäume und das Gebüsch verschwanden sodann unter ohrenbetäubendem Lärm im Schredder, der dem ruhesuchenden Spaziergänger nur die Flucht ließ. Wie eine Wohltat empfand dieser dann das Geräusch des Rasenmähers von jenem Grundstück, vor dem er verschnaufend anhielt.

Auf einen der aus dem Boden ragenden Baumstümpfe hatte jemand mit Filzstift geschrieben: alle Räuber brauchen einen Stock, den sie auch schnitzen müssen, fürs spätere Lagerfeuer.

Im deutschen Winter waren die Möglichkeiten für derlei Aktivitäten dagegen eingeschränkter. Sobald sich jedoch eine Möglichkeit bot, wurde sie konsequent genutzt. Wenn sich ein paar Schneeflocken dem Erdboden näherten, waren die Schneeräumdienste mit weithin sichtbarem Signallicht zur Stelle, fuhren mit ihren zu Schneepflügen umgebauten Jeeps über die Bürgersteige, salz- oder granulatstreuend eine dunkle

Spur im weißen Schneeflaum hinterlassend. Auf den schmalen Zugängen der Grundstücke selbst musste allerdings aus Platzmangel per Hand dem Feind gezeigt werden, was eine Harke war, wurde mit ungeahnter Gründlichkeit gefegt und gestreut, damit die Bewohner in der Lage waren, das Grundstück gefahrlos zu verlassen. Den Autos auf den Straßen wurde staatlicherseits geholfen.

Der Schnee, wenn er sich denn einmal herabtraute, hatte auch sein Gutes, er schaffte, was andere nicht schafften, er einte die Deutschen, verband sie durch das gemeinsame Ziel, ihn zu beseitigen, zu einer großen Koalition, die mit bewundernswertem Eifer gegen ihn vorging. Schon nach einem Tag war in Hamburg nur noch in den Parks zu erkennen, dass es geschneit hatte.

Er kehrte zu seinem Morgentee zurück. Das hatte er sich angewöhnt, das Teetrinken, in Ruhe. Wenngleich die Wirkung, die bei ihm nach gut einer Stunde einsetzte, in die Tagesplanung einbezogen werden musste, sollte es keine böse Überraschung geben, wie damals in seiner Anfangszeit als Teetrinker. Damals, die S-Bahn, die unerwartet auf freier Strecke stehen geblieben war (Triebwagenschaden), mit fest verschlossenen Türen und Fenstern, durch deren schmale Kippöffnung nur eine Fliege hätte entkommen können, und er, der schon nicht mehr still sitzen konnte. Er erschauderte bei der Erinnerung und goss sich erneut eine Tasse Tee ein.

Samstag. Was stand auf dem Programm? Einkaufen zunächst, Abwaschen, Aufräumen (vielleicht gelang es ihm heute, seine Regalwand abzustauben), Spazierengehen, Zeit haben, Zeit lassen.

Neben ihm auf dem Parkstreifen hielt abrupt ein mächtiger Geländewagen mit Platz für acht Personen und einem wuchtigen Reserverad auf der Heckklappe. Ihm entstieg flugs eine zierliche weibliche Person, die ebenso flugs die schwere Heckklappe öffnete, um einen langhaarigen, schwarzen Hund und eine Kinderkarre herauszuholen, die sie mit ein paar Handgriffen entfaltete. Als er wieder hinsah, saß schon ein Kind darin. Die Karre schiebend, den Hund an der Leine, ging sie Richtung Ortszentrum. Am Geländewagen blinkte kurz gelbes Licht.

Wie immer um diese Zeit herrschte geschäftiges Treiben in der Bahnhofstraße. An den Fußgängerüberwegen stauten sich die parkplatzsuchenden Autos, blockierten die Kreuzungen, preschten dann bei günstiger Gelegenheit über die Zebrastreifen. Zielstrebigkeit beherrschte die Leute, aber einige saßen auch kaffeetrinkend und plaudernd in der Sonne. Er überlegte, ob er sich ebenfalls an einen der Tische setzen sollte, verwarf jedoch diesen Gedanken beim Anblick der Schlange vor der Theke, außerdem verspürte er nach dem vielen Tee kein Bedürfnis nach weiterem Flüssigen. Statt dessen setzte er sich auf den noch freien Platz einer in der Sonne stehenden Bank, warf vor dem Einkauf vorsichtshalber noch einen Blick ins Portemonnaie.

„Hoffentlich ist kein Falscher dabei!" äußerte sein Nachbar. „Wenn, dann der Fuffziger!"

Sein Nachbar war ihm nicht unbekannt, war eine Blankeneser Figur, der man in unregelmäßigen Abständen, aber doch immer mal wieder begegnete, ohne dass aus diesem Kennen vom Sehen über Jahre ein paar Worte oder ein Gruß oder nur ein Nicken geworden wäre.

Ulf fuhr mit der Daumenkuppe über die Schrift auf dem Schein, fühlte ihre Erhabenheit und gab seinem Nachbarn durch bekräftigendes Nicken vom positiven Ergebnis seiner Untersuchung Kenntnis. Dieser rückte nun näher heran. „Es gibt noch andere Merkmale," meinte er.

„Halten Sie ihn mal schräg gegen das Licht, die Vorderseite bitte, sehen Sie, links das Wasserzeichen und die Wertezahl, in der Mitte der dunkle Sicherheitsfaden, sehen Sie? Und nun, kippen Sie mal langsam den Schein, ja genau, hier rechts muss auf dem Folienelement das Architekturmotiv und die Wertezahl als Hologramm sichtbar werden, je nach Sichtwinkel. Der Schein ist echt."

„Das beruhigt mich sehr," sagte Ulf. „Sie scheinen ja ein Experte zu sein."

„Na ja, ich habe mich im Internet ein bisschen schlau gemacht, heutzutage muss man aufpassen. Beim Geld hört bei mir der Spaß auf. Scheiß Euro, von wegen fälschungssicher. Nicht einmal die Automaten der Deutschen Bank erkennen alle Blüten, Sie wissen doch, für einen falschen Schein gibt es keinen Ersatz. Höchstens kommen Sie selbst noch in Verdacht."

„Sie wohnen auch in Blankenese?" fragte Ulf, „ich glaube, wir kennen uns vom Sehen."

Von der Straße ertönte ungeduldiges Hupen.

„Nun guck dir das an!" meinte der andere und erhob sich, um besser sehen zu können. Eine ältere Dame in ihrem Sportmercedes traute sich nicht, durch die zwar schmale, aber doch genügend breite Gasse zwischen einem anliefernden LKW mit Warnlicht und parkenden Fahrzeugen zu fahren. Als der Mercedes sich trotz des einsetzenden Hupkonzerts nicht bewegte, stieg der dahinter wartende BMW-Fahrer, ein Familienvater offenbar mit Frau und zwei Kindern im Wagen, aus und begab sich zum Mercedes. Seinen Gesten nach zu urteilen versuchte er, die Mercedesfahrerin davon zu überzeugen, dass für die Durchfahrt an jeder Seite genügend Platz war. Allein die Dame winkte ab, das Hupkonzert verstärkte sich. Schließlich erschien der LKW-Fahrer und fuhr ein Stück nach vorn.

Sein Nachbar schüttelte amüsiert den Kopf und ging seines Weges.

Von oben, von der Decke her, wehte gedämpft Musik, verteilte sich durch die Räumlichkeit. Phil Collins` Stimme schwebte sanft herab, TESTIFY, schmiegte sich an Maggisuppen, Schweinemett, Käse, Äpfel, Kaffee, Nudeln, bedeckte alles Inventar glättend, ausgleichend wie herabsinkender Schnee, der der entkleideten Natur alles Spitze, Kantige, nahm. Er kaufte gern in diesem Supermarkt, in dem der Eindruck von Frische und Sauberkeit vorherrschte.

Er begab sich zum Fleischstand, denn er brauchte Goulasch, Rindergoulasch. Marcel, ein vom Schicksal nicht gerade verwöhnter Junge, Sohn eines alkoholsüchtigen Vaters aus seinem Bekanntenkreis, dessen Mutter kürzlich gestorben war, kam morgen wieder zu Besuch und wünschte sich Goulasch a la Ulf, wie er sagte. Sonst vermied er

Fleisch, wo es ging, doch in diesem Fall war es nicht möglich. Marcel kam.
Blutend, in mannigfachen Schattierungen des Rot lag unangenehm riechend appetit-lich zerlegtes Tier in der Auslage. Jemand vor ihm fragte nach Pferdewurst.
„Darf es auch etwas anderes sein? Pferdewurst haben wir nicht, dann würde ich hier auch nicht arbeiten," die Antwort des Schlachters. „Die bekommen Sie hier nicht," er-gänzte er, „in Wandsbek soll es wohl noch einen Pferdeschlachter geben."
Der Anfragende nahm die seinem Wunsch entgegengebrachte Missbilligung gelassen und unbeeindruckt hin. Er bedankte sich höflich, wollte sich noch einmal umhören.
Der Schlachter sah ihm kopfschüttelnd nach und grub seine Hand ins Goulasch. „So der Herr, noch einen Wunsch?"

In der Bahnhofstraße herrschte nach wie vor reges Treiben. Es war Ende April, Zeit des Blumenpflanzens. Das Handy zwischen Kinn und Schulter eingeklemmt, ver-nehmlich hineinsprechend, trug ein junger Mann eine Kiste Stiefmütterchen zu seinem Cabrio, in dessen beigefarbenen Innern bereits eine Kiste stand und der Nachrichten-sprecher von einem Tornado in Missouri sprach.

Unmittelbar vor sich sah er auf dem Rückweg wieder die Dame mit dem Gelände-wagen. Der Hund ging in die Hocke, hinterließ einen ansehnlichen Haufen. Danach greifend, stülpte die Dame eine Plastiktüte drüber, verschloss sie mit einem Knoten und trug sie in der einen Hand, mit der anderen schob sie die Karre. Das gelbe Licht an ihrem Geländewagen blinkte erneut.

Eigentlich fühlte er sich zu müde, zu leer im Kopf, um noch in die Innenstadt zu fahren, aber er hatte ein Date. Lustlos und die Verabredung bereuend sprühte er sich Deo unter die Achseln. Zudem war das Wetter schlecht, für Mai zu kalt, und es wehte ein äußerst ungemütlicher Wind, im Westen zogen, wie schon den ganzen Tag, wieder dunkle Wolken auf, die in Staffeln ihre nasse Fracht abluden. Er hatte wirklich keine Lust mehr raus zu gehen und erwog, zu Haus zu bleiben. Aber das Telefon, sie hatte seine Nummer. Außerdem konnte er nicht sagen, er sei nach dem gestrigen Telefonat nicht neugierig geworden. Er gab sich einen Ruck, fuhr fort mit seiner Körperpflege.

Über die Elbchaussee ging es Richtung Innenstadt. Das Prasseln des Regens aufs Autodach übertönte das Motorgeräusch. Das Gefühl der Geborgenheit, das von ihm Besitz ergriff, störte nur das Kratzen der Scheibenwischer. Rechterhand huschte den Wassermassen trotzend, grau, der Turm von Landungsbrücken vorbei. Die Ampel war grün, und er drückte aufs Gas, bog nach links in die Helgoländer Allee ein, oben Am Heiligen Geistfeld wieder nach rechts und gleich wieder links in den Holstenwall. Ab hier verließen ihn allmählich seine besseren Ortskenntnisse, das hieß, er wusste nun nicht mehr, wann und wo er sich einzuordnen hatte, war auf den Stadtplan angewiesen. Er wollte über die Lombardsbrücke und wartete auf der Esplanade auf Grün. Da er sich falsch eingeordnet hatte, zog er den Wagen nach links auf die Nebenspur, was ein langes, durchdringendes Hupen zur Folge hatte. Ein seinerseits nach links ausweichender Mercedes rauschte an ihm vorbei. Das war knapp. Sein Puls jagte, ihm war gleichzeitig heiß und kalt. Rechts von sich nahm er durch einen Vorhang aus Regen das Weiß des Hotels Atlantik wahr. Er fuhr die Straße an der Alster noch ein Stück weiter und bog dann der Mehrzahl der vor ihm fahrenden Wagen und seiner Erinnerung an den Stadtplan folgend nach rechts in eine ihm unbekannte, breite Straße mit mehreren Abbiegespuren. Hier hieß es, sich schnell zu entscheiden, Zeit zum Überlegen gab es nicht. Er befand sich nun auf ihm unbekannten Boden, der Regen und das Zwielicht machten ihm die Orientierung nicht leichter. Er fuhr mehr nach Gefühl in der Hoffnung, auf irgendeine Marke zu treffen. Doch er machte sich nichts vor, er kannte diese Gegend, den Ostteil Hamburgs, so gut wie nicht, hatte hier nie etwas zu tun gehabt und sein Vorhaben, sich seine Heimatstadt im ganzen zu erschließen, immer auf spätere Zeiten verschoben. Er fuhr jetzt völlig orientierungslos, nur noch auf der Suche nach einer Gelegenheit zum Halten, eine Nebenstraße, um mit Hilfe der Karte wieder Herr der Lage zu werden. Wind und Regen rüttelten am Wagen, schienen ihn fahruntüchtig machen zu wollen. Mai, nannte sich so etwas, Wonnemonat! Es war bereits 20 Uhr, seine Verabredung konnte er vergessen. Er fluchte, und es war gut, dass niemand zugegen war. Er fuhr rechts in eine Einbahnstraße, von der er mangels Haltemöglichkeit erneut nach rechts abbog. Dort hielt er unter einer Laterne, stieg aus, um den Straßennamen festzustellen. Er lief durch den Regen zur Straßenecke, fand dort kein Schild und setzte seine Suche in der Querstraße fort, lief wiederum zur Straßenecke und wieder in die andere Richtung. Fehlanzeige, also suchte er in der nächsten Straße. Es goss aus Kübeln, und seine Hose begann, an seinen Beinen zu kleben, auch seine Jacke wurde merklich schwerer. Die

Tropfen rannen von seinem Kopf herab. Er wusste noch immer nicht, wo er war. Also weiter. Die nächste Straße. Gott sei Dank! Meierstraße las er. Jetzt hatte er endlich einen festen Punkt. Er kehrte nun um und stellte fest, dass er sich nicht gemerkt hatte, wo der Wagen stand. Ebenfalls stellte er fest, dass ihn seine Erinnerung an die Örtlichkeiten bereits ab der ersten Abzweigung verließ. Er verfluchte seine Unzulänglichkeit. Grimmig entschlossen eilte er weiter, kümmerte sich nicht um den Regen. Seine Konzentration gehörte einer Farbe: silbermetallic. Diese ließ sein Herz, sobald er sie erblickte, höher schlagen, aber silbermetallic war eine beliebte Farbe.

Seine Nervosität wuchs zusehends. Für ihn ging es nur noch darum, seinen Wagen zu finden. Während der durchnässte, kalte Stoff seiner Kleidung unangenehm auf seiner Haut klebte, dachte er neidvoll an alle jene, die jetzt in trauter Zweisamkeit in ihren trockenen, warmen Wohnungen salzstangenknabbernd fernsahen oder es sich auf andere Art gemütlich gemacht hatten. Verzweifelt und fluchend hastete er durch die menschenleeren Straßen. Wäre er doch bloß zu Haus geblieben, statt einem Weiberrock nachzujagen, hätte bei einem Gläschen Roten Kästners „Fabian" weitergelesen und von seinem Bett aus dem auf sein Dachfenster trommelnden Unwetter gelauscht. Das hatte er davon.

Inzwischen war er nicht mehr in der Lage, seinen Standort und den seines Wagens in eine Relation zu setzen. Nach seiner ungestümen Suche hatte er jede Orientierung verloren, hatte ihn ein Schwindel erfasst, der seine Gedanken durcheinander würfelte. Er hatte das Gefühl, in ein Räderwerk geraten zu sein, das ihn nicht mehr freigab. Er blieb stehen, versuchte, sich zu sammeln, seiner Verwirrung und Panik Herr zu werden, sich in diese merkwürdige Lage hinein zu finden und zu überlegen, was zu tun sei. Irgendjemanden, am besten einen Polizisten, nach dem Weg fragen, oder eine Bus- oder Bahnstation finden. Doch nichts und niemand war zu sehen. Einfach irgendwo klingeln, behielt er sich als letzte Option vor. Seinen Mangel an Umsicht und den Regen verfluchend, nun bemüht, sich bestimmte Marken einzuprägen, durchschritt er die nächtlichen, fremden Straßen. Die Vorstellung von Obdachlosigkeit erschreckte ihn, schnell vergewisserte er sich der Anwesenheit seiner Geldkarte.

„PIMPF". Ein Lokal. Er betrat es, um dort jemanden zu fragen, wo er war und seine Suche sodann systematischer fortzusetzen. In einem nicht sehr großen Raum, dessen linker Teil durch einen Tresen mit den üblichen Hockern und der verbleibende Platz mit nackten Holztischen und -stühlen ausgestattet war, hielten sich zwei Zärtlichkeiten austauschende Männer auf, die keine Notiz von ihm nahmen. Der Anblick erschreckte Ulf, schon war er wieder draußen.

Ihm schien, dass der Regen nachließ, der Wind dafür zunahm. Ziellos ging er weiter. Seine Panik war einer Resignation gewichen, der Einsicht, dass er sich wohl oder übel mit dieser ungemütlichen Situation auseinandersetzen musste, mit Gewalt da nichts zu machen war.

In der Tat, der Regen war merklich weniger geworden, der Wind blies von hinten die nasse Hose gegen seine Beine. Er bereute zutiefst sein heutiges Unterfangen. Sowieso war ihm diese unverblümte und anonyme Möglichkeit des Kennenlernens nie geheuer gewesen. Lange hatte er sich gegen sie gesträubt, sich gegen sie entschieden, dann doch dem Gedanken nachgegeben. Sich selbst ein Bild machen, hatte er sich gesagt. Die Frage, ob die Gründe seiner Vorbehalte auf das Unromantische dieser Möglichkeit oder auf seine insgeheimen Hintergedanken, die er nicht guthieß, sich aber dennoch in den Verästelungen seines Hirns aufhielten, zurückzuführen waren, hatte er sich nicht beantwortet. Der Möglichkeiten im Netz gab es viele, das wusste er, auch solche, die er eigentlich nicht billigte.

Als er aus seinen Gedanken erwachend aufblickte, war er mehr als erstaunt über das, was er sah: Berge! Er rieb sich die Augen. Bewaldete Hänge, eine Kulisse, die der österreichischen Bergwelt zur Ehre gereicht hätte. Die Harburger Berge? Einzige Möglichkeit. Aber so gewaltig? Nun ja, er war schon mal mit seinen Kindern im Wildpark Schwarze Berge gewesen, aber Felswände und Gipfel, die in den Wolken verschwanden? Am Ende der nächsten Querstraße sah er den Saum des die Höhen bedeckenden Waldes. Er ging drauf zu. Die Stadt hörte auf. Noch eine unkrautüberwucherte Wiese, dann begann der Wald. Es roch nach Tanne und Harz, der Wind rauschte in den wogenden Bäumen. Er ging ein Stück den Pfad, der am Rand des Waldes entlang führte.

Berge! Gebirge!! Bei Hamburg!! Es musste etwas mit seiner Wahrnehmung sein, sie spielte ihm einen Streich. Halluzinationen! Eine Folge seiner dauernden Kopfschmerzen. Sein Herz pochte bei diesem Gedanken. Der Pfad mündete in einen breiteren, ungepflasterten Waldweg, der in Serpentinen bergan führte. Er folgte diesem Weg, denn er war auch neugierig geworden, wollte nun wissen, was das ganze bedeutete. Von weiter oben versprach er sich zudem einen Überblick, der ihm Erkenntnisse zur Umgebung gab. Der Wind rauschte in den Bäumen, die sich ächzend und knarrend bogen. Über den sich beugenden und wieder aufrichtenden Wipfeln jagten die Wolken und gaben kurz den Blick auf einen Dreiviertelmond frei. Es war merklich dunkler geworden, er wusste, dass ihm seine Augen bei der Orientierung in längstens zwei Stunden nichts mehr nützen würden. Inzwischen war es kurz nach neun. Er beschloss daher, bald umzudrehen. Zuvor jedoch wollte er noch ein Stück nach oben kommen, von wo er dann, so hoffte er, in der Ferne den Michel oder den Fernsehturm oder irgendein anderes Zeichen Hamburgs sehen konnte. Um den Weg in Anbetracht der nahenden Dunkelheit abzukürzen, ging er querfeldein, stieg direkt bergan. Nachdem er auf diese Weise die Serpentine zum zweiten Mal gekreuzt hatte, sah er weiter oben durch die Bäume in nicht weiter Entfernung zu seinem Erstaunen ein Licht. Ein Haus vielleicht? Menschen? Ein Aussichtspunkt? Er beschloss, bis dort noch seinen Weg fortzusetzen, zu sehen, welche Bewandtnis es mit dem Licht hatte, und, sollte er dann nicht schlauer werden, in jedem Fall, umzukehren. Das Buschwerk wurde dichter und höher, er kämpfte sich hindurch und verlor, vergeblich nach den Zweigen greifend das Gleichgewicht, fiel ins Bodenlose, rutschte, überschlug sich und blieb liegen. Sein Schrecken war erheblich, schwer atmend wartete er auf einen Schmerz. „Ich bin irgendwo runtergefallen," war sein erster Gedanke, doch ein größerer Schmerz stellte sich nicht ein, nur ein Brennen seiner rechten Handfläche. Vorsichtig streckte er erst das eine, dann das andere Bein, tastete den Boden ab, um sich zu vergewissern, dass nicht unmittelbar hinter den Büschen, an denen er zu liegen gekommen war, ein weiterer Abgrund auf ihn wartete. Mühsam und ähnlich vorsichtig wie bei seinem letzten Hexenschuss beförderte er sich wieder in die Senkrechte. Zitternd stand er da und schaute hinauf zu der Stelle, von wo er runtergekommen war. Entweder hatte er Glück gehabt oder er war geschickt gefallen. Die Sache hätte durchaus auch anders ausgehen können. Es war so, dass sich von unten gesehen an eine Geröllhalde ein überstehender Felsen anschloss, von dem er ca. zwei Meter tief auf diese Halde gefallen und dann der Schwerkraft folgend nach unten gerutscht war. Er befand sich in einer steil abfallenden, felsigen Mulde, an deren einen Seite, wie er erleichtert feststellte, ungefähr in Kopfhöhe, ein Vorsprung war, von dem aus er weiterkommen konnte. Nur, wie kam er da hoch? Was ihm im ersten Moment als machbar erschien, erwies sich als echtes Problem. Mit Anlauf war da nichts zu machen. Die Tatsache, dass es dunkelte, beruhigte ihn in keiner Weise. In hektischer Eile sammelte er umliegende Steine zu einem Haufen, aber auch von seiner Spitze aus schaffte er es nicht, sich hoch zu ziehen. Es musste anders gelingen, um jeden Preis. Ihm fiel das Bäumchen ins Auge, das leider auf der falschen Seite stand, und ihm fiel sein Taschenmesser ein, ein Geschenk seiner Schwester, das er manchmal mit sich führte. Zwar hatte er es heute nicht eingesteckt, aber er trug die richtige Jacke. Er fand es tatsächlich in seiner Brusttasche, und so wie er es sich gewünscht hatte, war auch eine kleine Säge dran. Gutes Switzerland! Fieberhaft begann er, den etwa zehn Zentimeter dicken Stamm durchzusägen. Er sägte ohne Pause. Irgendwann, es war längst dunkel, schaffte er es, den Stamm, durchzubrechen und, indem er ihn mit seinen Ästen als Leiter benutzte, den Vorsprung zu erklimmen. Ein Stein fiel ihm vom Herzen. Aber es war jetzt stockdunkel, er sah die Hand vor Augen nicht. Mehr als widerstrebend kam er zu der Erkenntnis, dass er besser daran tat, nicht durch das Dunkel zu stolpern, zu warten, bis es hell wurde. Dort, wo er stand, kauerte er sich nieder, bangen Herzens, Gott und die Welt verfluchend. Vor Kälte und Anspannung zitternd richtete er sich darauf ein, bis Tagesanbruch durchzuhalten. Er verschränkte seine Arme auf den Knien und legte seinen Kopf drauf. Er fror, Hände und Füße waren eiskalt, seine Hose und Jacke waren feucht. Und er hatte Kopfschmerzen. Mit dem Gesicht und seinem Atem versuchte er seine Hände zu wärmen, lauschte beklommen dem Rauschen des Windes und den Geräuschen des Waldes. Konnte er sicher sein, dass nicht plötzlich ein Bär oder ein anderes Ungeheuer aus dem Dunkel kam? Er hatte gehört, dass auch Wölfe hierzulande wieder gesichtet worden waren. Die Laute, die er um sich vernahm, waren jedenfalls nicht dazu angetan, ihn von solchen Gedanken abzulenken. Die Frage, wie er in diese bizarre Lage gekommen war, was das Ganze bedeutete, beschäftigte ihn in diesem Moment nur am Rande. Seine Aufmerksamkeit gehörte ganz dem Rascheln und Knacken, den unheimlichen Geräuschen neben dem erklärlichen Rauschen und Knarren der Bäume. Minutenlang lauschte er angestrengt ins Dunkel, bemüht, sich nicht irritieren zu lassen. Da! Was war das? Das Klatschen eines zurückschnellenden Astes? Waren da nicht Schritte? Er hielt den Atem an, er hörte ein Knistern, ein trotz großer Behutsamkeit unvermeidbares Knistern des Unterholzes unter Schuhsohlen. Sein Herz begann stärker und schneller zu schlagen. Er hatte das Gefühl, dass jemand nicht weit von ihm stand. Sein Herz pochte ihm nun bis zum Hals. Er hielt die Luft an, erstarrte, hatte das Gefühl zu platzen. Mit einem unartikulierten Schrei sprang er auf, wobei er mit dem Kopf gegen einen Ast stieß, diesen ergriff und den nächsten und wieder nächsten, bis er sich in einiger Höhe befand. Von oben lauschte er in die undurchdringliche Dunkelheit. Er sah nichts, spürte nur den Ast in seinen Händen und den, auf dem er stand. Lange, sehr lange, mehrere Stunden, verharrte er in dieser Lage bis seine von der Kälte schmerzenden Hände ihn nicht mehr festhalten wollten. Indem er die Arme über den Ast legte, so dass sich dieser nun unter seinen Achseln befand, war es ihm möglich, seine Hände in die Hosentaschen zu stecken. Dort die schmerzenden Finger langsam bewegend, fühlte er ihre Kälte an seinen Beinen, und nach einer Weile deren Wärme an seinen Händen. Das Beklemmende seiner Situation war die Dunkelheit, nicht sehen zu können, was um ihn war. Auf dem Baum fühlte er sich jedoch sicherer als auf dem Boden. Leider fing es nach einiger Zeit wieder zu regnen an, auch machte ihm die Unbequemlichkeit seiner Lage zunehmend zu schaffen. Seine Füße und Beine schmerzten vom Auf-der-Stelle-Stehen. In solchen Situationen zeigten Plattfüße und schlechte Venen ihre Problematik. Er musste sich hinsetzen, doch auch sein Hinterteil hielt es auf dem nicht sehr dicken Ast nicht lange aus. Er setzte sich abwechselnd und stand wieder auf, bis mit den ersten Vogeltönen dunkle, im Wind schwankende Schatten aufzutauchen begannen, aus denen nach und nach Bäume und Büsche wurden. Er stand auf einem Ahorn in etwa zwei Meter Höhe.

Der Abstieg von seinem Olymp kostete ihn einige Mühe. Vor Kälte steif, erschöpft, schwach und zittrig wie ein Greis, zerschunden und verdreckt, stolperte er neben einem kleinen Bach den Abhang hinunter. Nicht lange und der wahrscheinlich durch den Regen entstandene Bach kreuzte einen Weg. Ein Weg! Endlich! Zurück in die Zivilisation. Mit einem Schlage hob sich seine Stimmung. Die Vorstellung des Bildes, das er bei Nacht und Regen auf dem Baume stehend abgegeben haben musste, ließ ihn auflachen. Unglaublich dämlich musste es ausgesehen haben, geradezu blödsinnig. Nur gut, dass ihn niemand gesehen hatte. Guter Dinge und zuversichtlich folgte er dem Weg nach unten. Nach einer knappen halben Stunde Marsches durch die windbewegte, regennasse Gebirgslandschaft wurde etwas Dunkles sichtbar. Eine Tür! Der Weg endete direkt vor einer in den Berg eingelassenen, durch kryptische, an Hieroglyphen erinnernde Schnitzereien verzierten Holztür. Er betrachtete die merkwürdigen Gebilde, aus denen er sich keinen Vers machen konnte. Da weder eine Klingel vorhanden war, noch sein Klopfen irgendeine Wirkung zeitigte, drückte er die Klinke runter. Die Tür ließ sich öffnen, unsicher trat er ein. Ein Raum, er stand in einem ziemlich großen, neonbeleuchteten, schmucklosen, völlig leeren Raum ohne Fenster mit einer Tür gegenüber der Tür, durch die er gekommen war. Er öffnete sie entschlossen und kam auf einen langen Korridor, mit einer unübersehbaren Zahl von Türen, auf deren eine ein blinkender Pfeil zeigte. Während die anderen Türen verschlossen waren, gab sie dem Druck seiner Hand nach. Er öffnete sie und betrat eine grün gekachelte Kabine. Die Tür schloss sich hinter ihm mit einem dezenten Klappen und ließ sich mangels eines Griffes von innen nicht wieder öffnen. „Alle Kleidungstücke hier ablegen" las er auf einem Bildschirm mit einem wiederum blin-

43

kenden, auf eine daneben befindliche Öffnung in der Wand zeigenden Pfeil. Ulf folgte der Anweisung nicht und versuchte, durch die gegenüberliegende, ebenso grifflose Tür weiter zu kommen, doch auch sie blieb verschlossen. Er berührte die Schaltfläche „Tür öffnen" im Sichtfenster, worauf die Mitteilung „Anweisung nicht befolgt, Tür blockiert" erschien. Nachdem er festgestellt hatte, dass das Display keine anderen Möglichkeiten bot, dass er in dem engen, luftdicht abgeschlossenen Raum gefangen war, machte er sich nervös daran, was er als Anweisung verstand, zu erfüllen, nur die Unterhose behielt er an. Auf seine erneute Berührung des Displays las er wiederum „Anweisung nicht erfüllt", was ihn veranlasste, auch sein letztes Bekleidungsstück auszuziehen. Nach erneutem Drücken der Schaltfläche „Tür öffnen" sprang sie zu seiner Erleichterung mit einem Knacken auf. Seine Blöße bedeckend betrat er einen wiederum grün gekachelten Raum, in dem sich nichts als der Einstieg zu einer Rutschbahn befand. Die Tür hinter ihm schloss sich wiederum automatisch. Sein Sinn stand ihm nach allem anderen, als einer Rutschpartie, genauer, seine Angst, sie zu benutzen, war unermesslich, denn die Frage war doch, was kam an ihrem Ende? Ein Alligatorenbecken? Der freie Fall von einem Wolkenkratzer? Oder das Höllenfeuer? Wer konnte es wissen? Da sie aber die einzige Möglichkeit zum Verlassen des Raumes bildete und auch sein Rufen nichts bewirkte, überwand er sich schließlich und bestieg nach einem Stoßgebet die Rutsche. Die Fahrt ging durch eine Röhre, wie er sie von Badeanstalten her kannte. Nach cirka zwanzig Sekunden rasanter Rutschpartie öffnete sie sich in ein Becken, das mit einer grünen Flüssigkeit gefüllt war. Daraus wieder auftauchend erklomm er panisch die ins Becken eingelassene Leiter und setzte sich schwer atmend auf eine ebenfalls grüne Bank, die er fast nicht gesehen hatte, da alles, Fußboden und Wände von gleicher Farbe waren. Das einzige, was farblich abwich, waren seine Kleidungsstücke in einem Metallkorb, und ein rot leuchtender Knopf an der Wand. Er stellte nun erschrocken fest, dass er von oben bis unten dieselbe Färbung aufwies, die sich trotz aller Bemühungen nicht abreiben ließ. Er sagte sich, dass er sich später darum kümmern würde und zog sich eilig an. Auf sein Drücken des Knopfes öffnete sich die kaum zu erkennende Tür zu einem riesigen Saal, in dem sich Hunderte gefärbte Menschen in nach Farben geordneten Blöcken vor Türen mit entsprechenden Farben drängten. Der Lärm war ohrenbetäubend, obwohl seine Intensität von Block zu Block verschieden war. Es gab Blöcke, der gelbe und braune, in denen eine fast apathische Stille herrschte. Aus dem blauen kamen nur gedämpfte Töne. Der grüne war der lauteste, hier wurde schwadroniert, dass es die Ohren nicht aushielten. Er begab sich zum grünen Block, obwohl ihn sein Lärm abstieß. Nach einer Weile öffneten sich die Türen, und während die Gelben und Braunen nur zögerlich durch die Tür gingen, drängten die Grünen lärmend und schreiend nach draußen, Ulf mit ihnen. Der bunte Menschenschwall ergoss sich auf eine belebte Straße, wo er sich sofort verteilte.

Die Sonne schien, es war warmes, schönes Wetter. Direkt vor ihm stand sein Auto. Er stieg ein und fuhr der Beschilderung folgend zunächst Richtung City, von dort kannte er sich aus.

„Hallo! Ich Möchte bitte Ulf sprechen. Bist Du es Ulf? Hier ist Esther. Erinnerst Du Dich? Ich bin gerade aus Thailand zurückgekommen, befinde mich augenblicklich in einer schlechten Lage, absolute Ausnahmesituation. Ich suche einen Job, irgendeinen, am besten im Pflegebereich. Weißt Du vielleicht etwas?"
Esther! War es möglich? Seine Esther? Am Telefon nach vierzig Jahren? An ihrer Stimme erkannte er sie nicht. Sie klang rau, heiser, verbraucht. Die Stimme hätte er einer Trinkerin, Raucherin zugeschrieben, einer Frau, die nicht viel ausgelassen hatte, aus Lebensbezirken, die ihm fremd waren.

Bahnhof Altona. Esther, tatsächlich. Sie schlossen sich in die Arme. Sie war es. Ihre Erscheinung machte ihn befangen. Dürr, beängstigend dürr war sie. Die schwere, zu große Lederjacke schien sie zu erdrücken. Die zerknitterte, weite, braune Leinenhose, die derben Stiefel, ihr dünnes, strähniges Haar ließen sie wie eine von Sozialhilfe lebende Kiezbewohnerin aussehen. Ihr Gesicht hatte sich nicht sehr verändert, älter geworden zwar und schärfer geschnitten war es, markant, mit Fältchen um die Mundwinkel und einem Hautausschlag auf der einen Seite, den sie mittels eines Ruckes ihres Kopfes hinter ihren Haarsträhnen zu verbergen versuchte. Auch früher hatte sie so immer ihre Verlegenheit und ihren Schalk versteckt, hinter ihrem Haar, das sie vor das Gesicht zog. Ihre Augen nahmen genauso viel Platz ein wie ehedem. Ein anderer Ausdruck jetzt, nicht mehr so offen, strenger, ernster, irgendwie durchdrungen. Ihr Weg als Schauspielerin war schon damals vorgezeichnet gewesen. - Subkultur! Mit diesem Wort konnte er wenig anfangen, es bezeichnete ihm fremde Lebensräume. Vieles an ihr erinnerte ihn an früher, Eigenheiten. Der verschämte Blick hinter ihrem Haar hervor, ihre Gesten beim Erzählen, ihr Lachen, ihr Gang, ihre Körperhaltung, ihre kategorische Sprechweise. Damals, sie beide, händchenhaltend an der Elbe.

Manchmal ist es besser, sich nicht wiederzusehen dachte er. Sie hatte Magenprobleme, das war ihr anzusehen. Aß nur Bioprodukte, vorwiegend Müsli mit fettarmer Milch, Kartoffeln mit Quark, Honigmelonen, keinen Wein, keinen Kaffee, nichts Saures, nichts Gebratenes, Fleisch schon gar nicht, eine Flasche Kamillentee hatte sie immer dabei.
Er erzählte ihr von seinem Vater. Sie wollte ihn pflegen. Sie, die offensichtlich mit sich selbst genug zu tun hatte. Wie sollte das gehen? Nach Rücksprache mit seiner Schwester sagte er widerstrebend zu in Anbetracht der Alternative.
Ihre Gegenwart, ihre zerbrechliche Erscheinung berührte ihn eigenartig, irritierte ihn. Fast wollte er es sich nicht eingestehen, etwas an ihr war ihm nicht geheuer, ihr plötzliches Auftauchen nach all den Jahren, gerade jetzt, wo es seinem Vater immer schlechter ging. Das Zusammenfallen seiner Suche nach einer Pflegerin und ihr Erscheinen hatte etwas Unheimliches. Eine seltsame Fügung, ein Menetekel..

Ihr Quartier, bestehend aus verschiedenen Decken und Kissen als Unterlage und Zudecke, hatte sie in der fünf Quadratmeter großen Küche auf dem Boden unter dem Fenster, zwischen der Wand und der Anrichte genommen, statt im angebotenen

Wohnzimmer. Dort, umgeben von Geschirr, Töpfen, Wasserkocher, leeren und vollen Flaschen, Joghurtbechern, Bananen, Apfelsaft, Margarine, Babynahrung, Medikamenten, schlief sie und hielt sich in ihrer Freizeit auf. Sie betrachtete den Raum als Ort ihrer Privatsphäre und verteidigte ihn, das hieß, sie schloss ihn ab, wenn sie nicht zugegen war. Aus diesem Grund hatte er ihn schon lange nicht mehr betreten, nur einen kurzen Blick hineinwerfen können, der seine Befürchtungen bestätigte.

Sie teilte die Schwäche vieler Frauen, sie redete zuviel, und zwar oft in unpassenden Augenblicken. Zwar kehrte sie nach langen Abschweifungen erstaunlicherweise immer wieder zum Ausgangspunkt ihrer Rede zurück, aber es dauerte, es dauert lange, und sie bemerkte nicht Ulfs Ungeduld, wenn er nicht dazu kam, seinen Vater, der schon nach ihm rief, zu begrüßen, weil sie ihm im Flur, weit ausholend und ihre Kenntnisse ausbreitend, dabei die Krankengeschichte eines anderen einflechtend, ihre Einstellung zu bestimmten Steinen und deren Heilkräften und verschiedene Verhaltensweisen von Kranken erläuterte. Auch ihre Art, in Gegenwart seines Vaters über dessen Stuhlgang und den Gebrauch der Windeln zu reden, berührte ihn peinlich. Das Gefühl für die Situation war bei ihr wenig ausgeprägt. Aus Furcht vor ihrem Redefluss vermied er überflüssige Bemerkungen und Fragen.

Sie gab sich Mühe. Auf ihre Art. Dass sie jedoch körperlich und wegen ihrer eigenen gesundheitlichen Probleme überfordert war, hatte er von vornherein gesehen. Ihre hartnäckigen Versicherungen jedoch bezüglich ihres Vermögens hatten seine Bedenken umnebelt.
Sie sparte nicht mit Schilderungen, was sie alles für seinen Vater tat, besonders nachts, wenn er rief, sie um den Schlaf brachte. Sie sagte, sie habe einen 24-Stunden Tag, käme einfach nicht zur Ruhe und zu sich selbst, versuchte am Tag ein wenig Schlaf zu finden. Aber genau davor hatte er sie ja gewarnt, niemand zwang sie zu bleiben. Es war ein Rätsel für ihn, wie diese mehr als zierliche Person mit dem alten Mann und den unappetitlichen Begleitumständen fertig wurde. Sie schaffte es irgendwie, ihn umzudrehen und zu reinigen, gab ihm zu essen und trinken und rasierte ihn. Ohne sie wäre sein Verbleiben in seiner Wohnung kaum möglich gewesen. Trotzdem wollte er sie nicht. Seit sie da war, fühlte er sich in seiner Wohnung fremd, äußerte immer wieder, dass er „nach Hause" wollte.

Aus dem Nichts, aus einer fast vergessenen Vergangenheit, aus Thailand war sie gekommen mit dem was sie auf dem Leibe trug und ein paar Klangschalen. Soviel wusste er von ihr, sie hatte eine Tochter im Alter von nun ungefähr 25 Jahren, die bei ihrer Mutter aufgewachsen war, war Schauspielerin und mit einem Schauspieler verheiratet gewesen, hatte nie regelmäßig gearbeitet, war Anhängerin der Subkultur, mochte sich nicht auf Stühle, Sofas und dergleichen setzen, teilte ein in Spießer und Nichtspießer, war nicht krankenversichert, mochte nicht zum Sozialamt gehen, um ihren Vater von möglichen Rückforderungen freizuhalten, rechnete aber mit einer Erbschaft.

Vor vierzig Jahren war sie seine erste große Liebe, der Mittelpunkt seines Lebens gewesen. Neben ihr hatte in seinem Kopf nichts Platz gehabt. Die Bedingungslosigkeit seiner damaligen Gefühle und seine Blindheit, die ihn nichts weniger als den Abschluss der weiterführenden Schule gekostet hatte, konnte er nicht mehr verstehen, erschreckten ihn nachträglich.

Kopfschüttelnd schloss er die Tür auf. Seit sie bei seinem Vater eingezogen war, roch es anders in der Wohnung.

Sie war nicht da oder schlief, er war allein mit seinem Vater. Die Augen geschlossen lag er da in bedrückender Stille. Leise setzte er sich zu ihm, betrachtete ihn, sprach in Gedanken.

Ach Vater, dass wir alle einmal sterben müssen, das wissen wir, nur das Wie und Wann ist immer eine offene Frage. Es tut weh, dich so zu sehen, wie ein Kind gewindelt und gefüttert, mit einer wunden Stelle am Rücken, die täglich behandelt werden muss, kaum zu mehr imstande, als im Bett zu liegen und zu atmen, zu warten auf das, woran du dein Lebtag vermieden hast zu denken. Diesen Gedanken hast du immer gescheut.

Nun bist du genau dort angekommen. Es gibt für dich und uns den Trost nicht mehr, dass es bis dahin ja noch ein bisschen dauern wird. Die Jahre sind vergangen, so wie sie bisher noch für jeden vergangen sind. Es besteht in deinem Alter keine Aussicht auf eine Besserung mehr, wir müssen uns fügen, so wie sich bisher noch jeder fügen musste.

Ich sitze nun an deinem Bett und denke eigentlich zum ersten Mal richtig über dich nach. Viel zu spät. Was ging hinter dieser Stirn vor, frage ich mich, hattest du Träume, trieb dich etwas, wie standest du zu deinen Eltern, hast du dich wohl gefühlt in deiner Haut, verlief dein Leben nach deinen Vorstellungen? Es war schwer, aus dir schlau zu werden, da Offenheit und das Bedürfnis, dich mitzuteilen, nicht deine charakteristischen Züge waren.

Nein, den Rubikon hast du nie überschritten, wie du dich ausdrücktest. Du hattest, als das Sezieren anfing, dein Medizinstudium aufgegeben, danach Ausflüge in die Selbständigkeit und Arbeitslosigkeit unternommen und warst dann ziemlich spät im Finanzamt angekommen, wo du die letzten zwanzig Jahre deines beruflichen Wirkens mittels Tabellen Sparprämien ausgerechnet hattest. Auch sonst hattest du unauffällig und in dich gekehrt, alles Fremde abwehrend, gelebt und dir so deine eigene Art, die Dinge zu sehen, die Prioritäten setzte, bewahrt. Ganz oben stand da das Leben, ohne das nichts ist.

Dieser Einstellung verdankst du es, den Krieg ohne sichtbaren Schaden überstanden zu haben. Dein untrüglicher Instinkt für Gefahr funktionierte wie ein Frühwarnsystem, das dich rechtzeitig zu Schutzmaßnahmen veranlasste, wie Krankheit vorschieben oder statt zum Appell anzutreten, im Schutz einsamer, dunkler Ecken abzuwarten. Während die anderen Richtung Osten fuhren, um ihr Leben für das Vaterland aufs Spiel zu setzen, hattest du wegen Fiebers im Lazarett gelegen und wurdest danach an einen anderen Ort verlegt.

Dein Leben aufs Spiel zu setzen für Ideen und Ziele, die du ablehntest, von irgendwelchen Politikern, die kamen und gingen, war deine Sache nicht. Es war Krieg, doch du bist nicht hingegangen. Eine gehörige Portion Glück war da für dich als Einzelkämpfer zweifelsohne mit im Spiel gewesen, aber auch Geschick. Wie du selber sagtest, „man musste schon etwas tun." Dich aus deiner ganz persönlichen Verankerung reißen zu lassen, über das Leben etwas anderes zu stellen, das hatte keinen Zugang zu deinem Verstand und deinem Wesen, widersprach dem Kern deines Seins. Anfangs hatte ich ehrlich gesagt das Problem, dein Verhalten einzuordnen. Wie so Manches, kann man es so oder so sehen. Ich habe versucht, mir die Situation vorzustellen. Ich ahne deine Not nach deinem Entschluss, nicht mitzumachen, zumal ja auch du dabei dein Leben riskiertest. Wie im besten Sinne menschlich du doch warst, wie einsam. Für mich hast du richtig gehandelt. Es hat zu wenig von dir gegeben.

Einmal hatte dich dein Instinkt und mit ihm offenbar alle guten Geister dann doch verlassen. Wie oft hast du mir diese Geschichte erzählt, jedes Mal aufs neue über dich selbst erstaunt, erschaudernd bei dem Gedanken an das Husarenstück, das fürwahr anders hätte ausgehen können und das dich einmal mehr als Individualisten ausweist. Unerlaubtes Entfernen von der Truppe wäre wohl der Tatbestand gewesen, nach dem du bei Bekanntwerden verurteilt worden wärst.
Während die anderen an der Front kämpften, hieltest du dich in der Kaserne zu Delmenhorst auf. Es war die Weihnachtszeit des Jahre 1943, und du dachtest wohl viel an zu Haus, an deine Frau und deine Tochter, die sich bei deinen Eltern in Winsen aufhielten. Dein Heimweh musste unerträglich gewesen sein.
Es fiel dir ein, von wildfremden Bewohnern des Ortes ein Fahrrad auszuleihen und bei Nacht und Nebel die menschenleere Autobahn nach Winsen zu fahren, wo du am frühen Morgen ankamst. Ausrufe des Schreckens und der Angst, als du vor der Tür deines Elternhauses standest. „Mein Gott, Jürgen!!" Dein Vater war blass geworden. Er hatte seine Beziehungen spielen lassen und dich, nachdem du etwas geschlafen und mit deiner Familie gegessen hattest, mit einem Taxi zurückbringen lassen. Deine Abwesenheit in der Kaserne war dort zum Glück unbemerkt geblieben.
„Was hab ich da für Schwein gehabt! Meine Fresse!" schlossest du regelmäßig die Geschichte, den Kopf schüttelnd über dieses Husarenstück.
Allerdings, in bestimmten Situationen konntest du alle Vorsicht vergessen, so auch, als du, dem Zeitungsartikel zufolge, der zwischen den Fotografien lag, den Jungen aus der Luhe gezogen hattest.

Jetzt, wo du da liegst, schweratmend, am Ende deiner Lebensbahn, habe ich große Hemmungen zu sagen, dass es auch Mängel gab, die unser Leben beeinflussten. Aber ich denke, am Schönreden ist dir ebenso wenig gelegen.
Vielleicht sollte ich besser schweigen, da du nicht mehr antworten kannst, nicht kritisieren, was nicht mehr zu ändern ist. Doch es drängt mich, dich nicht so ohne weiteres gehen zu lassen, etwas von dir festzuhalten, auch deine Eigenheiten. Ich möchte dir noch einmal ganz nahe kommen, mich erinnern, dich bewahren.
Ich weiß, du verübelst es mir nicht, wenn ich sage:
„Stress und unnötige Anstrengungen vermeiden," war dein Lebensmotto, an das du dich, soweit es möglich war, gehalten hast. Daran ist auch nichts auszusetzen, hättest du es allein auf den beruflichen Bereich angewandt. Ich habe aufgrund eigener Erfahrungen großes Verständnis für diese Einstellung, denke aber, dass es auch im Privaten eine Rolle gespielt hat. Es war mir früher nie aufgefallen, aber schaue ich zurück, stelle ich fest, dass ich dich zum Beispiel nie habe tapezieren oder eine Tür streichen

sehen, nie kochen, sägen, bohren oder mit einer Schaufel im Garten, nie Sport treiben oder für etwas begeistert. Ich wundere mich darüber, denn was das betrifft, bin ich ganz anders. Es war mir immer ein Bedürfnis, mich zu betätigen, etwas zu schaffen. Verzeih, wenn ich sage, dass du nichts übertrieben hast, jedenfalls nicht dass ich wüsste, auch nicht, was deine Vaterrolle betraf, in die ich dich ja nicht gedrängt hatte, sondern, die du dir ja selbst ausgesucht hast. Da war ich nun und schaute dich mit großen Augen an.

Schade, wenn ich dich auch verstehe, selber weiß, wie es ist, nicht in der Lage zu sein, das innerste Wollen zu verwirklichen. Wer kennt es nicht, dass man nicht das tut, was man eigentlich will oder sollte, nicht zuletzt auch mangels Energie. Schade trotzdem.

Es war dir nicht gegeben, deinen Arm um mich zu legen, mich deine Nähe, den Vater spüren zu lassen, der sich für mich interessierte, der für mich da war, mit mir scherzte, mir dieses und jenes zeigte und erklärte. Dein Interesse äußerte sich in späteren Jahren mehr in einer nervösen Unzufriedenheit, wenn es mit mir später nicht so lief, wie du es dir vorstelltest.

Der Vater war entweder nicht da oder er war da, aber in seine Zeitung vertieft, hinter der ihm auch nach dreimaligen Rufen nicht mehr als ein „Jaa.." von seinem kleinen Sohn zu entlocken war. Gespielt, gebastelt, etwas unternommen hattest du mit mir nicht, um Schularbeiten und andere Belange meines Geistes hast du dich wenig gekümmert. Mir war das früher natürlich nicht aufgefallen. Du warst, wenn du zu Hause warst, nie wirklich präsent, sondern immer in Gedanken versunken, ganz woanders, nicht ansprechbar. Ich hatte dir als Knirps viel zu erzählen gehabt, jedoch hast du mir nie wirklich zugehört. Warum nicht, lieber Vater, was war mit dir? In meiner Erinnerung sehe ich dich fuselaufhebend und händereibend im Wohnzimmer auf- und abgehen, als seiest du in etwas gefangen, wie in einem Netz.

Eigentlich gehörtest du ja zu den Stillen, hast immer alles geräuschlos mit dir ausgemacht. Das war auf dem Fußballplatz anders. Dort erwuchs deiner Stimme eine ungeahnte Lautstärke. Die umstehenden Zuschauer drehten sich nach dir um, nicht so sehr wegen der Lautstärke, sondern wegen des Inhalts deiner Äußerungen, der für unsere Mannschaft immer wenig aufbauend war. „Richtig so," kam es da weithin vernehmbar aus deinem Mund, wenn die anderen ein Tor geschossen hatten. „Haut ihnen den Kasten voll, diese Flaschen. Guck dir den Ehlers an, dieser steife Bock, stolpert über seine eigenen Beine." Und wenn einem Spieler, besonders unserer Mannschaft ein Missgeschick unterlief, lachtest du, und zwar aus vollem Halse.

Damals als Kind war mir das sehr peinlich gewesen zwischen all den Zuschauern, die sich halb neugierig, halb verständnislos, umdrehten, um den Urheber dieser Äußerungen zu sehen. Ich wäre am liebsten im Erdboden versunken. Gleichzeitig wollte ich dir beistehen, es tat mir immer weh, dich isoliert zu sehen. Ich fragte mich auch, wieso du nicht das Peinliche deiner Äußerungen und ihre dich bloßstellende Wirkung zu bemerken schienst, der du doch sonst nie viel sagtest.

Auch sonst, wenn jemand etwas riskierte und Pech hatte oder scheiterte, kam diese seltsame Eigenart zum Vorschein. Es war für mich ein gewöhnungsbedürftiger Kontrast. Die Kargheit deiner Lebensäußerungen und wiederum diese Unkontrolliertheit.

Einmal hattest du mich total überrascht. Das war nach dem Film „Schindlers Liste". Kurz nachdem wir aus dem Kino gekommen waren, bliebst du plötzlich stehen, sagtest: Ulf, nein.. mein Gott, wie war das möglich.. wirklich...Ulf, nein, nein...", und es entspann sich ein Gespräch über die damalige Zeit.
Ich sag es dir ehrlich, wie du da standest, um Worte ringend, so hatte ich dich noch nie erlebt. Du zeigest eine Seite, die mir ein ganz anderes Bild von dir gab.

Damals aber nach der Schule begann die Zeit meines Grübelns. Wie sollte es weiter gehen? Ich habe wohl mannigfaltige und exotische berufliche Vorstellungen gehabt, denen du verständlicherweise mit Skepsis begegnetest (das ist bestimmt nicht einfach, was willst du später damit anfangen, da muss man technisch bestimmt ganz schön versiert sein, das ist schwere, körperliche Arbeit, dafür muss man geschaffen sein, dann werde doch Kohlenmann, dann kannst du dein Leben lang Säcke schleppen). So sehr mich deine drastische Wortwahl kränkte, ich konnte mein Lachen kaum unterdrücken. Der Kohlenmann machte es andererseits wieder gut. Doch ich kann mich nicht erinnern, von dir zu etwas ermutigt worden zu sein, nur zu einer Laufbahn im öffentlichen Dienst.
Das war mir auch früher schon immer klar gewesen, gesorgt hast du dich immer um deine Kinder, auf deine Art. Das wurde bei Problemen deutlich. Nur hast du dich mit mir nie wirklich zusammengesetzt. In wichtigen Fragen hattest du, glaube ich, die Art, dich mit mir zu identifizieren, deine Sichtweise auf mich zu projizieren, wolltest das beste für mich, wolltest mich schützen und reagiertest gereizt, wenn ich Pläne hatte, die deiner Meinung nach für mich nicht taugten.
Nachdem deine Ehe geschieden worden war, kam Omi und sorgte für deine beiden Kinder. Alle vierzehn Tage besuchten wir unsere Mutter. Wolfgang, ihre neue Liebe, war total anders. Es war neu für mich, dass ein Mann mir zuhörte, sich mit mir unterhielt. Er war immer wirklich da. Es faszinierte mich, dass er Briefmarken sammelte, sich hinsetzte und diese in Wasser von den Umschlägen löste, verschiedene Alben durchblätterte, sorgsam mit der Pinzette einige Marken austauschte. Ich konnte ihn fragen, was ich wollte, er antwortete auf alles geduldig, und er wusste zu allem etwas zu erzählen. Bald schon hatte ich auch eine kleine Sammlung, und dann wurde getauscht. Wir lasen abwechselnd aus den Heiden von Kummerow vor, jeder kam dran. Das Gefühl der Gemeinsamkeit war mir anfangs fremd, mir klopfte das Herz und ich musste mich überwinden. Es ging mir wie jemand, der Schwimmen lernt und sich verwundert der tragenden Kraft des Wassers anvertraut. Wir haben Spiele gespielt, Rommee habe ich gelernt, erlebte etwas völlig Neues.
Du, lieber Vater, hattest kein einziges Hobby, dass du mit uns teilen konntest. Der Gedanke an dich fiel mir immer schwer, besonders an diesen Wochenenden. Ich hatte mir jedes Mal gewünscht, du hättest mitkommen können.

Mein Vater, verzeih diese Worte. Nichts von dem, was ich hier sage, ist ein Vorwurf. Deine Einsamkeit hat mir immer weh getan. Du hast es dir nicht ausgesucht. Irgendwie war es dir nicht vergönnt gewesen, frei zu sein, dich zu befreien von inneren

Schranken. Du hast immer in deiner Welt gelebt, zu der wir keinen Zutritt hatten. Du kannst mir nicht mehr antworten, aber warst du, so wie du warst, mit dir zufrieden, warst du glücklich? Auf jeden Fall warst du anders, immer irgendwie mit dir beschäftigt, dein ganzes Leben, und gerade das macht dich so besonders, lieber Vater, geliebter Kauz.

Dich hier nun liegen zu sehen, alt, schwach, hilflos, am Ende deiner Lebensbahn.., ich möchte schreien vor Schmerz. Ich frage mich, wie war dein Leben? Deine Bekanntschaften, deine Arbeit, deine Reisen in den Harz, deine Zeitung, dein Fernsehen. War es das? Was weiß ich von dir, Vater, vertrauter, geliebter Sonderling. Du hast nie viel Redens von dir gemacht, das meiste für dich behalten. Ich wünschte, ich wüsste mehr von dir, von dem, was in deinem Kopf vorging. Nun ist es zu spät. Lieber Vater. Die Jahre sind vergangen.

Doch das weiß ich. Du hast es verstanden, dein Leben auszufüllen, mit deinen, ganz eigenen Inhalten, die ich, so nehme ich an, nicht alle kenne. Auf jeden Fall gehörte Anne dazu, die immer wie ein frischer Wind durch dich hindurchfegte, die Ausfahrten in die Heide, die Wanderungen mit Einkehr in eine Gastwirtschaft, auch Sport und Politik. Doch das Spaziergengehen hat für dich immer eine ganz besondere Funktion gehabt. So ist es auch mit mir.

Ich betrachte dich. Atmest du noch? Noch bist du da, noch schlägt dein Herz, pumpt mühsam das Blut durch deinen alten Körper. Armer Vater. Bleich liegst du in dem von der Kasse gelieferten, elektrisch verstellbaren Bett, umgeben von bizarren Hilfsmitteln. Ich denke an die kleine Fotografie, die dich im weißen Taufkleid auf dem Arm deiner glücklich lächelnden Mutter zeigt. Vergangene Zeit.

Einmal, als es dir sehr schlecht ging, hatte ich bei dir übernachtet, und da du hustetest, sah ich nach dir. Ich stand an deinem Bett und konnte plötzlich meinen Schmerz nicht mehr unterdrücken.

„Ist gut, ist gut," sagtest du und nahmst meine Hand.

Am nächsten Tag folgte dein Sinnenwandel, mit einemmal wolltest du ins bis dahin geschmähte Altersheim, dorthin, wo du nun plötzlich meintest, gut aufgehoben zu sein. Lieber, guter Vater. Im Nachhinein denke ich, es war gut, dass du mich weinen sahst, wenn es für dich auch der Anlass war zu glauben, eine Last zu sein.

Neunundachtzig Jahre, ein stattliches Alter. Von der Seite gibt es nichts zu sagen. Aber was steht hinter der Zahl? Vor allem, die letzten Jahre. „Lohnt sich das?" hast du selbst einmal gesagt, als es dir schon schlecht ging.

Geflucht hast du wohl, aber nie verzagt, angesichts deines erlöschenden Augenlichts, deines gesamten körperlichen Verfalls, deiner Schmerzen, deiner hieraus resultierenden Hilflosigkeit, angesichts deiner Einsamkeit, über die du nie ein Wort verloren hast. Warum nur, frage ich mich, war ich nie auf den Gedanken gekommen, dich zu mir zu holen, auch nicht, als die große Wohnung unter uns frei wurde. Wir hätten dort zusammen leben können. Dann hätte dich am Ende deiner Tage familiäre Geborgenheit und Leben umgeben: Geräusche des Haushalts, Radio, die Stimmen derer, die dir immer das Wichtigste waren. Die Kinder und ich hätten dir von den Ereignissen des

Tages erzählt und dir abends eine gute Nacht gewünscht. Die Einsamkeit des Alters wäre dir erspart geblieben, hättest als letztes Bild ein anderes mitgenommen.

Ich habe diese Gelegenheit gedankenlos verstreichen lassen, und du bliebst allein. Erst jetzt komme ich drauf.

Ich höre dich deutlich sagen: das ist doch Unsinn, Ulf. Hör auf damit. Das kannst du nicht ernst meinen, du bist doch nicht für mich verantwortlich. Lass den Quatsch, mir zuliebe. Lebe, sei glücklich.

„Ich bin kein Beamter!" antwortete er halb erschrocken, halb gekränkt. Das Wort berührte ihn unangenehm, er verband es vor allem mit Angepasstheit an das Bestehende, mit Sicherheitsdenken. Mit ihrer Frage traf sie Ulf an empfindlicher Stelle. Wenn er etwas nicht mochte, dann waren es Etiketten, besonders des Gewöhnlichen. Wie kam sie dazu, ihn so einzuschätzen? Beamte durchliefen eine umfangreiche Verwaltungsausbildung, um diesen Status zu erreichen, der ein gesichertes Dasein versprach. Sah er so aus, als ginge es ihm darum? Da er es für möglich hielt, stellte er nicht diese Gegenfrage. Sie konnte nicht wissen, dass bei ihm die Dinge anders lagen. Er hatte keine Ausbildung, weder eine behördliche, noch sonst irgendeine. Außer seiner Schulbildung hatte er nichts, absolut nichts vorzuweisen, und nach heutigen Qualifizierungsmaßstäben für Sachbearbeiter im Öffentlichen Dienst hätte es ihn von rechts wegen als Bediensteter der Behörde gar nicht geben dürfen. Hier gab es niemanden, der nicht irgendwie das Verwaltungshandwerk gelernt hätte. Da ihm diese Sache peinlich war, achtete er sorgsam darauf, Gespräche, die sich in diese Nähe: Karriere, Ziele, Perspektiven und dergleichen bewegten, zu vermeiden. Wenn es ihm um Karriere gegangen wäre, hätte er sich nicht die Behörde ausgesucht.

Seine Stellung als alleinerziehender Vater vorschützend, hatte er an keiner einzigen Weiterbildungsmaßnahme oder einem Seminar teilgenommen und arbeitete seit Jahren in Teilzeit. Sein Interesse für behördeninterne Belange hielt sich in Grenzen und fachlich überstiegen seine Kenntnisse nur unbedeutend das nötige Maß. Manche Regelung hielt er überdies für bürokratisch und nicht praxisbezogen, ergriff auch schon mal Partei für die Klientel, was alles in allem zur Folge hatte, dass er sich nicht als volles Mitglied des Teams, um nicht zu sagen, als nur schwer tragbar fühlte. Er hatte sich so durchlaviert.

„Ich bin nur Angestellter," versuchte er sich ins rechte Licht zu rücken. Es war ihm immer wichtig gewesen, zu vermitteln, dass er mit dem Posten, den er bekleidete, nicht seinen beruflichen Wunsch verwirklicht hatte.

Diese Unterscheidung, Beamter/Angestellter, schien für die Anwärterin, Aylin mit Namen, keine Rolle zu spielen, jedenfalls war ihr diese Andeutung einer Klarstellung kein Anlass zu weiteren Fragen. Für sie war er ein kleines Licht im behördlichen Getriebe, jemand, der unauffällig seine Arbeit machte, rechtschaffen und freundlich ein bescheidenes, bürgerliches Dasein führte. Es war ihm peinlich, so gesehen zu werden, als jemand, der es nicht weiter gebracht hatte und mit dem Erreichten zufrieden war.

Er war der Anwärterin dankbar, dass sie ihm keine weiteren Fragen stellte. Sie ersparte ihm zu erzählen, dass er als Quereinsteiger über eine Annonce, in der Aushilfskräfte für die Umstellung auf Datenverarbeitung gesucht worden waren, zur Behörde, damals Einwohnerzentralamt, gekommen war, wo er, nachdem diese Arbeit abgeschlossen war, zunächst als Sachbearbeiter des Meldewesens übernommen wurde, wo seine Tätigkeit darin bestand, sich ändernde Adressen Hamburger Bürger auf Karteikarten zu schreiben, und diese anschließend alphabetisch wieder einzusortieren.

Sie ersparte ihm zu erzählen, dass er aus Bequemlichkeit in der Verwaltung geblieben war, da sie ihm nach seinem Dafürhalten die Ruhe und die Zeit ließ, seine Kinder zu erziehen und auch sein Schreiben fortzusetzen, von dem er sich einiges versprach. Sie ersparte ihm, vom Ausgang seiner Ambitionen zu erzählen, vom Scheitern seiner Pläne. Dass er als einziges Ergebnis seiner Bemühungen einer kleinen Rente näher gerückt war. Sie ersparte ihm auch, von privaten Dingen zu reden, von den drei Desastern, die sich Ehen nannten und seinen Problemen als alleinerziehender Vater. Sie stellte keine solchen Fragen. Manchmal schien ihm, dass sie es bewusst nicht tat.

Und du, Aylin? Die du hinaustrittst in die Eigenständigkeit, ins große Abenteuer, erzählst frei von der Leber weg aus deinem Leben, von deinen Eltern, bei denen du vor kurzem ausgezogen bist und deinen beiden so unterschiedlichen Brüdern, von deinem Freund und euren Plänen. Wie du nach der Schule trotz aller Bemühungen einen Ausbildungsplatz zu finden, fast zwei Jahre arbeitslos gewesen bist, Absage auf Absage erhalten hattest, so dass es dir schon ganz egal gewesen war, wo du etwas finden würdest, hattest die Hoffnung schon fast aufgegeben, bis du schließlich doch eine positive Nachricht bekamst, und zwar von Vater Staat, dessen Eignungstest du zuvor, mehr aus Langeweile als Überzeugung zusammen mit einer Freundin gemacht hattest. Da hattest du zugegriffen. Von deinem Traumberuf, Maskenbildnerin, hattest du dich schon lange vorher verabschiedet.
Nun bist du also hier, machst deine Arbeit, wie ein alter Hase. Die unerlässliche Skepsis gegenüber deiner Klientel hast du dir schon angeeignet, die Respekt heischende, Kompetenz vermittelnde, vernehmliche Sprechweise hast du sofort übernommen. Passfälschern lehrst du das Fürchten. Deinem Kennerblick entgeht so leicht kein gefälschtes Dokument, das dir vorgelegt wird, damit du der Täuschung erliegend dem Besitzer die Erlaubnis zum Aufenthalt im gelobten Land erteilst. Auch diejenigen, die über eine Scheinehe versuchen, sich ein Aufenthaltsrecht zu verschaffen, haben es bei dir schwer. Du hast ein Gespür dafür, wenn etwas bei dem vor dir sitzenden Paar nicht stimmt. Nicht nur ein größerer Alterunterschied macht dich misstrauisch, auch andere Abweichungen vom Üblichen, im Erscheinungsbild, in der Art, wie die frisch Verheirateten miteinander reden, sich gerieren, fallen dir sofort auf, veranlassen dich, die Aufenthaltserlaubnis statt für drei Jahre nur für drei Monate zu erteilen und die Akte mit einem entsprechenden Vermerk an den Vorgesetzten zwecks weiterer Prüfung abzugeben.
Du hoffst nun, übernommen zu werden. Einstellung auf Lebenszeit. Im Standesamt zu arbeiten, ist dein größter Wunsch. Ausländerbehörde wäre auch nicht schlecht, auch das Sozialamt kommt in Frage, die erste Stelle deiner Hospitation, wo du wichtige Erfahrungen gesammelt hast. Jobcenter.., da verziehst du ein wenig dein Gesicht. Sowieso, aussuchen kannst du es dir nicht. Doch wenn es sein müsste, würdest du auch in der Friedhofsverwaltung arbeiten, jedenfalls vorübergehend.
Nun denn, deine weitere Ausbildung wird ab heute Brigitte übernehmen. Sie tut sich hervor durch gründliche Kenntnis des Ausländerrechts und intensive Auseinandersetzung mit den Kunden, kann Paragrafen auswendig zitieren.

Doch was ist mit ihr? Irgendetwas stimmt heute nicht. Sie hat gerötete Augen, wirkt

unsicher, gebrechlich trotz ihrer Leibesfülle. Auf entsprechende, besorgte Fragen erzählt sie gegen ihre Tränen ankämpfend, dass sie heute morgen ihren Wellensittich tot auf dem Boden des Käfigs liegend vorgefunden habe. Sie vermute, dass er an den Folgen seiner Einsamkeit gestorben sei. Er sei einfach zuviel allein gewesen. Solange sie sich in seiner Nähe aufgehalten habe, sei Butschi immer fröhlich und munter gewesen, sei umhergeflogen, habe gebadet, gezwitschert und erzählt. Sobald sie sich jedoch entfernte, das Zimmer verließ, sei er regelmäßig verstummt und habe alle Aktivitäten eingestellt. Sein Wortschatz, den er sich im Laufe von fünf Jahren angeeignet habe, sei nicht zu übertreffen gewesen, „Mama Telefon. Du sollst nicht rauchen. Lass den Quatsch." Niemand mehr, der sagt „Na, wie war dein Tag?" wenn sie von der Arbeit nach Hause kommt. Sie lässt sich ein Taschentuch geben, wischt sich die Tränen und schnäuzt sich. „Von daher geht es mir heute nicht so gut," schließt sie.
Auf die Frage, warum sie Butschi nicht einen Artgenossen besorgt habe, erklärt sie, dass er dann sein Sprechen eingestellt hätte. Allgemeines Achselzucken, sie entschuldigt ihre Tränen, steht da, hilflos, mitleiderregend.

Brigitte. Ihre Reaktionen auf alles, was ihre Gemütsverfassung beeinflusste, entsprachen diesem kindlichen Verhalten. Wie ein Kind direkt zeigte sie ihre Freude, ebenso wie ihre Abneigung.
Letzteres bekam vor allem die Kollegin zu spüren, die ihr gegenüber saß. Aus irgendeinem Grunde, den nur sie kannte, konnte sie diese Kollegin absolut nicht verknusen, war ihr der tägliche Umgang eine Qual und hatte sich wegen dieses Problems sogar an die Behördenleitung gewandt. Die Lösung wäre natürlich eine räumliche Trennung gewesen, doch sie scheiterte an der Weigerung der anderen Kollegen, ihre Plätze zu tauschen. Es herrschte die Meinung, die beiden sollten mal zusehen, dass sie klarkamen. Als alles nichts half, bedingte sie sich aus, mit ihrer Kollegin nicht mehr sprechen zu müssen, wenn sie schon gezwungen werde, mit ihr das Büro zu teilen. Und so geschah es. Fast ein Jahr lang saßen sich die Kolleginnen stumm gegenüber. Besonders in der publikumsfreien Zeit zog die aus dem Zimmer dringende Stille jedes Mal die irritierten Blicke der vorübergehenden Kollegen durch die geöffnete Tür auf die beiden allein gelassenen Frauen. Niemand half. Daran änderten auch der tragische Unfalltod des Sohnes der ungeliebten Kollegin in dieser Zeit und ihre sich anschließende psychiatrische Behandlung nichts. Diese mehr als merkwürdige Situation fand erst ein Ende, als sich der Kollegin die Gelegenheit bot, sich in eine andere Dienststelle versetzen zu lassen.
Ebenso deutlich zeigte Brigitte ihre Freude über dieses Ereignis, den Weggang der Kollegin: sie gab eine Runde Kuchen aus, von dem jedoch niemand aß. Sie wurde nicht müde zu erklären, und ihre Aufgeräumtheit und gute Laune waren fast ansteckend, wie glücklich sie nun sei, sie fühle sich wie befreit.
Ulf schien, dass sie eine große Sorge um sich beherrschte, Angst vor Verletzungen, Benachteiligung, den kürzeren zu ziehen, dass sie meinte, sich schützen zu müssen, was ihr durch ihre imposante Leibesfülle in Verbindung mit ihrer emotionalen Entschiedenheit und sprachlicher Kompetenz auch ganz gut gelang. Sie war stets gut zu

sich, sie baute vor, beklagte rechtzeitig erhöhten Arbeitsanfall und wies auf die Folgen der von ihr nicht zu vertretenden, unerledigten Arbeit hin, nach dem Motto, ich habe ja Bescheid gesagt, für entstehende Probleme bin ich nicht verantwortlich. So war sie auf der sicheren Seite.

Heute hatte sie Info. So wurde die Tätigkeit am Informationsschalter genannt, der für allgemeine Beratung, Vereinbarung von Terminen und unkomplizierte und eilige Anliegen der ausländischen Mitbürger eingerichtet worden war. Bis auf eine weitere Kraft, die den Service-Point bediente, ein telefonischer Auskunftsapparat, widmeten sich die übrigen Kollegen ihren Terminen, die vorher von der Information und durch den Service-Point vergeben worden waren. Neben Eintragungen im Computersystem gab es von jedem Ausländer eine Papierakte, in diesem Bezirk ca. vierzigtausend Stück, die allesamt in einem speziellen Aktenraum, in speziellen Regalen und in alphabetischer Reihenfolge hingen. Bei jeder Vorsprache eines Ausländers musste die entsprechende Akte geholt werden. Der Weg dorthin und zurück führte immer durch das Informationsbüro, wo Ulf Brigitte auf einem seiner Wege erregt und laut auf zwei arabisch aussehende Männer einreden sah. Auf seinem Rückweg waren die beiden Männer noch immer da, und Brigitte hatte ein puterrotes Gesicht. „Ich sage es Ihnen jetzt zum letzten Mal," scholl es schrill im Stakkato ungeduldiger Betonung durch den Raum, „ Sie haben eine Befuuugnis. Wir können die Auflage niiicht ändern. Sie dürfen niiicht selbständig arbeiten. Warten Sie, bis Sie die unbefristete, auflagenfreie Aufenthaltserlaubnis haben."

„Nur durchstreichen," antwortete der eine vieldeutig lächelnd, „bitte Antrag."

Brigitte ließ sich darauf auf den Bürostuhl plumpsen und starrte stumpf vor sich hin.

„Hören Sie," mischte sich Ulf nun ein, „es ist, wie meine Kollegin sagt, Sie haben eine Befugnis, und wir dürfen die Auflage nicht ändern. Das ist gesetzlich so geregelt."

Und siehe da, die beiden Männer bedankten sich und verließen, sich verneigend, das Büro.

„Das gibt`s doch nicht!" kreischte Brigitte, keineswegs dankbar. Offensichtlich war es nicht ihr Tag.

Wenig später kam sie zu ihm und bat ihn, mit ihr zu tauschen, da sie die Information an diesem Tag überfordere. Seiner Besorgnis Ausdruck gebend willigte er ein, der er sich in der Rolle des Hilfsbereiten gut fühlte, sofern sie ihm nicht gar zuviel abverlangte, und begab sich in die Information, während sie seine Termine übernahm.

Sie war dick, sie war voluminös, sie war unansehnlich, und daran hatte auch ein immerhin sechswöchiger Aufenthalt in einer Klinik für psychosomatische Krankheiten nichts geändert. So wie sie dorthin gefahren war, kam sie zurück. Dabei konnte man sich leicht vorzustellen, dass weniger Masse sie zu einem anderen Menschen, sogar attraktiv gemacht hätte. Ihr Aufenthalt dort, so erklärte sie, hätte ihr sehr gut getan, hätte ihr viele, neue Erkenntnisse gebracht. Das Ganze müsse nun erstmal sacken. Mehr hätte sie auch nicht erwartet und sei auch gar nicht geplant gewesen. Von daher habe es ihr wirklich gut getan. Sprachs und nahm sich von dem Teller neben ihr einen Keks.

Der Anteil der männlichen Kollegen an der Belegschaft der Ausländerabteilung dieses Bezirks belief sich auf drei. Richard gehörte dazu. Die Gemeinsamkeit zwischen ihm und Ulf bestand außer dieser Zugehörigkeit und der gleichen Aufgabenstellung darin, dass sie zu den älteren Kollegen gehörten, die schon sehr lange, über dreißig Jahre, dabei waren. Deutlich erinnerte er sich an ihre erste Begegnung, damals in der Asylabteilung, die vorwiegend aus jungen, unfertigen Bediensteten bestand. Er sah ihn inmitten dieser lärmenden Meute, wie er sich mühsam Gehör verschaffend und auf die Schenkel schlagend, sagte: „Wenn er das macht, dann sitz ich bei ihm auf dem Schreibtisch und lass den Affen raus." Seltsamerweise war ihm diese Szene bis zum heutigen Tag in Erinnerung geblieben. Dort, wo es laut zuging, war auch immer Richard zu finden gewesen. Sein breites, lautes Lachen und seine umständliche, sich wichtig nehmende Art, Begebenheiten oder Witze zu erzählen, zeugten noch von dieser Munterkeit.

Danach war er ihm nur hin und wieder, doch mit einer gewissen Regelmäßigkeit begegnet, auf Fluren und Versammlungen, doch über ein „Hallo" und kurzes Nicken war ihre Bekanntschaft im Laufe von drei Jahrzehnten nicht hinausgegangen. Diese Kargheit führte er vor allem auf die gegenseitige Wahrnehmung zurück, dass sie sich nicht viel zu sagen hatten. Auch nach über dreißig Jahren erkannte Ulf an ihm genau das wieder, was ihn von Anbeginn Distanz hatte halten lassen: eine Bequemlichkeit, eine Selbstgefälligkeit, die ihn nicht in den Stand setzte, sich selbst gegenüber kritisch zu sein, sein lautes, auskostendes Lachen, die Art seiner Scherze, seine Ansichten. Absolut nicht Ulfs Wellenlänge.

Am Ende ihres beruflichen Lebens hatte sie das Schicksal noch einmal zusammengeführt. Seit der Dezentralisierung der Ausländerbehörde arbeiteten sie in der gleichen Abteilung, Ulf Zimmer 27, Richard 28. Nun sahen sie sich täglich, aber an der Art ihres Umganges hatte sich praktisch nichts geändert, nach ein paar gutgemeinten Versuchen beließen sie es beim status quo.

Richard! Er wusste nicht viel von ihm, nur dass er geschieden war und eine Tochter hatte. Dass er auch ein Thomas Mann Fan war, wie er vor einigen Tagen feststellen konnte, überraschte ihn, rückte ihn, der sich mit leuchtenden Augen über Felix Krull und seinen Autor ausließ, in ein anderes Licht.

Richard war nicht gerade von robuster Konstitution, seine Bewegungen waren gemessen, ebenso seine Arbeitsweise. Es gab nichts Eiliges oder gar Hektisches an ihm. Sobald der Arbeitsanfall sich verstärkte, fehlte er aus gesundheitlichen Gründen und ließ es darauf wieder ruhig angehen.

Er hatte Asthma, so hieß es, und sein vernehmlicher Husten in regelmäßigen Abständen unterstrich sein Leiden. Eigentlich war es weniger ein Husten, als ein an Lautstärke und Tonlage ansteigendes, schleimiges Räuspern, das die Ulf gegenübersitzende Kollegin, immer zu dem Ausruf: „Pagels! Sterbehilfe," veranlasste, und das ganz anders war, als das harte, aus der Tiefe kommende Bellen, wie er es von seinem asthmakranken Bruder her kannte.

Manches konnte man Richard wohl nachsagen, aber nicht, dass er die Arbeit erfunden hatte und dass er nicht auch die angenehmen Seiten des Lebens zu schätzen wusste.

Jedoch sein Asthma machte es ihm schwer, das sah und hörte man. Dieses Ringen nach Luft jedes Mal, wenn er morgens kam, das ihm als Gruß nur ein gequältes Augenzwinkern erlaubte, diese Anstrengung, die es ihn kostete, Hut und Jacke abzulegen, sich an den Schreibtisch zu begeben, innehaltend, etappenweise, schwer atmend seine Arbeitsutensilien hervorzuholen und schließlich seinen ersten Termin hereinzurufen. Richards Fehlen überschritt das Durchschnittsmaß, und fraglos hatte er gesundheitliche Probleme. Nur blieben mit ihm nicht auch seine Termine weg, die kamen und mussten von seinen Kollegen übernommen werden. Dabei war er schon aus Rücksichtnahme von der Arbeit am Informationsschalter und vom Service-point freigestellt worden. Er hatte ein dickes Fell. Es kümmerte ihn nicht viel, wenn wichtige Post unbearbeitet in seinem Postfach liegen blieb. Durch eine Beschwerde stellte sich einmal heraus, dass sein Postrückstand teilweise zwei Jahre betrug. Anfragen, Schreiben von Rechtsanwälten, Erinnerungsschreiben, Erinnerungen an die Erinnerungen, Mitteilungen anderer Dienststellen, Terminsachen fanden sich in den Tiefen seiner Schubladen. Das hatte zur Folge gehabt, dass mit ihm ein Gespräch auf höherer Ebene stattfand, das jedoch nicht viel bewirkte, Richard blieb Richard.

Er hatte eine eigentümliche Art von Humor und zu reden, immer verklausuliert, um Ecken, selten direkt. Aus gutem Grund hatte Ulf es bisher vermieden, ihn anzusprechen, aber einmal hatte er sich doch direkt an ihn gewandt wegen eines Ausländers, dem er die Erteilung der unbefristeten Aufenthaltserlaubnis verwehrt hatte. Ulf wollte von ihm den Grund seiner damaligen, negativen Entscheidung wissen, da er sie nicht verstand.

Er antwortete, dass das eine zweischneidige Sache sei und begann langatmig und umständlich von einer Autofahrt zu erzählen, die er gemacht hatte, einleitend mit der Feststellung, dass er ein aufmerksamer Fahrer sei, der nicht nur sähe, was vor ihm geschähe, sondern auch hinter ihm, im Rückspiegel. So habe er während der Fahrt bemerkt, dass ihm ein fremder Pkw folgte, wechselte er die Fahrspur, so tat es der andere auch, fuhr er schneller oder langsamer, dann der andere auch. „So!" habe er da bei sich gedacht, „dann wollen wir doch mal sehen", und sei nach rechts in eine Seitenstraße eingebogen, und siehe da, der andere kam hinterher.

Sicher, das war eine spannende Geschichte, nur, was sie mit der unbefristeten Aufenthaltserlaubnis zu tun haben sollte, das fragte sich Ulf und hörte ihm, neugierig auf des Rätsels Lösung, mehr oder weniger geduldig zu.

Richard lächelte sein Kennerlächeln. „Und was sagt uns diese Geschichte? Sei vorsichtig!" Dabei hob er seinen Zeigefinger.

Ulf musste darauf sehr dumm dreingeblickt haben, gedehnt fügte Richard hinzu: „Tjaaa, die lässt grüßen!"

Ulf verstand kein Wort. Nach einer Weile vergeblichen Überlegens half ihm Richard auf die Sprünge. DIE war nämlich die Abkürzung für die wegen der in der letzten Zeit aufgetretenen Korruptionsvorfälle neu geschaffene Dienststelle für interne Ermittlungen, die sich mit derart gelagerten Fällen befasste. Er wollte also sagen, dass nach seiner Überzeugung DIE ein Auge auf ihn gehabt, ihn überwachte hatte, warum auch immer. - Dieses Erlebnis hatte ihn dann veranlasst, in seinem Erteilungsverhalten

noch vorsichtiger zu sein als ohnehin und war der Grund, dass er prinzipiell keine unbefristeten Aufenthaltserlaubnisse mehr vergab.

In diesem Zusammenhang erwähnte er auch noch den bekannten Fall eines Bediensteten, auf den ein Kollege gezielt einen Verdacht durch falsche Spurenlegung gelenkt
hatte, um sich selbst aus dem Schussfeld zu bringen, was tatsächlich um ein Haar dazu
geführt hatte, das dieser nun zu unrecht Verdächtigte, vom Dienst suspendiert worden
wäre.

Ulf war darauf irritiert in sein Zimmer zurückgekehrt, wo er sich endgültig vornahm,
Richard nie wieder nach etwas zu fragen.

Der zweite im Bunde war Herr Sielaff, seines Zeichens Erster Sachbearbeiter. Einer,
der eine gute Figur machte und verstand, für sich einzunehmen. Er präsentierte sich
jovial, offen, aufgeschlossen, kommunikativ, delegierfreudig, belehrend, hinterließ
den Eindruck von Kompetenz und Souveränität. Dabei unterstützte ihn sein Erscheinungsbild: hochaufgeschossen, schlank, sportlich. Auch seine Vorliebe für Fremd-
worte, die er unvermittelt in seine Äußerungen einflocht (wir sollten uns einmal
bilateral zusammensetzen, das echauffiert mich nicht), erzeugten diese Wirkung. Er
nahm gern die Position des Abteilungsleiters ein, die er allerdings nicht innehatte,
grenzte sein Tätigkeitsfeld ab (das ist nicht meine Aufgabe) und übertrug ebenso gern
Arbeiten aus seinem Zuständigkeitsbereich, wobei er allerdings regelmäßig auf Wider-
stand stieß. Daneben hatte seine fachliche Unsicherheit, die er auch nach fünf Jahren
nicht abgelegt hatte, zu seinem Ansehensverlust unter den Kollegen geführt. Diese
wandten sich bei Fragen nur ungern und nur, wenn es unumgänglich war, an ihn, da er
für eine Antwort stets in Gesetzestexten und Kommentaren nachzuschlagen pflegte,
wobei schon mal eine halbe Stunde vergehen konnte, was angesichts der knappen Zeit
und der wartenden Kundschaft ein hohes Maß an Geduld erforderte. Dieser fachliche
Mangel wog bei jemandem, der so auftrat, wie er, schwer. Unter den Kollegen, von
denen der eine oder andere selbst noch Pläne hatte in bezug auf Karriere, gab es keine
Nachsicht, Anerkennung widerfuhr ihm selten.

Wie er selbst sagte, verdiente er sich ein kleines Zubrot dadurch, dass er nebenher
mithalf, psychisch Kranke, die nicht freiwillig einem ergangenen Beschluss folgen
wollten, zwangsweise in die Obhut einer Klinik zu verbringen. Ulf war darüber sehr
erstaunt gewesen, mochte es kaum glauben. Aber die endgültige Korrektur des ersten
positiven Eindrucks, den er auf Ulf gemacht hatte, hatte er durch seine Weigerung
bewirkt, Karlchen zu verabschieden. Karlchen, diese halbe Portion Mensch, Epilep-
tiker, hatte bei der Ausländerabteilung ein Praktikum absolviert, das zeigen sollte, ob
er auf dem freien Arbeitsmarkt bestehen konnte. Er wohnte in einer speziell betreuten
Einrichtung, und der Aufwand, der von dort um dieses Praktikum betrieben wurde,
war beträchtlich. Betreuer begleiteten ihn und standen ihm mit Rat und Tat zur Seite.
Er selber äußerte sich stets positiv über die Arbeit, die er verrichtete, fand jedoch nicht
immer die Akten und hängte sie auch schon mal falsch zurück.

Karlchen! Ihm wollte Herr Sielaff nicht für seine geleistete Arbeit danken, ihm nicht ein paar Worte mit auf den Weg geben, nicht das Geschenk zum Abschied überreichen.

Als Erster Sachbearbeiter hatte er die Funktion eines Vorgesetzten, der im Zweifelsfalle entschied und anordnete, den Abteilungsleiter vertrat. Da er Gewicht auf soziales Ansehen legte und ehrgeizig war, hatte er sich auf diesen frei gewordenen Posten beworben.

Aber anders als sein Gegenüber, Ingrid, ebenfalls Erste Sachbearbeiterin, hatte er seine Hoffnung auf eine Höhergruppierung und gleichzeitigen Aufstieg auf der sozialen Leiter vorerst begraben müssen. Er wurde nicht berücksichtigt.

Ingrid! Ulf war ihr heimlicher Bewunderer. Auch sie kannte er aus seiner früheren Arbeit in der Asylabteilung, wo sie beide die Anträge osteuropäischer Staatsangehöriger bearbeitet hatten. Sie stammte aus Polen und war als Kind mit ihren Eltern als Deutschstämmige übergesiedelt. Durch ihre Sprachkenntnisse hatte sie in der Asylabteilung eine besondere Rolle inne, da Verständigungsprobleme mit ihrer Hilfe schnell gelöst werden konnten.

Damals kinderlos verheiratet, hatte sie ansonsten unauffällig ihre Arbeit getan und bis auf ihre Sprachkenntnisse, die auch höheren Orts gefragt waren, und anhaltendes Gähnen, keine besonderen Qualitäten erkennen lassen.

Nach dieser Zeit hatte Ulf sie jahrelang nicht mehr gesehen.

Irgendwann danach musste etwas mit ihr passiert sein, etwas, das eine Wandlung zur Folge gehabt hatte. Sie war nicht wiederzuerkennen, das hieß, äußerlich schon, ihre nicht nur zu den Hüften hin ausladenden Formen waren unverändert, ebenso der sanfte Ausdruck ihres Gesichts, auch ihre ruhige, unkomplizierte Art hatte sie sich erhalten. Neu war ihre überlegene Ausstrahlung, die Sicherheit und Gelassenheit, ja Würde mit der sie nun im Mittelpunkt stand, Anordnungen gab, Fragen klärte, Texte auslegte, Verfahrensweisen festlegte, Dienstbesprechungen leitete, Weisungen erklärte, Kollegen ermahnte oder lobte. Ihre Umsicht und Klarheit taten im hektischen Getriebe wohl. Was sie sagte, zeugte von Kompetenz, hatte Hand und Fuß und leuchtete ein, deshalb war sie auch die von allen Kollegen bevorzugte Ansprechpartnerin.

Inzwischen war sie schon gut fünf Jahre seine Vorgesetzte, und er hatte noch immer nicht aufgehört zu staunen, über diese Entwicklung im rauen Alltag der Ausländerbehörde. Nichts mehr von einer gewissen Trägheit und Ergebenheit, von einer geistigen Genügsamkeit, die zum Gähnen einlud.

Es mussten starke Motive gewesen sein, die eine Rolle gespielt hatten. Möglicherweise der Wunsch, ihrem Leben mehr Inhalt zu geben, die zweite Ehe und der Sohn vielleicht, der daraus hervorgegangen war, nach Ulfs Einschätzung auch materielle Erwägungen. Sie mochte nach wie vor große Autos (Mercedes, BMW), reiste gern und weit (Ägypten, Türkei), und legte viel Wert auf eine großzügige Wohnung mit ebensolcher Ausstattung. Das Bedürfnis nach Statussymbolen teilte sie mit vielen Einwanderern, die mit oder ohne deutschem Schäferhund in der Familie irgendwann nach Deutschland gekommen waren und hier klein angefangen hatten. In dieser Beziehung hatte sie sich nicht verändert.

Sie war dem in Rente gegangenen Herrn Schreyer nachgefolgt und leitete nun die Abteilung.

Seit die Ausländerbehörde aufgeteilt und auf die Bezirksämter verlagert worden war, seit er also im Rathaus arbeitete, saß er Frau Lembke gegenüber, einer Dame vom Scheitel bis zur Sohle, ebenfalls Urgestein und, wie er, kurz vor der Rente.

Ihre fünfunddreißig Jahre bei der Ausländerbehörde mit ihren Stürmen, die Krisen, auch die privaten, die sie hinter sich hatte, waren ihr nicht anzusehen und kaum anzumerken. Sie war eine hilfsbereite, pflichtbewusste Frau, die sich selbst nicht schonte, ihren Arbeitbereich mehr als in Ordnung hielt und anderen Kollegen unter die Arme griff, ohne eine Gegenleistung zu erwarten. Eine Hilfsbereitschaft, so hatte es Ulf herausgehört, die ihr im Privaten auch als Schwäche ausgelegt und ausgenutzt worden war.

Geschieden und alleinerziehend, hatte sie sich nie unterkriegen lassen und ihre Linie, die sie, besonders seit sie allein lebte, ausprägen konnte, beibehalten. Ihre Gewissenhaftigkeit und ihre Disziplin, eiserne Selbstdisziplin, waren zweifellos mit verantwortlich für ihr makelloses Äußeres. Tag um Tag, ausnahmslos. Auch wenn es ihr schlecht ging, weil sich ihre Rückenschmerzen wieder meldeten, bewahrte sie immer Haltung, was sich auch in ihrem anscheinend unbeeinflussbar korrekten Äußeren zeigte. Ihre farblich bis ins Detail miteinander harmonierenden, großenteils vor Jahren gekauften, nichtsdestoweniger wie neu aussehenden, die konventionelle Note betonenden Kleidungsstücke saßen perfekt und kamen in sehr langen Abständen, wenn sie fast aus der Erinnerung verschwunden waren, wieder zum Vorschein. Er traute ihr zu, dass sie Buch darüber führte, wann und wo sie welches Teil getragen hatte. Dass sie zweimal hintereinander das Gleiche trug, gab es nicht. Jeden Tag hatte sie etwas anderes an, Kostüme, Kleider, Röcke, Blusen, Pullis, alles geschmackvoll aufeinander abgestimmt. Sie variierte und kombinierte jeden Tag aufs neue. Sie musste über eine enorme Garderobe verfügen, er hatte einmal etwas von sieben laufenden Metern Kleiderschrank gehört. Kleidung und Aussehen hatten bei ihr einen großen Stellenwert. Da beulte nichts, da passte und saß alles wie angegossen, und sie tat etwas dafür. Sobald sie nämlich merkte, dass irgendwo irgendetwas anfing zu zwicken, standen nur noch Äpfel, Ananas und Jogurts auf ihrem Speiseplan, und zwar so lange, bis das Zwicken wieder verschwunden war. Im Unterschied zu anderen Kolleginnen schienen ihr diese selbstverordneten Kuren dank ihrer Disziplin nichts auszumachen, wurden ohne mit der Wimper zu zucken bis zum Eintritt des gewünschten Erfolgs durchgehalten. Sich gehen zu lassen, war ihr so fremd, wie dem Fisch die Wüste.

Es gab aber auch Dinge an ihr, die sie niemals veränderte. Das waren ihre Frisur und Haarfarbe. Der andeutungsweise gescheitelte Pony, die leichten Wellen ihres bis kurz über die Ohren reichenden und dort etwas nach innen eingedrehten, am Hinterkopf leicht toupierten Haares glichen sich exakt Tag für Tag, und auch die Farbe, hellblond, hatte nie auch nur den Hauch eines anderen Tones.

Auch ihre Art, sich zu schminken, war immer gleich, stets dezent, stets der gleiche Lippenstift, etwas Lidschatten und etwas Wimperntusche. Es war, als hätte sie irgendwann in der Vergangenheit das Vorteilhafteste für sich herausgefunden und dann ein für allemal daran festgehalten.

Ihre Akkuratesse beschränkte sich nicht auf ihr Äußeres, sie tat auch alles, um leistungsmäßig ganz vorn zu stehen. Es war ein Muss für sie, am meisten Publikum zu bedienen, ihr Postfach stets leer zu präsentieren, Kraft und Nerven raubende Engpässe pflichtbewusst durchzustehen. Über zuviel Arbeit beklagte sie sich nie. Im Gegenteil, wenn die anderen Kollegen murrten, diente sie als Beispiel, dass doch alles zu schaffen sei. Von den Kollegen verfasste Petitionen an die Behördenleitung wegen Überlastung unterschrieb sie nur widerstrebend. Arbeitsrückstände in ihrem Bereich gab es nicht, höchstens nach einem längeren Urlaub oder nach Krankheit, und dann waren sie auch schon nach wenigen Tagen wieder verschwunden. In solchen Fällen kam sie morgens noch früher und blieb bis weit über die Zeit. Stets war sie über alles Dienstliche und Nichtdienstliche informiert, gab die neuesten Neuigkeiten weiter, kümmerte sich hier und dort, erinnerte an dieses und jenes, daran dass immer auch der Ehepartner in den Datensatz einzutragen war, dass der Gebührenautomat nicht funktionierte, dass Formulare draußen im Flur nicht auslagen, auch auf Ulfs nicht weitergestellten Kalender machte sie aufmerksam.

Er fragte sich manchmal, welche Motive sie leiteten. Tat sie das alles, damit es der Behörde besser ging? Oder zum Wohle der Ausländer? Zuweilen erinnerte ihn ihr Pflichtgefühl und ihre Untertänigkeit gegenüber Vorgesetzten an den von dem Bedürfnis nach Zugehörigkeit und Schutz bestimmten Instinkt eines Herdentieres, mitzulaufen, und zwar ganz vorne, bei den Gesunden und Starken, in sicherer Entfernung zu einer möglichen Gefahr.

Auch schien ihm möglich, dass ihr Drang, sich auf allen Gebieten von der besten Seite zu zeigen, dem Bedürfnis nach Geltung entsprang. Dafür sprach ihre Betonung der Kreise, in denen sie verkehrte und die wiederholte Erwähnung einer Villa im Familienbesitz, die sie einst bewohnte, sowie ihr Porzellan mit den zwei Schwertern und die detaillierte Aufzählung aller Gänge, die geladenen Gästen auf ihm serviert wurden. Als Grund schloss er auf jeden Fall den Wunsch aus, Karriere zu machen, die Gelegenheit dazu hatte sich ihr schon über dreißig Jahre geboten.

Die Zusammenarbeit mit ihr empfand Ulf als angenehm. Zwar erzählte sie manches, das ihn weniger interessierte, aber sie teilte nicht die verbreitete und ihn auf die Palme bringende Angewohnheit anderer Kollegen, sich in Kundengespräche einzumischen. Mit Frau Lembke verhielt es sich anders. Jeder ließ den anderen machen und war offen für alle Fragen, die sich täglich stellten.

Was sie über ihn dachte oder sagte, wenn er nicht da war, wusste er nicht und wollte es auch nicht wissen. Ihre Büroehe funktionierte, sie kamen gut miteinander aus, auch wenn das *SIE* zwischen ihnen die gesamte Zeit hindurch bestehen blieb.

Aber manchmal, ob es stimmte oder nicht, schien ihm, dass sie, wohl wegen seiner ruhig und deeskalierend wirkenden Art, unangenehme und schwierige Kunden auf seinen Terminkalender setzte, ein Verdacht, den er für sich behalten hatte, der ihn sie aber in gewissen Augenblicken verwünschen ließ. Doch die Vorteile der Zusammenarbeit mit ihr machten kleine Schrulligkeiten mehr als wieder wett.

Im Unterschied zu anderen Kollegen ging von ihr gegenüber ihrer Klientel nichts Aggressives aus. Das hieß, sie konnte wohl schon mal ihre Stimme erheben, wenn ihr Gegenüber unsachlich und persönlich wurde oder wenn sie durch gute Kenntnisse oder Sturheit der Gegenseite nervös geworden, sich nicht anders zu behelfen wusste, was selten vorkam. Konnte auch schon mal „wir sind hier nicht auf dem Basar" sagen. Aber sie spielte sich nicht auf, provozierte nicht und niemals dienten ihr die sprachlichen Ungeschicklichkeiten des Ausländers dazu, sie absichtlich falsch, als Beleidigung oder Unterstellung auszulegen und im Zusammenspiel mit fachlicher Kompetenz ihre Überlegenheit zu demonstrieren, woraus sich erfahrungsgemäß leicht stressige Auseinandersetzungen entwickelten.

In solchen Fällen, einzuschreiten, sich auf die Seite des Verursachers der Aufregung zu stellen und für streitlustige Kolleginnen zudem die erwartete Rolle eines Beschützers einzunehmen, widerstrebte ihm. Er mochte diese Art Kollegialität nicht. Davon abgesehen taugte er nicht zum Zuchtmeister, hatte genügend eigene Probleme. Erfreulicherweise verstand es Frau Lembke, ihre Arbeit geräuschlos zu machen.

Mit ihrer prinzipiellen Negation in schwierigen Fällen lag sie indes vollkommen auf der Linie der gesamten Ausländerabteilung, Anträge im Grenzbereich zwischen Befürwortung und Zurückweisung unter Nichtbeachtung der von dem früheren Leiter der Ausländerbehörde hervorgebrachten Grundsatzorientierung, die die Bediensteten ermutigte, in Zweifelsfällen nach dem Grundsatz, in dubio pro reo, positives Ermessen auszuschöpfen, zuerst immer auf die Möglichkeit einer Ablehnung, nie einer Zustimmung abzuklopfen, was in der Regel einen beträchtlichen Verwaltungs- und Kostenaufwand nach sich zog, wenn das Nein von der Rechtsabteilung im Nachhinein in ein Ja umgewandelt werden musste.

Das Gehalt einer normalen Sachbearbeiterin bei der Ausländerbehörde war nicht dazu angetan, über den finanziellen Rahmen eines Durchschnittsbürgers hinaus zu leben. Doch Frau Lembke wäre nicht Frau Lembke gewesen, wenn sie es nicht verstanden hätte, sich zu behelfen. In Ermangelung eines ihren Ansprüchen entsprechenden Salärs, aber auch weil es ihr Vergnügen bereitete, war sie zur Schnäppchenjägerin geworden, die die den Zeitungen beiliegenden Prospekte und Reklamezettel täglich nach günstigen Angeboten durchforstete und bei ihrer Suche ihre Geduld ausspielte, indem sie, nachdem ihr in einem Geschäft ein passendes Bekleidungsstück ins Auge gefallen war, nicht gleich kaufte, sondern wartete, wenn es sein musste, ein paar Monate, bis sein Preis gefallen war, wie bei dem blauen Fischgrätenblazer, den sie zum geeigneten Pendant ihrer Jeans erklärt hatte. Einer Raubkatze gleich, die Witterung aufgenommen hatte, folgte sie ihrem Jagdinstinkt, umstrich lauernd das Geschäft, die Kreise um das Objekt ihrer Begierde enger und enger ziehend, schon war der Preis auf 75 Euro gefallen, doch noch war es nicht so weit, es gab kein Entkommen mehr, sie hatte Zeit, sie konnte warten bis der richtige Moment gekommen war, um zuzuschlagen. Und der kam nach drei Monaten im Sommer, als auf dem Preisschild statt fünfundsiebzig die Zahl fünfundfünfzig stand.

Sie konnte backen, das konnte sie. Sie buck gern, sie buck wie niemand anders. Hatte jemand Geburtstag, bekam er von ihr einen Kuchen. Ihre Kuchen waren unübertroffen, hergestellt aus edelsten Zutaten, fein aufeinander abgestimmt, mit Geschmacksnuancen, die zum Träumen einluden, in Gehalt und Konsistenz genau richtig, ein Gedicht, das auf der Zunge zerging. Was in der Küche unter ihren Händen wuchs, berührte die Grenze zur Perfektion.

Ihre ganze Liebe gehörte ihren zwei kleinen Enkeln. Ihr Sohn, den sie größtenteils allein großgezogen hatte, war seit einem Jahr geschieden, so dass sich nun der Kontakt zu ihren beiden Lieblingen schwieriger gestaltete. Ansonsten lebte sie allein und war froh darüber. Darauf angesprochen, ob sie nicht einen Partner vermisse, antwortete sie ohne zu zögern, dass ihr so etwas gerade noch gefehlt hätte, sie sei geheilt von solchen Wünschen.

Wenn dann der Freitagnachmittag gekommen war und Ruhe eingekehrt, fanden sie in der Regel Gelegenheit, ungestört auch ein paar private Worte zu wechseln. Sie erzählte ihm dann meistens von ihren kleinen Enkeln, die sie nun leider nur noch unregelmäßig besuchten, gab ihm Rezeptideen für einfache Gerichte, und er berichtete seinerseits von seinen Kindern.

Das bevorstehende Wochenende ließ sie immer die Anstrengungen und Probleme der Arbeit vergessen, erzeugte eine entspannte, aufgeräumte Stimmung, jeden Freitag aufs Neue.

„Das geht mir so was von am Arsch vorbei", war ein häufig gehörter Ausspruch von Frau Seeliger, auch Pumuckl genannt, auf jeden Fall immer dann, wenn sich ihre unbearbeitete Post in ihrem Fach zu stapeln bekann. Sie war der Ansicht, dass der Arbeitgeber nicht auf Kosten der Gesundheit der Bediensteten sparen durfte, sondern gehalten war, mehr Personal einzustellen, um dem stetig steigenden Arbeitsanfall gerecht zu werden. Sie, die Behörde, hätte es zu verantworten, wenn Arbeit liegen blieb.

Sie war ein Kapitel für sich, ein Unikum, wenn sie es selbst auch nicht wusste, wie manches andere von sich. Da sie aber ansonsten ihre sieben Sinne ganz gut beieinander hatte, war ihre Erzählwut, ihre Sucht zu reden, schwer zu erklären, das hieß, es wunderte, dass sie nicht selbst merkte, wann es des Guten zuviel war, wann ihre Redseligkeit lästig wurde. Wer sich mit ihr in ein Gespräch einließ, der brauchte sich um die nächste halbe Stunde nicht zu sorgen.

Nachdem Ulf nach einer Woche Krankheit wieder zum Dienst erschienen war, hatte er sich unbedachterweise bei ihr erkundigt, ob es irgendetwas Neues gäbe. Als hätte er einen Hebel umgelegt, fing sie an zu erzählen von dem neuen Kollegen, der vom Lan-

dessozialamt gekommen war, der die vergangene Woche bei ihnen hospitiert hatte, um sich die Ausländerabteilung zwecks eines späteren Wechsels dorthin zunächst einmal anzusehen. Sie erzählte, dass er einen guten Eindruck auf sie gemacht hatte und erklärte, warum. In diesem Zusammenhang gab sie ausführlich dessen Schilderungen über Arbeitsbedingungen beim Landessozialamt wieder, gegen die sich die dortige Belegschaft erfolgreich dadurch zur Wehr gesetzt hatte, dass sie sich geschlossen krank schreiben lassen hatte, kam dann auf die diesbezügliche Uneinigkeit in der Ausländerabteilung zu sprechen, die der neue Kollege zu ihrem Entzücken als Dummheit bezeichnete, erklärte dessen Meinung zur Organisation in der Ausländerabteilung, spannte dann den Bogen von ihrer Kollegin, Brigitte, die sich nach ihrem Urlaub für zwei Tage aus der Publikumsbearbeitung ausgeklinkt hatte, um ihren angesammelten Schriftverkehr abzubauen, obwohl sich seiner bereits eine gefällige Kollegin angenommen hatte, über die schwierigen wirtschaftlichen Zeiten und die Zukunftsaussichten der Kinder, hin zu ihrer kochunlustigen Tochter, die mit einem Male doch kochen konnte, als sich ihr Freund nämlich ein leckeres Essen wünschte, das sie ihm dann in Gestalt eines Steaks mit Pilzsoße servierte, und kam tatsächlich, er wunderte sich immer wieder, auf die Ausgangsfrage zurück, „ja..,was gibt es sonst noch Neues.. warte mal.., die Nebenordner der Visastelle kommen ab sofort nicht mehr in die laufende Kartei, sondern in Aktenhefter, jeder hat jetzt seinen eigenen Aktenhefter, und bei den Sicherheitsbefragungen...“
Ihrer flockigen Sprechweise entsprach ihr Aussehen: unter der Färbung kam nicht selten nachwachsendes, graues Haar zum Vorschein, manchmal war sie ungekämmt, sah aus, als sei sie geradewegs aus dem Bett gekommen, ihre bunten Kleider schienen mehr nur ihre Rundungen verbergen zu wollen.

Es war ein Fehler, diese kleine, rundliche, das rechte Bein nachziehende Frau mit dem gemütlichen Doppelkinn und dem leuchtend rot gefärbten Haar zu unterschätzen. Sie war beschlagen, hatte Ideen, und was sie sagte, hatte im Kern Sinn und Verstand, jedoch machte ihre über die Maßen umständliche Sprechweise, die zunächst immer eine lange Vorgeschichte unter Nutzung aller am Wege liegenden Exkursionsmöglichkeiten in andere Themenbereiche abhandelte, und die unangemessene Lautstärke ihrer Stimme den im Ansatz intelligenten Eindruck wieder zunichte.
„Wann hört sie endlich wieder auf, wie komme ich hier wieder weg?“ war für ihn in dieser Situation die ihn beschäftigende Frage.
Ulf hatte Glück, die Klientel pochte ungeduldig. Acht Uhr. Sie brach nicht ab, verkürzte aber deutlich ihre Rede, es war Zeit, aufzuschließen.
Auch vom Zimmer nebenan war ihre Stimme durch die Türöffnung sehr deutlich zu vernehmen. Mit ihren Kunden sprach sie immer äußerst prononciert und belehrend, gab ihr Wissen vom Ausländergesetz zeitraubend und vor allem laut von sich.
So laut und überzeugend ihre Stimme war, so zaghaft war Frau Seeliger in ihren Entscheidungen. In Fällen, in denen sie sich nicht bis ins Letzte sicher war, rückversicherte sie sich immer bei verschiedenen Kollegen, um zum Schluss, statt eine Entscheidung zu treffen, doch nur den Antragsteller zu vertrösten, doch nur einen langen Ver-

merk in die Akte zu schreiben, irgendwelche Anfragen zwischenzuschalten und sich so der Gefahr, einen Fehler zu machen, zu entziehen. Das war überhaupt die größte Sorge der Kollegen, nachweislich einen Fehler zu machen, fälschlicherweise ein Aufenthaltsrecht zu erteilen.

Da war sie schon wieder, wollte wissen, wie es sich verhielt, wenn die Eltern, bei denen der erwachsene, die unbefristete Aufenthaltserlaubnis begehrende Sohn mietfrei wohnte, Wohngeld bezogen, ob es nicht so zu sehen wäre, dass auch dem Sohn das Wohngeld, eine öffentliche Leistung, zugute käme, mit der Folge, dass sein Antrag abzulehnen sei?

Von Haus aus nicht unbegütert, bewohnte sie mit ihren beiden erwachsenen Töchtern ein Eigenheim mit Garten und fuhr aus Sicherheitsgründen nur große Wagen mit ausreichender Knautschzone. Die öffentlichen Verkehrsmittel benutzte sie prinzipiell nicht, zog es vor, jeden Tag mit dem Wagen zur Arbeit zu fahren. Manchmal musste sie etliche Runden drehen, bevor sie weit entfernt einen Parkplatz fand. Einmal, an einem Montag, erschien sie erst um zehn im Büro, entnervt und geschafft. Ihre Parkplatzsuche hatte von sieben Uhr an gedauert. An ihrer Präferenz für das Auto änderte das nichts. So schnell verzichtete sie nicht auf Bequemlichkeit.

Ganz anders ihr Gegenüber, Frau Gerken. Ihre Meinung war gefragt, was sie sagte, war knapp und präzise, frei von Nebensächlichkeiten und immer zum Punkt. Auf Dienstbesprechungen zeichnete sie sich durch ihre Fähigkeit aus, aus den Beiträgen den Kern der Sache herauszustellen, und in einem Resümee als konkretes Ergebnis für alle festzuhalten. Nichts übrig hatte sie für Gespräche, die sich im Kreise drehten oder zu keinem Ergebnis führten, in diesen Fällen drängte sie nach einer entsprechenden Feststellung auf Themenwechsel oder klinkte sich aus. Zeit und Energie nutzlos zu verschwenden, war nicht ihre Sache.

Trotz ihrer sich auf das Wesentliche beschränkenden Art, war es auch ihre Stärke, zuhören zu können, jedenfalls, was ihr Gegenüber, Frau Seeliger, anging. Ulf bewunderte nicht nur die Geduld, mit der sie der stimmlichen Beschallung ihrer Kollegin begegnete, sondern auch ihr durch Zwischenfragen und Kommentare bekundetes Interesse an den Geschichten, während sie nebenher weiter arbeitete. Trotz oder vielleicht wegen ihrer Gegensätzlichkeit gab es zwischen ihnen ein unsichtbares Band, das einem tiefen gegenseitigen Verständnis entsprang, das bis zu Frau Lembke reichte und sie zuverlässig zusammenschweißte.

Als rationaler Mensch von etwas sprödem Temperament schien ihr alles Überflüssige in Wort und Tat zuwider zu sein, was sich auch in ihrem Äußeren widerspiegelte. In ihrer Art, sich zu kleiden, herrschte die zweckmäßige, nüchterne Note vor (Jeans, Pulli, Anorak, bequeme Schuhe), auch schminkte sie sich nicht, ihre halblange Frisur entbehrte bis auf die kaum zu erkennende Färbung jeglicher Unnatürlichkeit. Scheinbar legte sie keinen Wert darauf, wie auch immer, aufzufallen.

Und so hätte sie auch als graues Mäuschen durchgehen können, wenn nicht das Wort „geil" gewesen wäre. Sie gebrauchte es bisweilen, etwa wenn sich die Netze um einen bestimmten, straffälligen Ausländer enger gezogen hatten. (die Staatsanwaltschaft hat Anklage erhoben, geil) Es gab Kollegen, vornehmlich die jüngeren, zu deren Sprachschatz dieses Wort wie jedes andere gehörte, und aus ihrem Munde klang es auch nicht viel anders als super, prima, toll. Von ihr jedoch gesprochen, hörte es sich merkwürdig an, machte zusammen mit ihrer wachen Art den ersten Eindruck des Anspruchslosen zunichte, ließ sie in einem anderen Licht erscheinen.

Ihm schien, dass sie sich überlegen und für höhere Aufgaben befähigt fühlte, Ambitionen hatte, einen bald freiwerdenden Posten zu übernehmen. Von ihr privat wusste er nur, dass sie verheiratet und Mutter einer Tochter war. Da sie in der Nähe wohnte, ging sie in der Mittagspause immer nach Haus.

Wenn Waltraut, eine Akte unterm Arm, ernsten Gesichts anrückte, stand Ungemach ins Haus, jedenfalls für den, den sie ansteuerte. Ihr Nahen erfüllte Ulf mit Unruhe. Als sie auf ihn zukam, sträubten sich seine Nackenhaare. Jemand, den seine mühsam gewonnene Balance nicht interessierte, der respektlos gesperrtes Terrain betrat.

„Warum hast du hier keine Befragung gemacht?" wollte sie wissen, die Akte vor ihn placierend und ihren Unmut mühsam verbergend.

Er blätterte in der Akte in der Hoffnung, dort schnell eine schlüssige Antwort zu finden.

„Du hast es ja hier sogar noch aufgeschrieben," bohrte sie und schlug die Seite auf, auf der in seiner Schrift „lt. Vermerk auf S. 8 soll eine getrennte Befragung durchgeführt werden," zu lesen war. (diese getrennten Befragungen dienten bei begründetem Verdacht der Feststellung, dass eine Ehe nur zum Schein eingegangen worden war und die Partner entgegen ihren Angaben nicht zusammenlebten. Um sie zu überführen, wurde jeder für sich durch Herrn Sielaff einem Verhör unterzogen, das sich nicht selten drei bis vier Stunden hinzog. Die Antworten auf Fragen wie: wie haben Sie den gestrigen Tag verbracht? Beschreiben Sie mal Ihre Wohnung. Hat Ihr Mann Ihnen etwas zu Weihnachten geschenkt? Wann sind Sie heute morgen aufgestanden? Haben Sie zusammen gefrühstückt? wurden anschließend verglichen. Stimmten sie überein, wurde die Aufenthaltsgenehmigung des Zugezogenen erteilt, ansonsten wurde der Betroffene per Verfügung zur Ausreise aufgefordert.)

Allerdings, warum hatte er diese Befragung bei der letzten Vorsprache nicht veranlasst? Er hätte die Gründe vermerken sollen. Er wusste es auch nicht, versuchte, sich zu erinnern. Waltraut hatte vor einem Jahr bei der ersten Erteilung vermerkt: „bei der nächsten Verlängerung getrennte Befragung." Er konnte es sich auch nicht erklären und suchte sich zu rechtfertigen.

„Ja warum, Walli, warum? Keine Ahnung mehr, das Ganze liegt drei Monate zurück, vielleicht war Sielaff an dem Tag nicht da oder war beschäftigt, vielleicht auch habe ich deine Notiz zu spät gesehen, als das Paar schon gegangen war, und deshalb mit meinem Vermerk noch einmal an deinen erinnert, tut mir leid, einen Grund wird es schon haben."

Er hatte ein schlechtes Gewissen und versuchte, es zu verbergen. „Aber es ist ja noch nicht zu spät dafür, sie müssen doch sowieso noch einmal wiederkommen. Ich nehme an, sie sind jetzt bei Dir? Also kannst du doch jetzt die Befragung nachholen. Wo ist das Problem?"

So oder so ähnlich hob er an, ihr zu antworten, doch ehe er ausreden konnte, war sie fluchend wieder abgezogen.

Später erinnerte er sich an diesen Fall, sah das Paar vor sich, erinnerte sich, dass er selbst keinen Grund für eine solche Befragung gesehen hatte und sie deshalb ihrem Befürworter überlassen wollte, was er allerdings besser auch noch dazu geschrieben hätte.

Walli. Sie residierte von ihm aus gesehen am anderen Ende der Abteilung, direkt neben dem Aktenraum. Bis auf Frau Lembke und Herrn Sielaff duzte sie sich mit allen Kollegen. Sie suchte den Kontakt, gern auch zu Kollegen, die eine gehobene Position besaßen. Neben ihnen wirkte sie noch jovialer und aufgeräumter als sonst. Es schien geradezu so, als würde sie die Nähe dieser Kollegen beflügeln, ihren ganzen Humor spielen zu lassen. Versprecher waren ihr dabei willkommene Aufhänger. Beispiel: „Ich werde das in der Nase behalten", hatte sich die Einwohnerdienststellenleitern, als sie eine Erkältung hatte, einmal wirklich etwas merkwürdig versprochen. Als sie sich dann damit entschuldigte, sie habe zur Zeit so viel im Kopf, fügte Waltraut, „aber hoffentlich nicht in der Nase," mit einem verständnisvollen Lächeln in der allgemeinen Heiterkeit hinzu.

Sie war mit dreiundsechzig Jahren nicht die dienstälteste, aber die älteste Mitarbeiterin der Abteilung. Wegen ihrer Krebserkrankung, deretwegen sie ihre damalige Tätigkeit im Hotelgewerbe hatte aufgeben müssen, und die sich von Zeit zu Zeit wieder zurückmeldete, hätte sie sich durch Einreichung einer Frührente längst aus dem Arbeitsleben zurückziehen können, aber sie zog es vor, weiter an ihm teilzuhaben, zum einen aus finanziellen Erwägungen, zum anderen, weil sie trotz gelegentlicher Stoßseufzer, ihre Arbeit offensichtlich gern machte, auf jeden Fall nicht ungern.

Sie arbeitete akkurat und vertrat klare Standpunkte: was richtig war, war richtig, was gut, gut, was schlecht, schlecht, was dumm, dumm. Ihre klare Ausstrahlung und ihr Humor nahmen für sie ein, ließen vergessen, dass sie auch anders konnte. Die Butter vom Brot nehmen ließ sie sich jedenfalls nicht. Sie bestand auf ihren Rechten, auf ihrer Meinung sowieso, und wenn sie unzufrieden war, scheute sie sich nicht, dies unmissverständlich und auch geräuschvoll kundzutun. Nicht nur er kam mit ihrer direkten, unwirschen Art oft schwer zurecht.

Ihren Vorhaltungen ernsthaft zu widersprechen, ihr gar einen Fehler nachweisen zu wollen, führte zu äußerst unersprießlichen Situationen. Dann bekam sie Haare auf den Zähnen und machte mit lauten, deutlichen Worten klar, wer recht hatte.

Anfangs hatte er nicht mit ihr reden und an sie denken können, ohne das Damoklesschwert über ihr zu sehen. Das hatte er sich inzwischen abgewöhnt.

Waltraut teilte sich das Büro mit dem zarten Pflänzchen, Dorin, die erst vor zwei Jahren vom Sozialamt, wo sie sich sehr allein gelassen gefühlt hatte, zu ihnen gekommen war. Sie war groß und schlank, hatte kurzes Haar, erinnerte in Aussehen und Bewegungen an einen durchs Wasser watenden Stelzvogel.

Ihre Schwäche war, dass sie sehr viel Verständnis für die Probleme und Anliegen ihrer Klientel hatte, helfen wollte, wo es möglich war, Schwierigkeiten hatte, kleinkarierte Anordnungen und Ansichten zu übernehmen, wodurch für sie der Kontrast zur herrschenden Meinung, zum Klima in der Ausländerabteilung, immer spürbarer geworden war; für sie der Grund, sich erneut nach einem anderen Betätigungsfeld umzusehen.

Über sie privat wusste er so gut wie nichts. Er hatte nur gehört, dass sie Handball spielte und einen Freund hatte. Sie wirkte auf ihn etwas farb- und leidenschaftslos, der Glanz ihrer Augen hielt sich in Grenzen, sie drückten keine besonderen Erwartungen aus. Aber das besagte nichts, gerade der blasse, stille Typ war immer für eine Überraschung gut, hinter einer unauffälligen Fassade, wusste er aus eigener Erfahrung, verbargen sich oft eine große Kraft und große Gefühle. Er erinnerte sich an eine Szene anlässlich des Geburtstags eines Kollegen. Alle hatten sich zum Gratulieren versammelt, jemand fragte, wer singt jetzt ein Lied? Da trat Dorin plötzlich vor und vollführte zur Überraschung aller ein kleines Tänzchen. Das ganze spielte sich in wenigen Sekunden ab, löste aber allergrößtes Amüsement aus, da man dergleichen von ihr zuletzt erwartet hätte.

Für die Verteilung der ein- und ausgehenden Post, für Aktenanforderungen anderer Behörden, für Material, für die Bearbeitung der Verpflichtungserklärungen war Mutter Klasen, Jahrgang fünfundvierzig, sturmgeprüft, immer zu einem Scherz aufgelegt, zuständig. Markenzeichen: überdimensionales Hinterteil.

Vor ca. zwei Jahren war sie vom Geschäftszimmer wegen unüberbrückbarer Differenzen zu den dortigen Kolleginnen zu ihnen gekommen mit der löblichen Absicht, einen neuen Anfang zu machen, zu zeigen, was in ihr steckte, dienstlich, besonders aber auch menschlich. Darauf legte sie besonderen Wert, ihre menschlichen Qualitäten allen zugute kommen zu lassen.

Der erste Dämpfer kam sehr schnell, denn manche ihrer neuen Kollegen befanden, dass sie ihnen zu sehr auf die Pelle rückte, sich zu unpassender Zeit in Dinge einmischte, die sie nichts angingen. Folge: neue Differenzen. Sie fühlte sich missverstanden und ausgegrenzt. Niemand, der sie richtig eingearbeitet habe. Aussprachen, Tränen, gestutzte Erwartungen. „Konzentrieren Sie sich auf Ihre Arbeit!"

Das Bedürfnis nach Aufmerksamkeit und Anerkennung schien ihr in die Wiege gelegt, war unverzichtbarer Bestandteil ihres Lebens. Zurückweisungen waren für sie wie Niederlagen, sie konnte mit ihnen nicht umgehen. Möglicherweise aus diesem Grunde neigte sie zur Theatralik. Nach einer Aussprache anlässlich einer internen Dienstbesprechung, in der sie aufgefordert wurde, sich zurückzunehmen, ihre Arbeit zu machen, einfach ihre Arbeit, war es ihr so schlecht gegangen, dass ihr Ehemann nicht gewusst hatte, „wie er sie über die Nacht bringen sollte." Ihm sei es zu verdanken, dass sie wiedergekommen war.

Mutter der Abteilung, die gute Seele wäre sie gern gewesen, aber so einfach ging das nicht. Im Lauf der Zeit hatte sie sich mit der ihr zugewiesenen Rolle abgefunden, sie hielt sich mehr zurück, machte ihre Arbeit, jedoch immer mit gespitzten Ohren. Ihren Sinn für gute Ratschläge, „glauben Sie mir, die Akten müssen immer erst abhängen," und für Scherze hatte sie sich jedoch erhalten.

Ihre Sprache war manchmal etwas derb: „jetzt ist aber die Kacke am dampfen", zeugte aber auch von philosophischen Kenntnissen: „in der Ruhe liegt die Kraft."

Wenn sie sich allein wähnte, zum Beispiel auf dem Klo, wusste Frau Lembke zu berichten, ließ sie manches, nicht für andere Ohren Bestimmte, verlauten: „dann schicke ich die Akte eben so ab, sollen sie glücklich werden damit, ich hab jedenfalls alles getan, von wegen vorschriftsmäßig, das ist externe Post, der Brief gehört eingetütet, so nun komm endlich raus…. Uuuuaaahh."

Hin und wieder saß sie Gerichtsverhandlungen als Schöffin bei und ging auch auf Personalversammlungen schon mal in die Bütt. Sie spürte Verantwortung, war präsent, zeigte Flagge, tat etwas, sie half und war gefällig, doch das Danke der anderen Seite spielte für sie eine große Rolle.

Irgendwo in der Nähe von Husum, hatte sie mit ihrem Ehemann ein Häuschen gekauft mit Obstbäumen im Garten. Dorthin wollte sie sich nach ihrem Dienstende zurückziehen.

Eigentlich hatte er die Illustrierte nur wegen ihrer Titelgeschichte aufgeschlagen: „Wenn Eltern alt werden." Beim Blättern fiel sein Blick auf eine mit *Bild der Woche* überschriebene Fotografie, die ihn im Supermarkt, vor dem Zeitungsregal, neben Schokolade und Pralinen stehend, seltsam aufwühlte. Es zeigte einen großen Tiger, der auf dem Rücken eines noch größeren Krokodils sitzend seine Zähne in eine bereits vorhandene, klaffende Wunde auf dessen Nacken grub. Das Krokodil sah nicht gerade munter aus, neben dem Loch in seinem Rücken wies seine Schnauze mehrere herabhängende Fetzen auf, in seinen Augenhöhlen zerlief trübes Gelb.

Aus dem darunter stehenden Text ging hervor, dass viele Tiere nach einer langen Dürre unter der Wasserknappheit litten und besonders die Krokodile kaum noch Nahrung fanden, was sie veranlasst hatte, außerhalb und weitab ihres nassen Reviers nach etwas Essbarem zu suchen. Dabei war es auf das von dem Tiger im Gebüsch versteckte Beutetier gestoßen und hatte sich an ihm gütlich getan.

So war es zu der Begegnung dieser ungleichen Tiere gekommen, die sonst wenig Gelegenheit hatten, zusammen zu treffen.

Eineinhalb Stunden hatte es gedauert, bis der Tiger seine Rache vollendet hatte.

Dieses Bild, seine Ungewöhnlichkeit, die Begegnung dieser in ihrer Furchtbarkeit gleichen, jedoch sonst so unterschiedlichen Tiere, Herrscher ein jeder, die unerbittliche Brutalität gegenüber dem Unterlegenen, die schrankenlose, nur durch den Tod des anderen endende Gewalt, erschütterte und faszinierte ihn. Das Bild ließ ihn nicht los, auch nicht, nachdem er den Supermarkt wieder verlassen hatte.

Es war nicht ungewöhnlich, dass er nachts wegen eines dringenden Bedürfnisses aufwachte. Im Verlauf der letzten Jahre hatte sich auch diese Erscheinung des Älterwerdens bei ihm eingestellt. Regelmäßig einmal trieb es ihn aus dem warmen Bett über den kalten, dunklen Flur zum WC. Ungewöhnlich war der Lichtschein vom Garten her, den er durch das Milchglas des Fensters wahrnahm.

Irgendein Lichtschein von irgendwoher, war seine schlaftrunkene Erklärung, vielleicht ein Auto, eine Lampe in der Nachbarschaft oder der Mond, gleich würde er es wissen. Er öffnete das Fenster leise, geräuschlos.

Im Kegel des Lichts, dessen Quelle sich hinter seiner Solaranlage zu befinden schien, fläzte sich jemand, eine Gestalt, in seinem Liegestuhl, den er angesichts des schönen Wetters stehen gelassen hatte. Schon hob er an, seiner Entrüstung Luft zu machen, dem da unten Bescheid zu sagen, diesem Lümmel, ihm seine Unverfrorenheit auszutreiben, da vernahm er eine Stimme, die, wie vom Wind hin- und hergetragen, an- und abschwoll.

„Dein Maß ist voll. Ich habe genug von dir. Du hast es dir selbst zuzuschreiben."
„Wie soll ich das verstehen?" fragte die Gestalt im Lichtkegel, deren Gesicht keine klaren Konturen, ihr Körper und Gliedmaßen ebenfalls konturlos und in ständiger Bewegung zu sein schienen, ähnlich einem aus der Ferne gesehenen Vogelschwarm, der sich mal verdichtete, mal in die Länge oder Breite zog.

„Was meinst du?" fragte sie nochmals mit einer besorgt klingenden, kindlichen Stimme, als die Antwort auf sich warten ließ.

„Wer bist du, dass du machst, was du willst, mich aus dem Gleichgewicht bringst? Du kannst mich nicht manipulieren, mir deinen Willen aufoktroyieren. Meine Geduld ist am Ende, es geht nicht mehr. Ich werde mich von dir trennen," war da wieder die klirrende Stimme, deren Ursprung er bei der Lichtquelle hinter der Solaranlage vermutete. Zu sehen war ihr Besitzer jedenfalls nicht.

Die Gestalt sprang auf, so dass ihre Umrisse auseinander stoben. Die Mitteilung schien sie aufs Äußerste zu erregen, nervös, um nicht zu sagen verzweifelt, lief sie im Kreis des Lichtkegels, wobei ihre Linien hin und her wallten.

„Was habe denn ich getan?" rief sie mit einem merklichen Zittern in der Stimme.

„Ich weiß, dass du Grund hast, mir gram zu sein. Ich war nicht immer nett zu dir, habe dir wohl auch weh getan. Aber da du dich nie beklagtest, war ich mir dessen nicht bewusst. Erst in letzter Zeit kommt deine Kritik. Ich habe verstanden, ich sehe auch, dass es nicht so, wie bisher, weitergehen kann. Nur glaube mir, es ist und war nicht meine Absicht, dich auszunutzen oder zu schädigen. Wahrscheinlich mache ich durch meine Art zu leben diesen Eindruck auf dich. Aber ich gebe zu, und ich habe auch ein schlechtes Gewissen, ich war dir gegenüber oft sehr gedankenlos. Ich werde das und manches andere ändern. Nur diese Veränderungen gehen nicht von heut auf morgen, das musst du verstehen, diese Veränderungen brauchen Zeit."

„Zeit, die ich nicht habe," schwankte die Stimme leiser werdend von fern, „ du hattest die Weichen immer gegen meinen Rat gestellt, weil du es ja besser wusstest, zigmal habe ich dich gewarnt, aber du hast dich von deinem Egoismus leiten lassen, der grenzenlos ist. Das Wort Verzicht gibt es in deinem Wortschatz nicht. Leider habe ich nicht schon früher die Konsequenz gezogen, dann hätte ich mir manches erspart. Sieh mich an, was in unserer kurzen, gemeinsamen Zeit aus mir geworden ist. Grau bin ich, mein Haar ist dünn und fällt mir aus, der Glanz meiner Augen ist dahin, futsch, meine Haut ist trocken und faltig, die Adern schimmern durch, ich verliere meine Zähne, und diese Fieberanfälle, die mich in immer kürzeren Abständen heimsuchen, rauben mir die Kraft, das Gehen fällt mir schwer, zudem schmerzt mein linkes Knie, wahrscheinlich Arthritis, und an meinen Beinen hängen Krampfadern wie Trauben. Schon lange mag ich nicht mehr in den Spiegel schauen. Ich bin krank, du machst mich krank, verstehst du das? All das interessiert dich nicht, nicht wirklich. Du schaust nur auf dich, deine Interessen, für die du alle und alles einspannst. Auch die dir bekannte Tatsache, dass dein Wohlergehen letztlich von meinem abhängt, vermag deine Ignoranz nicht zu durchbrechen. Danke. Vielen Dank, ich kenne dich, du machst mir nichts mehr vor. Du hast mir großen Schaden zugefügt. Doch damit ist jetzt Schluss. Ich kann dir nicht mehr helfen, selbst wenn ich wollte."

Die Stimme verebbte, und er, der durch das Fenster diese Szene Belauschende, sah, dass der Lichtkegel dunkler wurde.

„Bitte warte! Lass mich dir erklären. Gehen wir an den Anfang zurück. Damals als ich geboren wurde, war ich einerseits schutzlos, andererseits hatte ich es mit deinen harten Gesetzen zu tun. Ich habe mir Schutz geschaffen, um mir die primitiven, gefährlichen

Lebensbedingungen erträglicher zu machen, so hat es angefangen. Denn ich bin fein-sinnig, und dieser Feinsinnigkeit ist mein Streben nach Verbesserung erwachsen, nach einer humanen Realität. Sollte ich weiterhin in Höhlen leben, auch wenn ich es besser wusste? Doch ich gebe dir recht, ich habe Fehler gemacht. Gib mir noch einmal die Chance, mich zu ändern."

„Humane Realität! Klingt nett aus deinem Munde. Doch du machst mir nichts mehr vor. Ich habe den Glauben an dich verloren," wehte die Stimme aus schon großer Ent-fernung, wobei sich das Licht weiter verdunkelte.

„Halt, Moment, warte," die Stimme der Gestalt überschlug sich, und ihre Wallungen nahmen beängstigende Ausmaße an, dass zu befürchten stand, die Bestandteile würden nicht mehr zusammenfinden. Es war ihr anzumerken, dass sie sich bemühte, ruhig zu sprechen, um ihren Worten Gewicht zu geben. „Bedenke, dass ich aus dir hervorge-gangen, ein Teil von dir, ja, dein Kind bin. Keine Mutter tötet ihr eigenes Kind. Willst du gegen dein eigenes Gesetz verstoßen?"

„Es stimmt, du warst mein Kind," wehte die Stimme undeutlich von Ferne her. „Aber du hast dich weit, zu weit von mir entfernt, hast dich verselbständigt, dich zu meinem Feind entwickelt. Ich habe dir nichts mehr zu sagen."

Das Licht erlosch, und durch die Bäume ging ein Rauschen.

„He, was soll das? Was machen Sie hier? Was hat das zu bedeuten?" rief Ulf in den dunklen Garten. Als sich nichts regte, überlegte er, unten nachzuschauen, aber er hatte keine funktionierende Taschenlampe und zog es vor, sich wieder ins warme Bett zu begeben. Verschob es auf den nächsten Morgen.

Die Radtour mit seinem Freund, Stephan, an die Schlei gehörte zu den Erlebnissen, die einen festen Platz in seiner Erinnerung hatten. Schon die weite Anreise machte sie besonders: zweistündige Zugfahrt mit Umsteigen in Kiel nach Süderbrarup, ihrem Ausgangspunkt. Das Wetter hätte zu diesem Anlass nicht besser sein können: blauer Himmel, Sonne, Wärme.

Schon nach ein paar Minuten hatten sie Süderbrarup hinter sich gelassen und durchquerten Wald und Flur, bis sich nach gar nicht langer Zeit zwischen hügeligen Kornfeldern eine Ecke glitzernden Wassers zeigte und schließlich ein großer, von Segel- und Motorbooten belebter See vor ihnen lag, die Schlei. Lindaunis hieß der Ort, an dem eine altertümlich anmutende Klappbrücke, die sich alle Stunde öffnete, um Schiffe durchzulassen, über das Wasser führte, und an dem sie Richtung Ostsee abbogen.

Auf ihrem Weg kamen sie durch Arnis, einem idyllischen Ort an der Schlei, in dem es höchstens zwei Häuser gab, die nicht mit Blumen geschmückt waren. Um den Zauber dieser liebevollen Auffassung von Urbanität in seinen Einzelheiten zu erfassen, waren sie von ihren Rädern abgestiegen und schauend durch die Straßen gegangen.

Auf Anraten seines Freundes, der in dieser Gegend geboren und aufgewachsen war, umfuhren sie Kappeln und kamen entlang einer von Surfern bevölkerten, langgezogenen Bucht nach Maasholm an der Ostsee. Dort in einem Lokal, besser gesagt, davor, unter einem Sonnenschirm direkt am Hafen, die Fischkutter nebenan, nahmen sie ein Mittagessen ein, Pfannfisch und ein großes Bier. Sie aßen, tranken, plauderten, genossen das Hier und Jetzt wie selten.

Gestärkt schwangen sie sich dann wieder auf die Räder und fuhren durch eine weite Wiesenlandschaft an die Ostseeküste und an ihr entlang Richtung Norden. Die Urlaubszeit machte sich hier bemerkbar: belebte Campingplätze, Sandburgen, Sonnenanbeter bestimmten das Bild. Sein umsichtiger Freund hatte wohlweislich zur Mitnahme von Badezeug geraten, und das Bad, das sie nach ihrer schweißtreibenden Fahrt im klaren Wasser der Ostsee nahmen, war an erquickender Wirkung nicht zu übertreffen.

Nach dem Trocknen in der Sonne traten sie wieder in die Pedale. Der Zug, den sie nehmen wollten, fuhr 21.10 Uhr. Sie hatten noch einige Kilometer zu fahren, und es lag ihnen nichts daran, den Schlusslichtern des wegfahrenden Zuges nachzublicken. Also, keine Müdigkeit vorgeschützt. Nach inzwischen über siebzig Kilometern, die sie zurückgelegt hatten, war es dann Ulf mehr als recht, den Rest der Strecke geruhsam zu fahren, sein Allerwertester schmerzte und seine Beine waren mehr als schwer, so dass er Mühe hatte, seinem ausdauernd unverdrossen fahrenden Freund zu folgen. Jede Unterbrechung war ihm recht, jedes Halten, um die Karte zu studieren oder einem Raubvogel nachzublicken. Sie fuhren durch Gelting, an den Namen Stutebüll erinnerte er sich, auch an Grödersby, und irgendwann abends, aber jedenfalls so rechtzeitig, dass sie noch einkehren konnten, um ihren Hunger und Durst zu stillen, erreichten sie wieder Süderbrarup.

Wieder zu Haus, dachte er oft an diese Tour zurück. Das Bild der Schlei mit den Segelbooten ging ihm nicht wieder aus dem Kopf. Und plötzlich war sie da, die Idee, selbst dort mit einem Boot zu fahren. Boote hatten ihn immer schon fasziniert, seine Phantasie beflügelt. Der Anblick solch eines durchkonstruierten, schwimmenden Gefährts, ausgestattet mit den nötigen Seilen, Beschlägen, Rollen, Klemmen, Schekeln, Segeln, mit Schwert, Ruder, Verklicker, und die Vorstellung, von ihm, unter Nutzung der Naturkräfte über das Wasser getragen zu werden, verzückten ihn.
Es war Herbst und die Jolle, die er ausgeguckt hatte, lag in ihrem Winterlager an der Schlei, auf dem Grundstück eines Wochenendhauses, das dem Verkäufer gehörte.

Herr Windhorn sah aus, wie er am Telefon geklungen hatte: großer Resonanzkörper, entschlossener Gesichtsausdruck, Schippermütze, Vollbart.
Los ging`s mit dem Landrover, dicke Rauchschwaden beim Start.
Herr Windhorn wusste das Gleichgewicht zwischen Reden und Schweigen, zwischen Freundlichkeit und Förmlichkeit, Witz und Ernst zu halten. Auf der Fahrt erzählte er einige, Ulf sehr interessierende Details über das Boot: die Werft, dass Baujahr, Vorbesitzer, Ausstattung, Segeleigenschaften etc., und es wurde deutlich, dass Herr Windhorn über profunde Kenntnisse des Maritimen verfügte. Ulf erfuhr auch, dass er in früheren Jahren in Hawaii gewesen war, und von diesem Aufenthalt, beziehungsweise einer dortigen Bekanntschaft, der Name des Bootes, „Hinemoa", herrührte.
Nach knapp zwei Stunden erreichten sie ihr Ziel, ein Grundstück in der Nähe der Schlei mit einem Holzhaus und einer Art Verschlag, Marke Eigenbau, in dem zwei Boote, ein großes und ein kleines, verbunden mit einer Flaschenzugkonstruktion auf breiten Riemen übereinander schwebten. Um das obere, kleine, herunter zu holen, musste zunächst das große zu Boden gelassen werden, was mit ein paar Kurbeldrehungen erstaunlich problemlos ablief. Es handelte sich um das kleine, das Ulf auf Anhieb gefiel. Ein einfaches, gut erhaltenes, gepflegtes Holzboot mit sämtlichen Zubehör, sogar mit einem Außenborder, der jedoch nicht mehr funktionierte, wie sich später herausstellte. Auch ein selbstgebauter Slipwagen gehörte dazu, der wie der Verschlag mit dem Flaschenzug von durchdachtem Konstruieren und handwerklichem Können zeugte. Ulf war beeindruckt von der aus allem sprechenden Kreativität und Energie.

Ja, das Boot gefiel ihm, und er wollte es kaufen. Sie gingen ins Haus, wo im Schummerlicht die wichtigsten Einrichtungsgegenstände eines Haushalts zu erkennen waren. Aus einem kleinen Wandschrank holte Herr Windhorn zwei Becher und Kaffee hervor, das Wasser machte er in einem Kocher heiß, auch ein paar Kekse hatte er. Er seufzte. Früher sei er immer mit seiner Frau hier gewesen, und sie hätten zusammen gesegelt, wunderbar sei das gewesen. Mit den Jahren jedoch sei es so gekommen, dass es sie nur noch selten hierher zog. Ulf sah ihm an und hörte es, was ihm die hier verbrachte Zeit mit seiner Frau bedeutete. Vielleicht, um sie zu locken, hatte er das neue, größere Boot gekauft und sah sich nun allein damit.
Ulf zählte die zweitausend Euro Kaufpreis auf den Tisch und unterschrieb den von

Herrn Windhorn vorbereiteten Vertrag, der jegliche Gewährleistung ausschloss. Dann luden sie das Boot auf einen Trailer, und zurück gings über die Autobahn nach Hamburg ins neue Winterlager bei Ulf.

Seinen ersten Segeltörn machte er im folgenden April mit seinem Sohn am Tag der Überführung des Bootes an die Schlei bei Lindaunis, wo sich sein Liegeplatz befand. Das Zuwasserlassen auf dem miterworbenen Slipwagen erwies sich als unproblematisch. Als das Boot zu schwimmen begann, zogen sie den Wagen hervor, setzten zunächst das Großsegel, nachdem sie in den Wind gegangen waren, wobei die Fock, nachdem Ulf am falschen Ende des Falls gezogen und das richtige in unerreichbare Höhen befördert hatte, flatternd am Bug liegen blieb.
Es regnete leicht, und der Wind hielt sich gottlob noch in Grenzen, so dass sich sein mulmiges Gefühl sehr bald in Wohlgefallen auflöste. Siehe da, das Boot schwamm, blieb innen trocken, nahm Fahrt auf, sobald Wind in das Segel fasste, was sich auch an einem leichten Druck auf der Pinne und einem Glucksen und Flüstern des Wassers beim Dahingleiten des Rumpfes bemerkbar machte.
Abgesehen von einer Schrecksekunde, die durch das Schwenken des Baumes auf die andere Seite ausgelöst wurde, weil der Wind plötzlich von achtern kam, verlief die erste Segelpartie über die Maßen erfreulich.
An dem guten Gelingen hatte Hannes großen Anteil, der mit seinen fünfzehn Jahren seine Umsicht beibehielt, rechtzeitig bemerkte, dass das Schwert noch herunter zu lassen war, mit sicheren Handgriffen das Richtige tat. Mit seiner Hilfe verlief die Fahrt wie geplant, was Ulf's Freude nahezu zu einem Glücksgefühl steigerte.
Das Boot gehorchte, glitt mal langsamer, mal schneller werdend durch das Wasser, je nach Wind. Sie kreuzten (wenn es sein musste, auch unter Zuhilfenahme des Paddels) hin und her und hätten es wohl noch stundenlang fortgesetzt, wenn der Regen nicht gewesen wäre.
Das Wiederausdemwasserholen des Bootes funktionierte ebenfalls völlig unproblematisch. Nachdem sie den kleinen Slipwagen unter das noch schwimmende Boot geschoben hatten, rollten sie es zurück zu seinem Liegeplatz auf der grünen Wiese.

Ulfs Begeisterung kannte keine Grenzen, alles war so verlaufen, wie er es sich vorgestellt hatte, besser gesagt, seine Erwartungen waren übertroffen worden. Er freute sich wie ein Kind.

Er hatte sich mal wieder sein Lieblingsgericht, Paprikaschoteneintopf, gemacht und fühlte sich, wie immer nach einem üppigen Essen, müde und hatte sich, die ungute Wirkung eines Mittagsschlafs auf sich ignorierend, ein Weilchen aufs Ohr gelegt. Aus Erfahrung wusste er, dass ihm dieser mittägliche Schlaf nicht gut tat, dass er sich hernach benommen fühlte und den Rest des Tages nicht mehr zu Potte kam. Um das zu verhindern, pflegte er sonst am Wochenende nach dem Essen mit seinem Hund spazieren zu gehen, aber heute war das Wetter schlecht, und so hatte er sich seufzend auf die Liege in seinem neuen Arbeitszimmer gelegt, das er sich nach dem Auszug seiner jüngeren Tochter eingerichtet hatte.

Während er so dalag, fiel sein Blick auf zwei von Kinderhänden auf die Fensterscheiben geklebten Bildchen, ein Teddy und eine Schildkröte.

Hier war Betty`s Reich gewesen, hier hatte sie gespielt, geschlafen, geträumt, gedacht, ihre eigene Sphäre gehabt. - Nun war sie woanders. Wie ihre Schwester. Urplötzlich war das gemeinsame Leben zuende gegangen.

Er lauschte dem Trommeln des Regens auf das Fenster in der Dachschräge über ihm. Das Geräusch und die mit ihm verbundene Vorstellung von der draußen herrschenden Unwirtlichkeit, von der ihn nur eine dünne Glasscheibe trennte, machte, dass er das Komfortable seiner Lage zu schätzen wusste und bewirkte in ihm ein behagliches Gefühl. Betty war von dem Geräusch stets aufgewacht, konnte ihm nichts abgewinnen, vielmehr hatte es sie nervös gemacht.

Erinnerungen kreuzten Gedanken, Gedanken Erinnerungen.

Ja, sie war immer von schreckhafter Natur gewesen, Betty, überaus empfindlich gegenüber fremden Einwirkungen auf ihre Sinne. Das war schon immer so gewesen, auch auf der Schule. Ein Kichern in der Klasse, und schon war es vorbei mit ihrer Aufmerksamkeit. Ihre Konzentrationsschwäche hatte sich erhalten, war nach wie vor ein Problem, das sich nun in ihrem Arbeitsleben bemerkbar machte. Geringste Geräusche, die nicht dazu gehörten, brachten sie aus dem Konzept, und sie hatte die Art, sich dann sofort zu beschweren. Ihr gutes Recht, nur die Schroffheit, mit der sie dies tat, stand meistens in keinem Verhältnis zum Anlass. Manches Mal hatte er sie deshalb auf ihre „pampige" Art, auch ihm gegenüber, aufmerksam gemacht, die von Anderen sehr leicht missverstanden werden konnte. Sie hörte es nicht gern, aber da sie ihm immer wieder Anlass dazu gab, hatte er diese Kritik wohl ebenso oft wiederholt, auch nicht immer freundlich, wie ihm inzwischen klar war.

Mit dem Schulbesuch seiner Töchter hatte es mit seiner Kritik an ihnen angefangen, mit steigender Tendenz. Er war in diese Falle getappt.

Der Gedanke beunruhigte ihn sehr, dass er ihnen zu wenig seine andere Seite gezeigt hatte, seine Gefühle für sie. Vielleicht wussten sie nicht, was er ihnen auch nie direkt gesagt hatte, dass sie ihm alles waren. Sinnend ging er auf und ab. Er musste sicher sein, es ihnen sagen, sagte es in einem Brief:

Ihr Lieben, ich sag es ehrlich, es ist schon eigenartig, dass ihr nicht mehr hier seid, woanders nun ein eigenes Leben führt. Vor einem halben Jahr bist du, Betty, ausgezogen, und wenig später, in Etappen, deine Schwester. Außer mir gibt es hier niemanden mehr, nur Jenna und die Erinnerungen. Und so ist der Tag, an den ich nie denken mochte, der immer in so beruhigender Ferne lag und von dem ich mir nie vorstellen konnte, dass er tatsächlich einmal käme, schon wieder Vergangenheit. Plötzlich ist es so, dass ich zurückschaue. Das ist etwas völlig Neues, an das ich mich erst gewöhnen muss.
Ihr seid nun tatsächlich erwachsen, geht eure eigenen Wege, sorgt für euch selbst. Wenn wir reden, geschieht das auf Augenhöhe. Bis vor kurzem war das anders gewesen, haben alle Fäden in meiner Hand gelegen, wart ihr mir „ausgeliefert". Ja, genau genommen war es so.

Wenn es auch der vernünftige und notwendige Lauf der Dinge ist, so ist jetzt hier doch eine Stille eingezogen. Ich habe jetzt die Zeit, die mir früher gefehlt hat und denke zurück. Ich sitze hier in meinem neuen Schlaf- und Arbeitszimmer und starre auf die von euch früher einmal auf die Fensterscheiben geklebten Bilder, die ich bisher kaum wahrgenommen habe.
Viele Fragen stellen sich mir. Je mehr ich zurückdenke, desto mehr Versäumnisse euch beiden gegenüber fallen mir ein.

Meine Sorge ist, dass ich nicht genügend auf euch eingegangen bin, zuwenig versucht habe, mich in euch hineinzuversetzen, in eure Welt. Eure Gefühle und Anliegen zu verstehen. Ich werfe mir vor, mich nicht voll und ganz auf euch konzentriert zu haben und so nicht fähig gewesen zu sein, auf alles, was von euch kam, richtig zu reagieren. Wenn ich zum Beispiel müde war, Kopfschmerzen hatte oder mit der Steuererklärung nicht zurande kam oder mit sonst etwas beschäftigt war, war ich dazu oft nicht in der Lage gewesen, erwischtet ihr mich ein ums andere Mal auf dem falschen Fuß. Dann war ich nicht der, der ich sein wollte und unser Verhältnis blieb dadurch nicht ungetrübt. Für Probleme, die von Euch kamen, das war mir immer schmerzlich bewusst gewesen, fehlte mir die Zeit und auch die Ruhe, um mich eingehend mit ihnen auseinander zu setzen, so wie es ein guter Vater tut. - Das Vertrauen der Kinder zu verlieren, ist ja so ziemlich das Schlimmste für Eltern. Ich kann nur hoffen, dass es euch bei allem Erlebten mit mir nicht verlassen hat, ihr doch immer fühltet, dass ihr mir das Wichtigste wart.

Jedoch die schlimmste Zeit für euch kam mit Erika, die ich trotz ihrer erkennbaren Ablehnung euch gegenüber geheiratet hatte. Mein Optimismus, das werde schon alles werden, hatte mich grausam Lügen gestraft. Statt des erhofften harmonischen Familienlebens, trat das zu keiner Steigerung mehr fähige Gegenteil ein. Trotz Hannes` Geburt war diese Zeit, wie ihr wisst, ein einziges Fiasko gewesen, das mich auch nach der Scheidung noch lange verfolgte. Es ging einfach nicht mehr. Wisst ihr noch? Wir waren damals zu Opa in seine Zweizimmerwohnung gezogen, hatten auf Luftmatratzen geschlafen.

Doch nichts in meinem Leben war für mich schwerer zu ertragen gewesen, als die Trennung von meinem kleinen Sohn. Nie werde ich das Bild vergessen, das sich mir im Schutz einer Hecke bot, wie du, Hannes, ein Steppke von nicht einmal drei Jahren, deinem Großvater eifrig halfst, Möbel durch den verschneiten Garten zu tragen - aus dem Haus, das dein Zuhause war, und in das ich nach einem gerichtlichen Beschluss das Recht bekam, zurückzukehren. Ich hätte zu euch laufen, schreien mögen: was macht ihr da? Hört auf damit! Alles zurück!

Dich, mein lieber Hannes, konnte ich leider nur selten sehen, und es war mir auch, wie du ja weißt, verwehrt gewesen, Einfluss auf deine Lebensumstände zu nehmen. Es blieb mir nicht viel mehr als die Rolle eines Zuschauers. Es war für mich immer schwer zu ertragen gewesen, und der Schmerz hatte mich nie verlassen, dass ich für dich nicht immer da sein konnte, nicht wusste, wie es dir ging und was in dir vorging. Mittlerweile bist du zwanzig und dein eigener Herr. Wir haben nun Gelegenheit, einiges nachzuholen.

Auch nach euch beiden Hummeln hatte die harte Realität in frühester Kindheit gegriffen. Nach der Trennung von eurer Mutter war die erste Regelung, die getroffen werden musste, eure Unterbringung tagsüber. Über den sozialen Dienst bekamen wir innerhalb von ein paar Tagen zwei Kindergartenplätze, kostenlos. Jeden Morgen gings mit dem Auto zum Kindertagesheim. „Tschüss ihr Zwei" hieß es dann, „machts gut, bis heute Nachmittag." Für mich war immer der schönste Augenblick, wenn ich nach der Arbeit bei dem Kinderhort eintraf, dieser behüteten Insel, und euch wieder in Empfang nahm. Eure Begrüßung jedes Mal: Hallo Papa, hallo! Dieses Gerenne, diese Freude. Es war unverkennbar, dass ihr immer ebenso auf diesen Augenblick wartetet. Ab gings nach Hause, wo noch das Frühstücksgeschirr auf dem Tisch stand. Ja, einen großen Teil unserer gemeinsamen Zeit beanspruchten die Pflichten und Erfordernisse des Alltags, und die waren vielfältig. Neben den allgemeinen Aufgaben, die in jedem Haushalt anfallen, war es bei uns ein vermietetes Dreifamilienhaus mit Garten, das zu versorgen war. Da ich einerseits viele Jahre nur teilzeitbeschäftigt war, andererseits eine Hypothek abzutragen, Unterhaltszahlungen zu leisten und reichlich Steuern zu zahlen hatte, war das Geld knapp, und ich hatte, um Kosten zu sparen, sehr viel selbst Hand angelegt, im und ums Haus herum. Ihr, die ihr besonders viel Aufmerksamkeit brauchtet, wart Euch so oft überlassen gewesen. Die Zeit und Kraft, die ich dort ließ, fehlte mir dann für Euch, was sich besonders bemerkbar machte, als die Schule als Ort, an dem Ansprüche an Euch gestellt wurden, in Euer Leben trat. Anders als bei meinem Bruder, zwei Etagen unter uns, der das Geld verdiente, und seiner Haus und Hof und die Kinder versorgenden Ehefrau, kamen mit der Schule bei uns die Probleme (Verhaltensauffälligkeiten, Lernschwierigkeiten), was sicherlich auch damit zusammenhing, dass Euch im Kindergarten, wo ihr ja auch eure Schularbeiten machtet, bei aller Mühe der Erzieherinnen, die auf Euch zugeschnittene Hilfe, wie sie das Elternhaus bietet, fehlte. Anders als in normalen Familien, in denen sich Vater und Mutter die Aufgaben teilen, hattet ihr nur einen Vater, dem es nicht gelang, seine Prioritäten umzusetzen. Ich gebe zu, ich wünschte mir Kinder, die mithielten, besonders in der Schule. Auf keinen Fall wollte ich, dass sie meine Kinder aussortierte. Mit der Schule trat etwas zwischen uns, das ich nicht wegbekam. Unser Verhältnis änderte sich. Ich war nicht mehr allein euer Vater, ich wurde auch so eine Art Lehrer, der Leistung von euch verlangte, jemand der nicht zur Familie gehörte. Dabei hattet ihr doch nur mich, brauchtet den Vater, der immer und ungeschränkt hinter euch stand, ihr ganz besonders. Wie konnte ich das vergessen?

Und dann waren da, wie gesagt, die täglichen Aufgaben, ohne deren Erledigung das Leben nicht funktionierte. Ich meine Einkaufen, Kochen, Wäsche waschen, Saubermachen, Beruf. Ihr glaubt nicht, wie zeitaufwendig und kraftraubend solch ein Haushalt mit Kindern ist. Nach Erfüllung des Tagesprogramms wollte ich meistens nur noch ins Bett, zum Vorlesen von Gutenachtgeschichten reichte es meistens nicht mehr. Und hatte ich abends mal etwas vor, dann empfand ich die Unternehmung mehr als Anstrengung und hatte am nächsten Tag meinen Tribut dafür zu zahlen. Das Pensum blieb das gleiche. Ohne Disziplin im Tagesablauf kam sofort Sand ins Getriebe, stapelte sich das Geschirr, saßet ihr vor dem Fernseher, gingen wir zu McDonald. Aussetzer und Schwächen, die ich mir leider leistete, führten postwendend zu Schwierigkeiten in unserem Alltagsgeschäft.

Da sind sie, die kleinen Kobolde, die neugierig ihre Gegend erkunden und dabei mancherlei Experimente machen. Es interessiert sie zu sehen, wie Menschen reagieren, beispielsweise auf eine kleine Dusche aus dem Gartenschlauch auf vorbeifahrende Autos oder etwas Matsch aus der Sandkiste.

Ich kann sagen, die Bewältigung der täglichen Aufgaben allein haben mich derart in Anspruch genommen, dass für Euch nicht mehr viel übrig blieb. Hilfe gab es nicht, von keiner Seite, keine Oma mehr, die Tante weit weg in Paris. Ich war überfordert, das weiß ich heute. Hinzu kam, dass ich auch Pläne hatte, die nur mich betrafen und an deren Verwirklichung ich arbeitete. Zum Beispiel bedeutete mir schon damals meine Schreibarbeit sehr viel. Schon lange weiß ich, dass es ein Fehler war, ihr soviel Raum in meinem Kopf zu geben, doch damals.., ihr werdet es nicht glauben, ich wollte die Welt verändern, was ja auch euch zugute gekommen wäre. Und noch andere Dinge beschäftigten mich, zum Beispiel, die Solaranlage, der Ausbau des Dachbodens, das Segeln.

Da ist es wieder, das kleine Mädchen, dem ich vor ALDI die Wassermelone, nicht ohne Warnung, sie gut festzuhalten, in den Arm drücke, da ich noch den Einkaufswagen zurückstellen will. Platsch, da liegt sie in Brocken zerplatzt auf den Betonplatten. Du bist starr vor Schreck, Betty, und statt dich zu trösten, schelte ich dich, als hättest du etwas Unverzeihliches getan. Hinterher habe ich mir, wie auch sonst immer, Vorwürfe gemacht, aber in solchen Situationen reagierte ich oft, wie ich es gar nicht wollte, als sei ich nicht ich. Ich kann es mir nur mit überbeanspruchten Nerven erklären. Ich sehe mich die Fassung verlieren, als es mir auch unter größter mentaler Anstrengung nicht gelingt, dir den Dreisatz zu erklären. Als du nach vielen, geduldigen

Erklärungen mit vielen einfachen Beispielen aus deinem Leben (zwei Lollis, zwei Barbies kosten..) zum xten Male wieder malnimmst, statt zu teilen, zuckt durch mich hindurch ein Blitz, der ein schnell um sich greifendes Feuer entfacht. – Ich schlage mit der Faust auf den Tisch, schreie, beschimpfe dich, gestikuliere, kenne mich nicht mehr. Du hast Angst, sagst, ich solle gehen, aber das Feuer brennt, ich verbrenne. „Los noch einmal, die nächste Aufgabe!" Deine Schwester mischt sich ein und führt mir meinen Fehler, den ich selber weiß, aber jetzt nicht sehen will, vor Augen. „Papa, wenn du so schreist, dann versteht sie es erst recht nicht!" Ich sehe, wie das Papier nass wird von deinen Tränen. Ein Schmerz durchbohrt mich von oben bis unten. Ich erschaudere bei dem Gedanken, dass sich das hier in diesem Zimmer einmal abgespielt hat. Wo jetzt mein Bett steht, hat dein Schreibtisch gestanden. Wie war das möglich? Heute ist es mir klar. Stress, schlechte Nerven, Frustration haben sich ausgewirkt. Ich war nicht so stark, wie ich immer meinte.

Es gibt ein Bild, von dir als Kind gemalt, mit Text, es hängt hier an der Wand. Du hast dich gemalt und daneben steht geschrieben „Das bin ich". Und weiter hast du noch folgendes draufgeschrieben: „Lieber Papa, ich wünsche dir noch ein schönes Leben und dass du immer lieb zu mir bist, auch bei den Hausaufgaben."

Wenn mir das jemand früher gesagt hätte, dass ich meine Kinder einmal anschreien würde, hätte ich ihn ausgelacht. In bezug auf meine Qualitäten als Vater bin ich mir immer sicher gewesen. Ich habe mich überschätzt, wie so oft in meinem Leben. Ich wollte immer das Beste, aber Vorstellung und Wirklichkeit sind eben zwei verschiedene Paar Schuhe. Stolz bin ich nicht auf manches, was geschah.

Aber in unser Leben waren auch viele, kleine Freuden gestreut:
eine neue Jacke, eine neue Frisur, das Erlebnis allein Fahrradfahren zu können, eine gute Note, eine neue Puppe, unsere Besuche im Hanstheater bei Cola und Kuchen, gute Ballwechsel beim Federballspiel, die, je länger sie dauerten, dich Sybille, immer so sehr zum Lachen brachten, dass dir schließlich vor Lachen der Schläger aus der Hand fiel, das Versteckspiel draußen und in der Wohnung, die Schneemänner im Garten, das Rodeln im Park, die Urlaube an der Nordsee, unsere kleinen, vierbeinigen Familienmitglieder, die Meerschweinchen, Susi und Punky, Wuschel, das Kaninchen. Wisst ihr noch? Die Käfige habe meistens ich saubermachen dürfen. In mancher Beziehung hätte euch mehr Konsequenz sicher gut getan.

Die Mutter, die Nähe einer Frau, hat Euch beiden Mädchen sehr gefehlt. Der Anblick einer Mutter mit ihrem Kind auf der Straße ließ mich immer innehalten, da er mir vor Augen führte, dass ihr etwas Elementares entbehrtet. Ich sah, so, wie es war, war es nicht gut, weder für euch noch für mich. Ich wollte es nicht so belassen, nicht auf Dauer.

Und so denke ich an früher, als ihr beiden Mäuse jeden Tag zusammenstecktet und irgendwelche Albernheiten aushecktet, denn darin wart ihr unübertroffen, im Streiche machen. Wisst ihr noch? Die Nachbarin, die sich über marodierende Kinder beschwerte und die wir seitdem „Maro" nannten. Dabei hattet ihr doch nur die bunten Blumenkugeln aus ihrem Garten stibitzt. Ich fand sie übrigens später im Keller.

Ich gebe zu, in manchen Augenblicken konntet ihr mir auch schon mal auf die Nerven gehen, nicht aber, als ihr noch klein wart, wenn am frühen Sonntagmorgen sich das Taps, Taps eurer barfüßigen Schritte zunächst unter Geflüster, dann unter verhaltenem Gekicher und schließlich unter prustendem Gelächter meinem Bett näherte, wo ich mich schlafend stellte, um über euer Mitgefühl für euren müden Vater noch einige Augenblicke der Ruhe herauszuschlagen, was jedoch nie klappte. Diese soziale Komponente war bei euch noch nicht entwickelt. Wart ihr erst an meinem Bett angelangt, dauerte es nicht mehr lange, bis an der Decke gezogen, meine Füße gekitzelt und dann mein Bett mit unbarmherzigem Gehopse erobert wurde. Sinnlos zu versuchen, euch von der Gemütlichkeit, die unter einer warmen Decke herrschte, zu überzeugen. Fünf Sekunden, die ihr still hieltet, dann kam die nächste Welle, am Sonntagmorgen um sechs Uhr.

Untrennbar verbunden mit meiner Erinnerung an früher ist das Bild zweier puppenspielender Mädchen. Eine Kinderkarre und ein Bettchen stehen im Zimmer, auf dem Boden liegt eine Wolldecke als Wickeltisch, daneben ein Stapel Windeln, das Fläschchen steht auf der Fensterbank. Ein Buch, die Hasenschule, aus dem vorgelesen wird, liegt aufgeschlagen auf einer herausgezogenen Schublade, in der eine Holzeisenbahn, Abspielkassetten und Figuren aus Überraschungseiern durcheinander liegen. Als ich das Zimmer betrete, werde ich eindringlich zur Ruhe ermahnt, pst, pst, das Kind schläft. Ich verkneife mir zu sagen, dass noch Schularbeiten zu machen sind und schließe die Tür wieder.

Viel (zuviel, viel zuviel) Zeit habt ihr aber auch vor dem Fernseher verbracht. Es war mir leider nicht gelungen, euch für Dinge außerhalb des Konsums (Bücher, Kunst, Probleme dieser Welt) zu interessieren. Dazu war die Flamme der mir verbliebenen Energie zu klein geworden. Meinem Anspruch, mich intensiv mit meinen Kindern zu beschäftigen, sie anzuregen, zu rüsten für ein erfülltes Leben, Vorbild zu sein, bin ich nicht gerecht geworden. Das Räderwerk des Alltags eines Alleinerziehenden hat diese Ideale langsam aber sicher zermahlen. So sind die Jahre vergangen.

Inzwischen ist Raubritter Klemens gekommen und hat dich, Betty, geholt. Das heißt, bevor er dies tat, hat er noch ein Jahr bei uns gewohnt und so die Miete für seine ungünstig gelegene Wohnung in der Innenstadt gespart, bis die seinerzeitige Mieterin eurer künftigen Wohnung ausgezogen war. Diese Zeit war für uns alle nicht immer leicht gewesen, zumal die Mieterin die Wohnung, obwohl sie sich in einem erbarmungswürdigen Zustand befand, nicht freiwillig verlassen wollte, und uns den Weg über ein hässliches Gerichtsverfahren nicht ersparte. Dieses Verfahren hatte sehr an meinen Nerven gezerrt und ist mir nachhaltig schwer gefallen. Das Sprichwort, was du nicht willst, das man dir tu, das füge auch keinem anderen zu, war mir allgegenwärtig. Ich sah und sehe diese Geschichte als einen nicht gerade konstruktiven Beitrag für das ohnehin schwierige menschliche Miteinander. Aber es ging um dich.

Eure Freude macht es vergessen. Wie gesagt, keine leichte Zeit, eine Geduldsprobe, eine Probe überhaupt für uns Vier. Eineinhalb Jahre hat das Verfahren gedauert, davon hat Klemens zum größten Teil bei uns gewohnt. Leider hatten die vorhandenen Spannungen zwischen dir und deiner Schwester durch seinen Aufenthalt bei uns eher zugenommen. Ich war doch etwas enttäuscht, dass sich dieses zeitlich begrenzte Zusammenleben als recht schwierig erwies. Wir alle fanden dann auch zum Schluss, dass diese Situation nicht länger hätte dauern dürfen.

Nun denn, das Jahr der drangvollen Enge ist vorbeigegangen, inzwischen seid ihr in die neue Wohnung eingezogen, in der es zuvor einiges zu tun gab. Rechtzeitig zu deinem Geburtstag, Betty, ist alles fertig geworden. Ihr habt Grund zur Freude.

Ich musste das alles einmal festhalten, für euch und für mich.

Euer Vater

Der Tag war noch jung, und er schien, wie vom Wetterbericht prophezeit, schön zu werden. Nach zwei Monaten Regen war es jetzt zum August doch noch Sommer geworden, gerade noch rechtzeitig. Ulf fragte sich und dachte angestrengt nach, ob er auch nichts vergessen hatte. Etwas zu vergessen, hätte bedeuten können, dass es nichts wurde mit der Segelpartie. Also: der Hund war versorgt, der Herd war aus, der Hahn der Waschmaschine zu. Er nahm sich für das nächste Mal vor, eine Liste zu machen. Großsegel, Fock, Fockschot, Schwimmwesten, Anker, Seile, Werkzeug, Messer, Geld, Papiere, Proviant, die Frikadellen aus dem Kühlschrank waren dabei und auch die Prinzenrolle, Sonnenbrille, Badezeug, Schlüssel und nicht zu vergessen die Mütze.

Dann also los, auf zu Hannes, der Tag war noch jung, die Sonne, rot und prächtig, stand noch zu tief, um zu blenden. Der Wagen schnurrte über glatte, leere Straßen, vorbei an Wald, Feldern, Weiden, durch die noch verschlafenen Dörfer vor den Toren Hamburgs. Er konnte es kaum glauben, dass dieser Tag ihm mit seinem Sohn gehörte, auf dass sie frei wie Vögel ihren Traum verwirklichten.
Moin Hannes. Gut geschlafen? Alles klar? Deine Mutter und dein Stiefvater sind schon aus dem Haus? Schön, dass du deinen Rucksack schon gepackt hast, na dann.., hast du auch an deine Badehose gedacht und ein Handtuch vielleicht? Siehst du? Was ich dir sage! Sonnencreme! Natürlich! Gut, dass ich einen so umsichtigen Sohn habe. Komm, wir wollen keine Zeit verlieren. Also dann, auf geht's.

Na klar möchte ich einen Keks und auch etwas Brause. Dank dir, Hannes. Schau, Neumünster-Süd, die Hälfte der Strecke haben wir bald hinter uns. Kannst du mir sagen, warum die anderen alle so rasen, bis auf die LKWs überholen uns alle. Sollen sie, sollen sie, wir lassen uns nicht stören, fahren unser Tempo. Was sagt die Anzeige, na bitte, immer noch 4,2 Liter, unser Durchschnittsverbrauch. Hannes schau, diese Landschaft, ist es hier nicht einmalig? Wenn der liebe Gott noch das Paradies zu erschaffen hätte, dann wüsste ich ein Plätzchen. Wenn wir erst Eckernförde hinter uns gelassen haben, ist es nicht mehr weit.
Schau dort, auf dem Wegweiser steht schon das Wort Lindaunis. Jetzt sind wir so gut wie da, nur noch über die Brücke. Wir haben Glück, sie ist nicht hochgeklappt. Da wären wir.

Unser Boot, da liegt es in der Morgensonne. Nun aber nicht lange gefackelt, Segel angeschlagen und ab ins Wasser, Proviant und Ausrüstung eingeladen, Ruder angebracht, Schwert heruntergelassen, Segel gesetzt und los. Hannes! Wir schwimmen, wir segeln! Über uns der blaue Himmel, unter, neben, vor und hinter uns das sanfte, grüne Wasser. Nein wir täuschen uns nicht, die Ahnung eines Luftzugs bewegt uns, unser zweifelnder Blick zum Ufer bestätigt es. Hab Geduld, mein Hannes, wir bekommen noch Wind, verlass dich drauf. Der Tag ist noch jung, und er gehört uns. Außerdem finde ich es für den Anfang ganz schön, einfach so dahinzutreiben. Ist in dir auch dieses Gefühl, das vom Boot kommt und dem Wasser? Ist es nicht wunderbar hier, dieser Augenblick! Schau voraus Hannes, dort vorn kräuselt sich schon etwas das

Wasser. Steuermann halt die Wacht. Du hast es dir auf dem Heck gemütlich gemacht, hälst die Pinne lässig mit den Beinen, in deinem Blick liegt zufriedene Erwartung. Auch ich habe es mir gemütlich gemacht, auf dem Boden, schaue an den schwankenden Segeln entlang in den blauen Himmel.

„Hast du alles im Griff, Hannes!"

„Alles klar," kommt es zurück.

Da, die Segel wölben sich, und ein kaum merkliches Vibrieren geht durch das Boot. Dein Gesicht ist hellwach, spiegelt freudige Anspannung. Und jetzt ein leichter Ruck und das Einsetzen eines Gluckerns und Plätscherns von unten her, was schlagartig die bislang eher träge Szene mit Leben erfüllt. Eins, zwei, drei bist du in Position, während ich mich vom Boden aufrappele. Die Segel sind leicht gewölbt, wir liegen auf Halbwindkurs. Ein leichter, angenehmer Fahrtwind umspielt unsere Gesichter, streicht unter unsere T-Shirts. Der Zug auf die Schoten wird stärker, das Gluckern und Plätschern wird lauter, freudiges Erstaunen in deinem Gesicht.

„Na Hannes, schon besser! Was meinst du?"

„Das ist toll!" dein überzeugender Ausruf.

„Alles klar zur Wende, ree!"

Das klappt ja wie am Schnürchen.

Ich finde Zeit, dich zu fotografieren, was dir nicht gefällt. Das Gluckern nimmt ab, der Zug auf die Schoten ebenfalls.

„Das wars wohl," sagst du enttäuscht und fierst automatisch das Segel, um doch noch zu versuchen, etwas Wind einzufangen. Ein Wechselspiel zwischen Flaute und Briese bringt uns trotzdem vorwärts. Die Brücke, über die wir gekommen sind, befindet sich bereits in großer Ferne, wir machen uns Gedanken, wie wir zurückkommen, wenn der Wind ganz einschlafen sollte. Da wir keinen Außenborder haben, wäre in diesem Fall Paddeln angesagt. Nur nicht den Teufel an die Wand malen. Schräg voraus sehen wir am Ufer zwei sandige Abhänge, die auf einen kleinen Strand hindeuten. Wir steuern sie an, werfen Anker und waten über steinigen Grund ans Land. Nachdem wir ein kühles Bad genommen und dabei unsere Schwimmwesten getestet haben, erklimmen wir den ca. zwei Meter hohen Hang und lassen uns oben auf dem Rand nieder, wo wir unsere belegten Brötchen, die Frikadellen und die Pfirsiche vertilgen. Dazu gibt es Apfelschorle. Der Anblick des ankernden Bootes aus dieser Perspektive, dieses Gefährts, das uns hierher gebracht hat und wieder wegbringen wird, erfüllt uns mit einem Gefühl der Verbundenheit.

Der Tag ist nicht mehr ganz jung, doch gehört er noch uns. Auf geht's, Anker gelichtet, und weiter geht die Fahrt. Es ist eindeutig ein leichter Wind aufgekommen. Zunächst übernehme ich das Ruder und die Großschot, du die Fock, wir sind nun beide gefordert. Da wir zurück kreuzen müssen, treten wir beizeiten die Rückfahrt an, du übernimmst wieder das Ruder. Die Briese bleibt uns treu, verstärkt sich sogar, so dass wir auf unseren Amwindkursen gut vorankommen. Doch was ist das für ein Zeichen schräg voraus? Zwei schwarze Bälle übereinander auf einer Stange. Weißt du, was es bedeutet? Das sehen wir uns doch mal näher an, halt doch mal drauf zu, bitte noch etwas dichter bitte, der Teil der Stange unter den Bällen ist dunkelrot gestrichen..

Hannes! Was ist das für ein Kratzen und Knirschen, wir sind auf Grund gelaufen, schnell das Schwert nach oben. Gott sei dank kommen wir schnell wieder frei, das grässliche Geräusch verstummt, es war nur das Schwert.

„Jetzt wissen wir, was es bedeutet und werden es so schnell nicht vergessen!"

„So ist es, Hannes, das passiert uns nicht wieder." Verwöhnt von der aufgefrischten Briese, erfüllt uns schon ein kleines Nachlassen mit Unmut.

„He Wind, hast du schon fertig, hast du Flasche leer? Das ist aber ein schwaches Bild," rufst du, damit jeder, den es angeht, es hört. Die Antwort bleibt nicht aus. Tatsächlich wölben sich die Segel, so dass ich mich doch lieber wieder auf das Seitendeck setze. Da die Masche offensichtlich funktioniert, wiederholen wir sie, uns verbal zu Beschimpfungen steigernd.

„He, du Warmduscher, war das schon alles, hast du nicht mehr drauf, da können wir doch nur lachen."

Zunächst passiert nicht sehr viel. Ich sehe nur, dass sich das größere Kielboot vor uns, mit dem wir uns, ohne dass es das weiß, ein Wettrennen liefern, augenfällig zur Seite neigt. Nun denn, schauen wir mal. Der Wind ist nun kräftig, wir sind zufrieden, halten das Boot durch leichtes Ausreiten im Gleichgewicht. Leider war mir in diesem Moment nicht gewärtig, dass mein Sohn die Großschot aus praktischen Erwägungen festgeklemmt hatte. Was ist denn jetzt? Die Seite, auf der wir sitzen, kommt aus dem Wasser, obwohl wir uns schon weit nach hinten lehnen. Was ist das plötzlich für ein Wind, er muss doch gleich wieder nachlassen, sonst..., um Gott willen! Das gibt's doch nicht. Dann schießt das Boot in den Wind, wir kommen wieder gerade, die Segel killen. Mein umsichtiger Sohn hat auch erkannt, dass es brenzlig wurde und das Ruder rechtzeitig rumgedreht. Erstaunte bis erschrockene Blicke begegnen sich, die Zwiesprache mit dem Wind ist abrupt verstummt. Die aus diesem Vorfall gewonnene Erkenntnis, dass es gefährlich ist, das Großsegel festzusetzen, gebe ich eindringlich weiter.

Komm Hannes, lass uns noch den Rest unserer Fahrt genießen. Der Tag neigt sich zwar, aber wir werden ihn bis zum Ende auskosten. Schau doch Hannes, inzwischen großer Sohn, der Himmel, die Schlei und wir in dem Boot. Ist das nicht wunderbar?

Das Anlegen ist für uns noch ein kleines Problem. Für einen direkten Aufschießer steht der Wind nicht günstig. Also drehen wir dicht vor dem Steg in den Wind und paddeln das letzte Stück, was soll`s! Da wären wir wieder. Schade, schade, dass wir nicht länger bleiben können.

Die Abendsonne taucht die Autobahn in ein warmes Licht, verbreitet Mattigkeit und Ruhe. Im Geiste und in unserer Unterhaltung lassen wir den Tag Revue passieren. Die Autos brausen wieder an uns vorbei. Wir fahren unser Tempo. Hannes, was sagt die Anzeige, schau, schau, wir haben uns verbessert, nur noch 4,1 Liter unser Durchschnitt.

So langsam wurde es unheimlich. Eine sorgenvolle Stimmung hatte sich ausgebreitet. Schon lange waren die Stimmen verstummt, die zu einer positiven Einstellung rieten, dazu, diesen schönen Sommer zu genießen, angesichts der Seltenheit von soviel Sonne in diesen Breiten, statt in Skepsis zu verfallen und sich um die Freuden dieses Geschenks von Petrus zu bringen.

Nichts mehr davon. Statt dessen nur noch Aufrufe zum Wassersparen und Tipps dazu. Es herrschte ein nicht mehr schön zu redender Wassermangel, der die Regierung zu immer weiteren Einschränkungen in der Versorgung zwang. Wäschewaschen hatte im Spargang zu erfolgen, das Benutzen von Geschirrspülern war untersagt, es war dazu aufgerufen worden, das Geschirr mit feuchten Tüchern zu säubern, und sich beim kleinen Geschäft unter Verwendung der Spartaste das Wasser zu teilen. Statt zu duschen, musste es jetzt eine sparsame Körperwäsche tun. Immer häufiger kam aus dem Wasserhahn neben einem kurzen Plätschern ein ersterbendes Gurgeln. Jeglicher Wasserverbrauch für Gartenzwecke war bei Strafe verboten. Entsprechend traurig sahen die Gärten aus und die Parks mit den verbrannten Rasenflächen, die vorherrschende Farbe war braun. Da Bäume und Gebüsch infolge des Mangels an Blättern kaum Schatten spendeten, drang das heiße Sonnenlicht auch in entlegene Winkel vor, viele Teiche und Biotope waren schon ausgetrocknet mit entsprechenden Folgen für die Tierwelt. Das Wasser der Elbe und der meisten anderen Flüsse und Seen war bereits gekippt, tote Fische säumten die Ufer oder trieben bäuchlings an der Oberfläche, ein fauliger Geruch hing in der Luft.

Die Bäume boten ein Bild des Jammers. Da sie keine Feuchtigkeit erhielten, trocknete ihr Holz aus, verlor die Fähigkeit, Flüssigkeit zu transportieren und starb ab. Viele Bäume hatten dieses Stadium bereits erreicht. Sie, die stolzen Riesen, die sonst um diese Zeit Sauerstoff produzierend in vollstem Grün standen, ragten jetzt blattlos und schwarz in den blauen Himmel, Skeletten gleich. Die Aktivitäten des Gartenbauamtes, dessen Trupps ständig unterwegs waren, um Äste zu entfernen, die abzubrechen drohten und Menschen gefährdeten, hatten in dieser Geisterlandschaft, etwas Rührendes, mehr noch Absurdes.

Besorgniserregende Nachrichten kamen aus der Landwirtschaft. Der Schaden, den die Dürre dort anrichtet hatte, betraf nicht nur die Bauern, deren Ernte praktisch ausfiel, sondern auch viele weiterverarbeitende Betriebe und Arbeitsplätze. Der Boden war metertief ausgetrocknet, jeder Windzug wirbelte Staub auf. Die Getreidesaat war nicht aufgegangen, das hieß, ein paar Stengel ragten nur kurz über die Oberfläche, beim Mais war es nicht viel anders, an Kartoffeln und Rüben fanden sich winzige, schwarze, verschrumpelte, an Hasenschiss erinnernde Kügelchen in der pulvrigen Erde. Dort, wo die Felder bewässert worden waren, sah es etwas besser aus, doch das Wasser wurde mittlerweile als Lebensmittel gebraucht. Das Vieh fand nichts zu fressen mehr, stand blöde blökend auf staubigem Grund. Milch war knapp und teuer, wie so ziemlich alle frischen Lebensmittel. Erdbeeren, überhaupt Beeren hatte es dieses Jahr so gut wie nicht gegeben. Die Apfelbäume, die um diese Zeit gewöhnlich schon Appetit auf ihre saftigen Früchte machten, standen geisterhaft knochig in der staubigen Landschaft.

Aufgrund der Preiserhöhungen blieb auch den Stadtmenschen nicht erspart, festzustellen, dass alles, was sie aßen, nicht von selbst da war, bis auf den Fisch direkt oder indirekt dem Boden entstammte.

Seit Beginn des Jahres hatte es nicht nennenswert mehr geregnet. Ein kontinentales Hoch hatte Europa von Osten her zunächst eine heftige, niederschlagslose Kältepeperiode mit stahlblauem Himmel beschert. Bis Mitte März hatte es sich nicht vom Fleck bewegt, Ende März dann hatte ein atlantisches Tief das Wetter umschlagen lassen, in der Weise, dass sich nach ein paar Tagen Sturm mit Schnee eine ungewöhnlich milde Luftströmung einstellte: die Temperatur stieg innerhalb von zwei Tagen von minus vier auf plus fünfzehn Grad Celsius, die Sonne kam zurück und die Temperatur erreichte binnen kurzem sommerliche Werte.

So weit, so gut. Es war Frühling, und alles wartete nun auf den Regen, der doch kommen musste, wie jedes Jahr. Aber er kam nicht. Tag für Tag breitete sich ein wolkenloser, blauer Himmel aus mit einer Sonne, die unbeirrt von morgens bis abends auf die Erde nieder brannte. Anfangs zur Freude aller, doch mit zunehmender Dauer zur allgemeinen Besorgnis. Da nützten auch die auf die gute Laune folgenden Beruhigungsversuche einiger Meteorologen und Politiker nichts mehr.

Der Klimawandel war tägliches Thema. Er schien die Menschen solidarischer gemacht zu haben, es entwickelten sich Gespräche unter fremden Leuten. Anfangs waren sie geprägt vom gegenseitigen Mutmachen und von der Zuversicht, dass alles wieder in Ordnung käme, dass die Trockenheit eben eine Periode sei, die früher oder später zuende gehen würde, eine schwere Zeit, die es zu überstehen gelte.

Mittlerweile hatte sich eine andere Stimmung breitgemacht. Es war viel geredet worden, das Problem von allen Seiten beleuchtet. Doch irgendwann war nichts Neues mehr dazu zu sagen, außer dass die Lage immer schlimmer wurde. Eine Alternative zum Warten gab es nicht, daran änderte auch die Ausrufung des Notstandes nichts. Es war Angst, die allmählich nach oben drückte. So etwas hatte es in diesen Breiten seit Menschengedanken noch nicht gegeben.

Was, wenn der Regen noch länger, vielleicht Jahre ausblieb, wie schon in anderen Regionen der Erde? Diese bange Frage stand sich auf vielen Gesichtern. Der bisher eingetretene Schaden war schon sehr groß, und jeder Tag ohne Regen machte ihn größer. Die Vegetation lag am Boden, verdorrt, hinüber, und selbst bei Wiedereintreten der früheren klimatischen Bedingungen war abzusehen, dass sehr viel Zeit vergehen würde, bis sie sich wieder erholt und das Leben sich wieder normalisiert haben würde, wenn überhaupt. Durch manche Köpfe spukte bereits das Schreckgespenst einer sich ausbreitenden, unbewohnbaren Wüstenlandschaft. Nichts war mehr so, wie früher. Bisher nicht wegzudenkende Lebensinhalte, Schule, Ausbildung, Familiengründung, Anschaffungen, Sport, Veranstaltungen, Hobbys waren überlagert von der Not, die herrschte, waren zweitrangig geworden.

Es war eine albtraumartige Zeit, in der sich keiner mehr auskannte, niemand wusste, wie es weitergehen sollte. Hinzu kam eine Häufung von Nachrichten aus aller Welt über Unwetter und Katastrophen (Wirbelstürme, Überflutungen, Hitzerekorde, Erdbeben, Feuersbrünste, Hungersnöte), die die Ratlosigkeit verstärkten. Über die Möglichkeit bevorstehender, tiefgreifender Veränderungen, auch in den persönlichen Lebensverhältnissen jedes einzelnen (Wohnortwechsel), als Folge der klimatischen Veränderungen, wurde nun ernsthaft diskutiert. Ein Leben in dieser Landschaft, unter diesen Bedingungen war nicht lebenswert und auf Dauer nicht möglich, war die sich durchsetzende Erkenntnis.

Wo er einst unter einem Baldachin aus Blättern mit seinem Hund spazieren gegangen war, reckten ihm jetzt Gerippe ihre Knochen entgegen.
Diese Wandlung war beängstigend, der Anblick schmerzte unerträglich. Die Hoffnung war, dass mit dem Wechsel der Jahreszeit, dem Herbst, der Regen wieder einsetzte.

Weihnachten lag gerade mal drei Wochen zurück, aber seine Erinnerung daran war schon verblasst, ihm schien, dass es schon Monate zurücklag. Zum ersten Mal war er Heilig Abend allein gewesen. Zwar hätte er auch seine Schwester in Paris besuchen können, doch zu einer solchen Reise hatte ihm nicht der Sinn gestanden, zu ausgelaugt hatte er sich gefühlt, zu müde und ohne Elan. Er hatte sich vorgenommen, die freien Tage dazu zu nutzen, sich auszuruhen und ohne jeden Zeitdruck Dinge zu erledigen. - Es lag wohl an der Gleichförmigkeit dieser Weihnachtstage, dass er erst überlegen musste, wie er sie verbracht hatte.

So war es gewesen: zunächst hatte er das Wohnzimmer mit ein paar Tannenzweigen weihnachtlich geschmückt, anschließend einen Spaziergang mit dem Hund gemacht. Sein Weg hatte ihn an seinem Elternhaus vorbeigeführt, wo er die ersten fünfundzwanzig Jahre seines Lebens verbracht hatte. Er war stehen geblieben und hatte zur Wohnung in der Mitte blickend an frühere Zeiten zurückgedacht.
Dort im ersten Stock, das Fenster ganz rechts, dort war es gewesen, dort hatte jedes Jahr um diese Zeit nach dem Weihnachtsgottesdienst ein äußerst erwartungsvoller Junge mit Bauchschmerzen vor Spannung beim festlichen Kaffeetrinken im Kerzenschein mit seinen Eltern und Geschwistern die letzten Minuten bis zum ersehnten, wie gefürchteten Augenblick, einem Countdown gleich, abgezählt, dort, wo es warm war und Weihnachtslieder aus dem Radio klangen, während es draußen dunkelte.
Damals seine Mutter, die der Spannung immer noch das i-Tüpfelchen aufsetzte:
„Da! Da war doch was! War da nicht ein Geräusch, hat da nicht etwas geraschelt?"
Atemloses Horchen in die Stille. Psst, psst! Oh Gott, was war das für ein Poltern, und dann die schweren Schritte auf dem Flur. Schon war ihre Mutter besorgt aufgesprungen und durch die Tür entschwunden, um nach wenigen Minuten zurückzukehren und unter dem Eindruck einer äußerst denkwürdigen Begegnung, den Kindern nach Luft ringend mitzuteilen, dass ER jetzt da sei, sehr gestresst und ziemlich grantig wegen der vielen Arbeit, und gleich wieder weiter müsse, worauf sie erneut durch die Tür verschwand.
Nach ein paar Minuten, die den Kindern wie Stunden erschienen, ertönte die Glocke, das Zeichen, dass der Augenblick gekommen war. Sich ihrem Schicksal ergebend, Hand in Hand waren er und seine Geschwister über den Flur gegangen zu der Tür, durch deren Glasscheiben die Lichter leuchteten.

Den Erinnerungen Lauf lassend hatte er zu dem Fenster gestarrt. War da nicht eben ein Licht hinter den Gardinen gewesen und Schatten, die sich bewegten?
Das Fenster, hinter dem jetzt eine schwarze Leere gähnte, begann vor seinen Augen zu verschwimmen. Schwer atmend setzte er seinen Weg durch den Schneematsch fort, hinunter an die Elbe und zurück durch den menschleeren Hirschpark und die nun stillen Straßen.
Zu Hause wieder angekommen, hatte er sich eine Tasse Kaffee gemacht und ein bisschen ferngesehen. Anschließend hatte er in einem Buch über Venedig geblättert, das er unbedingt ein weiteres Mal besuchen wollte, abends wiederum ferngesehen, ein

Film, an den er sich nicht mehr erinnerte.

Ungewohnt still war dieser Abend gewesen, obwohl von unten, von seines Bruders Familie her, Stimmen und Aufschreie der Freude zu ihm drangen. Wie von fern hörte er die Weihnachtslieder, die gleichen von früher.

Teil zwei

Die Tage waren in dieser Zeit gleichförmig grau und kalt, kein Sonnenstrahl drang durch die geschlossene Wolkendecke, schmutzig verharschter Schnee bedeckte hartnäckig Teile des Bodens, die Welt draußen schien in eisige Erstarrung verfallen. Schon seit Wochen herrschte diese Witterung.

Andererseits lag etwas in der Luft. Hoffnung, Verheißung. Trotz der allgemeinen Düsterheit war die längere Dauer der Tage nicht mehr zu übersehen, das Licht hatte die Abendfinsternis schon deutlich in ihre Schranken verwiesen. Es ging fraglos wieder aufwärts.

Zeit, nach vorn zu blicken, von Veränderung zu träumen, Zeit, den Computer anzuschalten, sich in die Community der Suchenden einzuwählen. Viermal klick und er war da.

Es faszinierte ihn, die Fotos und Texte dieser fremden Frauen in seinem Wohnzimmer anschauen und, wenn er wollte, auch sofort Kontakt zu ihnen aufnehmen zu können. Bequemer ging es nicht. Er durchblätterte die Anzeigen, wie einen Warenhauskatalog, betrachtete Foto auf Foto und las den Text dazu, wenn es sein Interesse weckte. Diese Beschäftigung beanspruchte ihn in letzter Zeit so sehr, dass er darüber häufig Raum und Zeit vergaß und zu anderen Vorhaben des Tages nicht mehr kam.

Er las die Anzeige zum Foto einer sehr gepflegt aussehenden Frau mit Dauerwelle.
„ Motto: Lebe deinen Traum, träume nicht dein Leben!
Dich suche ich: Du solltest um 45 J. und 180cm sein. Harmonie in der Partnerschaft, Treue, Ehrlichkeit, Wärme u. Offenheit sollten dir wichtig sein! Genauso ein gepflegtes Äußeres und Niveau!
Über mich: Ich bin sehr selbstbewusst und voll Power. Du kannst den Wind nicht einfangen, aber vielleicht mich! Wenn mein Herz ja gesagt hat, bin ich zu allem bereit.
Interessen: Tanzen, schwimmen u.v.m.“
Er runzelte die Stirn. Eine Frau, die eingefangen werden wollte, noch dazu von einem Fünfundvierzigjährigen!

Er klickte auf die nächste Anzeige, eine zierliche, energisch blickende Frau mit Pagenfrisur. Er las:
„Motto: ich kann auch ohne Motto leben.
Dich suche ich: Bis 50 J., vielleicht mit Kind, kein Bart, kein Bauch, keine Glatze. Einen Mann, der gerne lacht und auch, wie ich, aufgeschlossen ist.
Über mich: Ich bin lustig, gern mit kreativen Leuten zusammen, oft auch romantisch. Liebe alle Jahreszeiten. Habe rote, kurze Haare, 162cm groß und wiege nicht viel. Lebe mit meiner Tochter 12 J. zusammen.
Interessen: Malen, lesen.“
Er brauchte nicht lange zu überlegen, ein Kriterium erfüllte er auf jeden Fall nicht.

Nächstes Bild, das runde Gesicht einer gestandenen Frau. Er las:
„Motto: will freudiges, freiwilliges Miteinander – statt ödes Nebeneinanderher.

Dich suche ich: groß, feinfühlig mit Herzensbildung (akademische sehr angenehm – erleichtert ungemein die Kommunikation), großmütiger, toleranter Genießer, gerne sportlich aktiver Mann, möglichst kein Permanentraucher.
Über mich: adäquates Gegenstück, harmoniebedürftig, mit fantasievoller Spontaneität begabt, mag Echtheit, Unkultiviertheit und Gewalt stößt mich ab.
Interessen: essen, reisen, genießen, in der Natur sein, kochen, gärtnern, (mit)segeln."
Er klickte weiter. Irgendwie nicht.

Er las:
„Motto: In Sonne, Wind und Regen gemeinsam sich bewegen, sich zu fühlen, nicht zu frieren, und sich niemals mehr verlieren. Erfüllen wird mein Traum sich kaum, oder ist es auch dein Traum?
Dich suche ich: Mann zwischen 38 und 58, lieb – und gefühlvoll, ehrlich und treu, der nicht nur vor dem Fernseher oder PC hockt, sondern sich auch gerne unterhält und Zeit für mich hat, natürlich nicht rund um die Uhr und jeden Tag, denn jeder sollte seinen eigenen Freiraum behalten. Du solltest finanziell unabhängig sein. Nichtraucher wäre schön, aber nicht Bedingung. Du solltest aber auf keinen Fall Probleme mit Alkohol oder Drogen haben.
Über mich: Bin 48 J., 170 groß und mollig. (Da klappern keine Rippen, lach) Ich rauche und trinke nicht und liebe die Natur. Ich mag die See (auch Camping)...."
Das Lesen vom Bildschirm strengte seine Augen an. Der Text und das Foto weckten nicht seine Neugier.

Er las:
„Motto: Die zweite Lebenshälfte hat begonnen und die wird super. Alles kann - nichts muss.
Dich suche ich: Schon leicht ergraut, in sich gefestigt, mit Charme und Humor, mit zwei Ohren die zuhören können, einer Schulter, die nicht einknickt, wenn man sich mal anlehnt, eben ein Mann, der mit beiden Beinen im Leben steht, für den Liebe und Treue kein Fremdwort ist.
Über mich: Eine Frau mit Ecken und Kanten und leichten Gebrauchsspuren, viel Humor und auch Charme, die mit beiden Beinen im Leben steht. Geben und Nehmen ist mir nicht fremd.
Interessen: Eulen sammeln, lesen, spazieren gehen, reisen."
Das Foto kam seiner Vorstellung von Witwe Bolte sehr nahe, bis auf das tiefe Dekoltee, das eine andere Sprache sprach.

Vom Lesen der Anzeigen auf dem Bildschirm begannen seine Augen zu brennen, die Vielfältigkeit des Angebots und der Möglichkeiten, die sich aus ihm ergaben, machten ihn schwindlig. Nervös wechselte er von den Fünfzig- bis Vierfundfünfzigjährigen im Bundesland Hamburg zu den Fünfundvierzig- bis Neunundvierzigjährigen im Bundesdesland Schleswig-Holstein und engte seine Suche durch das Stichwort „blaue Augen" ein.

Eine korpulente Frau mit Brille, Doppelkinn und dicken Oberarmen schrieb:
„Motto: Was soll ein Motto? Mit einer positiven Einstellung brauche ich kein Motto.
Dich suche ich: Mann bis ca. 50 mit Tiefgang und Bodenhaftung, gepflegte Erscheinung. Nationalität oder Hautfarbe spielen keine Rolle. Keine Haushaltsmachos, Stehpinkler und Sexmuffel.
Über mich: mollige Figur (nicht nur die Oberweite!!!), blaue Augen, Mutter eines Teens, habe Humor, bin zuverlässig und treu, manchmal etwas kaotisch. Suche kein Abenteuer, sondern einen Partner für alle Höhen und Tiefen.
Interessen: Ich hätte gern mehr Zeit zum Lesen, mag spazieren am Meer, Wind um die Nase. Interessiere mich für fremde Länder, Menschen und Kulturen."
Der Hinweis zur Oberweite war interessant.., aber Stehpinkler.., was meinte sie damit? Schließlich war diese Art des Wasserlassens allgemein üblich, jedenfalls in Männerkreisen. Er überlegte und kam zu dem Ergebnis, dass sie mit diesem Wort etwas in Richtung Eingebildetsein meinen musste, sonst hatte er keine Idee.
Er löschte das Suchwort, blaue Augen, wieder.

Er las:
„Motto: Niemand lebt vom Brot allein.
Dich suche ich: fröhlich, heiter, lebensfroh und treu.
Über mich: Kunst und Kulturinteresse, zielstrebig, lange, schwarze Haare, ruhig und ausgeglichen, grüne Augen, aber keine Froschnatur.
Interessen: finde sie heraus."
Das dazugehörige Foto war etwas unscharf, er erkannte eine schmale, sanftblickende Frau mit Rändern unter den Augen.

Das Suchen und Lesen hatten ihn ermüdet, Buchstaben und Bilder verschwammen zunehmend, in seinem Kopf war ein Grieseln, so dass er sich nur noch mühsam in dem riesigen Angebot auf den Einzelfall konzentrieren konnte. Hinter jeder Anzeige stand ja ein anderer Mensch. Gleich den richtigen heraus zu finden, konnte viel Mühe ersparen, und Zeit und Geld und Enttäuschung für beide Seiten. Auch deshalb war es wichtig, zweimal hinzugucken, weil die Entscheidung, auf eine Anzeige zu antworten, weitreichende Folgen haben, für sein weiteres Leben bestimmend sein konnte. Sein Bemühen, den Fotos und Texten ein Charakterbild zuzuordnen, diejenige heraus zu suchen, deren Aussehen und Wesen seinem Geschmack zu entsprechen schien, die Richtige heraus zu filtern, erzeugte in seinem Kopf mit zunehmender Dauer ein kribbelndes Durcheinander. (Was war doch gleich mit dieser.. und was mit jener, und was mit der von Seite vier? Diese sah interessant aus, aber sie suchte jemanden, der gern auch Karten spielte in gemütlicher Runde. Reisen in ferne Länder waren auch nichts für ihn. Diese schien wiederum mehr eine esoterische Ausrichtung zu haben. Und diese…) Dass aber auch jedes seiner Vorhaben zum Problem geraten musste!
Sein Verstand riet ihm, es für heute gut sein zu lassen, aber er wollte nicht umsonst vor dem PC gesessen, Zeit und Energie verschwendet haben. Nach mehr als einer Stunde angestrengten Lesens und Sortierens wollte er unbedingt noch zu einem Er-

gebnis kommen, auf eine Anzeige, die in Frage kam, antworten. Nervös scrollte er vor und zurück. Schon längst brauchte er eine Brille, was er nicht wahr haben wollte.

„Vor den Toren Hamburgs, 51 J. w mit 12-jähriger Tochter, ruhig und ausgeglichen, schwarzhaarig, sucht Partnerschaft. Versuch macht klug."
Ja, das fand er auch. Außerdem schien die Verfasserin zu wissen, dass in der Kürze die Würze lag und ersparte ihm auch durch das Fehlen eines Bildes das anstrengende Abwägen und Nachdenken, zu dem er sich jetzt auch nicht mehr in der Lage fühlte. Kurz entschlossen schrieb er auf diese Anzeige:

Guten Tag,
ich heiße Ulf und suche, nachdem meine beiden Töchter weitgehend selbständig geworden sind, wieder ein nettes weibliches Wesen. Bin 55 J., 185 cm, schlank, sportlich, geschieden. Meine Interessen sind breit gefächert. Da Bekanntschaften ab einem gewissen Alter ja nicht mehr so einfach zu machen sind, versuche ich es mal, wie du, auf diesem Wege. Bevor ich dir jedoch meine ganze Lebensgeschichte erzähle, warte ich erst einmal auf Antwort von dir.
Gruß Ulf
Beim Abfassen und Abschicken dieser mail hatte er gemischte Gefühle, nicht nur weil er bei der Angabe seines Alters etwas geschummelt hatte, sondern weil er sich einem Menschen mitteilte, den er überhaupt nicht kannte. Doch hatte er vor einiger Zeit entschieden, dass die Vorteile und Möglichkeiten dieser Art der Kontaktaufnahme zu groß waren, um weiterhin seinen Bedenken das Feld zu lassen.

Drei Tage später las er:
Guten Tag Ulf, ich danke dir für deine Zeilen, die sich wohltuend von den anderen Zuschriften abheben. Ich wohne in Hittfeld, wie gesagt vor den Toren Hamburgs, zusammsammen mit meiner 12-jährigen Tochter. Meine beiden Söhne sind bereits aus dem Haus. Ich fahre jeden Tag nach Hamburg, wo ich in einer großen Versicherungsgesellschaft arbeite. Diese Arbeit gefällt mir sehr, trotzdem freue ich mich schon auf meinen Urlaub, den ich wie immer in Schweden verbringen werde. Ich liebe Schweden.
Eigentlich komme ich sehr gut allein zurecht, fühle mich nicht einsam oder so, aber auf Dauer wünsche ich mir doch eine Veränderung. Was ich suche, ist ein Partner, der offen und ehrlich ist und nicht mit den Gefühlen anderer spielt. Ich denke, das Miteinanderreden ist eine Grundvoraussetzung für eine Beziehung und nur, wenn man reden kann, ist auch Vertrauen möglich, denn auch Vertrauen ist eine wichtige Grundlage. Was machst du beruflich, und in welcher Ecke Hamburgs wohnst Du?
Ich würde mich freuen, mehr von dir zu hören.
Es grüßt Karin

Er antwortete am selben Tag:
Hallo Karin,
vielen Dank für deine Antwort. Ist das nicht witzig? Gerade gestern, ein paar Stunden

bevor ich dir schrieb bin ich durch Hittfeld gefahren, von Freunden auf dem Lande kommend, bei denen ich den Tag mit meinem Sohn verbracht habe, und wo es sich auf einer großen, zugefrorenen Pfütze auf einer Weide herrlich Schlittschuh laufen ließ.

Ich arbeite bei der Ausländerbehörde und erteile Aufenthaltsgenehmigungen an unsere lieben, ausländischen Mitbürger oder lehne auch manchmal ab. Nicht immer ganz einfach der Job, auch deshalb, weil die Behörde Personal einspart.

Ich wohne im Westen Hamburgs, wo ich mit unserem kleinen Hund oft an der Elbe spaziere gehe, ein ehemals herrenloser Hund aus Spanien, der nicht unbedingt zum Helden geboren ist (wenn der Wind hinter ihm ein Blatt aufwirbelt, gerät er schon mal in Panik). Aber, wer kann das schon von sich behaupten. Ich für meinen Teil bin froh, gesund und ziemlich normal zu sein.

Damit du auch eine optische Vorstellung hast, wer dir dies alles schreibt, schicke ich dir hier ein Bild, ein Urlaubsfoto aus Italien. Ziehe bitte keine falschen Schlüsse aus dem Bierglas in meiner Hand.

Ich würde mich freuen, wieder von dir zu hören und über ein Bild auch.

Gruß Ulf

Er versah die mail mit einem Foto von sich mit einem Bierglas in der Hand aus einem zurückliegenden Italienurlaub, das er eigens zu diesem Zweck in seinem Computer gespeichert hatte.

Er las den Text noch einmal durch, setzte einige Kommata und klickte auf absenden.

Er war soweit zufrieden. Diese Karin konnte schon in Frage kommen.

Zwei Tage später hatte er zwei neue mails in seinem elektronischen Briefkasten. Er las:

Hallo Ulf,

vielen Dank für deine Zeilen. Ja, mit dem Zufall ist das manchmal schon merkwürdig, er mischt die Karten, und wir staunen. Dann waren wir uns letzten Sonntag ja sehr nah, ohne es zu wissen. Vielen Dank auch für das Bild, das dich sehr sympathisch rüberkommen lässt.

Ich kann mir gut vorstellen, dass deine Arbeit nicht immer erfreulich ist, nach allem, was man so hört. Ich komme gerade aus dem Garten, den ich nicht abwarten kann, auf den Frühling vorzubereiten. Wie schön ist es, jetzt die Gartenmöbel wieder hinzustellen und die ersten grünen Spitzen im Boden zu sehen. Hoffentlich hält der Frost nicht mehr so lange an. Ich habe genug von der Kälte. Ulf, was hälst du davon, wenn wir uns einmal direkt in die Augen schauen? Vielleicht nach Feierabend in Hamburg. Lass von dir hören. Bis dahin grüßt dich ganz lieb Karin.

Er las ihre zweite mail:

Huch, nun habe ich ganz vergessen, dir ein Bild von mir zu schicken, ich hole es hiermit nach.

Hoffentlich kommt es an.

Er klickte auf herunterladen. Auf seinem Bildschirm breitete sich nach und nach ein sattes Grün, ein Rasen aus. Beim Linksverschieben erschienen erst ein paar Boden-platten, der Fuß eines Sonnenschirmständers und beim Herunterscrollen ein in einer Sandale steckender Fuß, mit einem in Jeans gekleideten Bein und die dazugehörige Besitzerin mit einem Mädchen auf ihrem Schoß, das sich an sie schmiegte. Das war sie also, Karin, ein Mensch, eine Frau, eine Mutter mit ihrem Kind, schwarzhaarig mit treu blickenden Augen. Er betrachtete eingehend das Bild. Es steckte eine Innigkeit in ihm. Doch.., er konnte es nicht ändern, sie entsprach nicht seinen Vorstellungen. Sie war es nicht.

Am Abend setzte er sich hin und schrieb:
Hallo Karin,
Es ist im Leben manchmal so, dass man sich entscheiden muss, auch wenn man sich nicht sicher ist, das Richtige zu tun. Vielen Dank noch für das Foto. Dir und deiner Tochter alles Gute und Liebe. Ulf

Er löschte diese Zeilen wieder und schrieb erneut.

Hallo Karin,
entschuldige, ich muss dir mitteilen, dass ich in Sachen Partnerschaft bereits fündig geworden bin. Bei dieser Art des Kennenlernens kommt es ja manchmal zu „Über-schneidungen" und ich musste mich entscheiden. Ich wünsche dir viel Erfolg bei deiner weiteren Suche.
Alles Gute und Liebe. Ulf

Auch diesen Text schickte er nicht ab. Es fiel ihm schwer, und er schob es vor sich her, ihr nach der Übersendung des Bildes eine negative Antwort zu geben. Er schrieb erneut, löschte, schrieb und löschte. Schließlich ließ er es ganz. Er hörte nie wieder etwas von Karin.

Ungeachtet der Schwierigkeiten, die diese Art des Kennenlernens mit sich brachte, setzte er seine Suche fort. Seit einiger Zeit beschäftigte ihn der Gedanke, dass er nicht jünger wurde, dass er sich in seinem letzten Lebensdrittel befand und keine Zeit mehr zu verlieren war, wollte er den Rest seines Lebens nicht im Elfenbeinturm verbringen.

15.50 Uhr, Eingang Rathaus. Gespannt schaute er aus der Entfernung zum Treffpunkt. Jemanden, der dort zu warten schien, konnte er nicht ausmachen, nur Leute in Begleitung oder Einzelpersonen, die vorüber gingen oder beschäftigt waren. Nachdem er verstohlen das Terrain besichtigt hatte, stellte er sich ostentativ neben das kunstreich geschmiedete Eingangstor des Hamburger Rathauses. Es war für ihn ein merkwürdiges Gefühl, dort zu stehen und auf jemanden zu warten, den er nicht kannte, mit der Absicht, sich nicht nur eng mit ihm zu befreunden, sondern mit ihm auch sein Leben zu teilen.

Nach knapp fünf Minuten näherte sich eine weibliche Gestalt, die ihn „sei es," murmeln ließ, dann jedoch ihre Richtung änderte, ohne von ihm Notiz zu nehmen.

Dann sah er sie. Kurzer Haarschnitt, wie auf den Bildern, er erkannte sie sofort. Sie näherte sich ihm nicht auf direktem Weg, diagonal, sondern in einem Bogen. Als jeder Zweifel ausgeschlossen war, ging er, sein gewinnendstes Lächeln aufsetzend, auf sie zu.

Elke! Hallo Elke! Aus der DDR. Achtundvierzig Jahre, drei große Kinder, zweimal verheiratet. Krankenhausaufenthalt vor nicht langer Zeit, Entfernung der Gebärmutter (alles raus). Herrliches Wetter. Sie gingen an die Alster. Ihre beiden Söhne hatten schon Berufe, die Tochter ging noch zur Schule, wohnte bei ihr (aber schon sehr selbständig). Ihre Erfahrungen mit Männern: schwierig, letztendlich enttäuschend. Ihr Ehemann hatte sie betrogen und hörte damit auch nicht auf, nachdem sie ihn zur Rede gestellt hatte.

Es lag in der Natur der Sache, dass sie von ihrem Leben in der DDR erzählte. Er erfuhr, dass die Verhältnisse dort nicht nur schlecht gewesen waren, sondern in einigen Belangen den westlichen sogar überlegen, was zum Beispiel Kinder und deren Betreuung betraf. Es hatte auch jeder Arbeit und sein Einkommen gehabt, überzogene Mieten gab es nicht. Luxusgüter waren allerdings Mangelware. Kaffee, Schokolade, Apfelsinen, Waschmaschinen, Geschirrspüler waren kaum zu haben. Auf ihr Telefon hatte sie sechzehn Jahre warten müssen. Aber erst nach der Wende sei ihr der damalige Mangel bewusst geworden. Hier hatte sie dann einen kleinen Kindergarten eröffnet, bewohnte eine schöne Wohnung in dessen Nähe und fuhr leidenschaftlich gern Auto. Ulf fand das alles sehr interessant.

Wie ihr Gespräch dann jedoch die Wendung auf die Vögel nahm, die oben auf ihrem Balkon, über dem Sonnenschirm, nisteten und solange nicht störten, wie ihr Schiss nicht auf den Kuchen fiel, erinnerte er nicht mehr. Der Themenwechsel hatte ihn allerdings irritiert.

Er erzählte ihr von seiner Arbeit, von seinen Kindern, dass er sie allein großgezogen hatte.

Ihm fielen ihre Schuhe auf. Sie hatten auf dem Spann einen Reißverschluss, waren von heller Farbe, erinnerten ihn an Krankenhaus.

In ihrem Wesen lag etwas kindlich Vertrauensvolles, er fühlte sich zeitweise zurückversetzt in die Zeiten seiner ersten Rendezvous vor vierzig Jahren, wo die Gespräche im Grunde nicht viel anders gewesen waren.

Unterwegs zog sie ihren linken Schuh aus und besah sich eine aufgescheuerte Blase an der Ferse mit einem losen Hautlappen dran. Nach kurzer Begutachtung zog sie den Schuh wieder an, seine Frage nach Schmerzen und seinen Vorschlag, ein Taschentuch einzulegen, nicht weiter beachtend (geht schon).

Die Unterhaltung zwischen Ihnen kam dank ihrer Gesprächigkeit zu keiner Zeit ins Stocken. Als sie nach zwei Stunden die Alster umrundet hatten, waren sie doch leicht ermüdet, auch machte sich nun Elkes aufgescheuerte Blase schmerzhaft bemerkbar. Dass er sich wieder melden würde, sagte er ihr zum Schluss.

Aus einer Laune heraus hatte er einmal auf eine Anzeige ohne Foto aus Aurich ge-antwortet. Aurich! Das war nicht Kaltenkirchen oder Seevetal bei Hamburg, das war tiefstes Ostfriesland. Hatte er nichts anderes zu tun?

Zu seiner Überraschung erhielt er von dort einige Tage später eine Nachricht. Eine neunundvierzigjährige Frau, die auf Witz und Intelligenz schließen ließ. Er schrieb ihr zurück, sie ebenfalls. Es entwickelte sich ein reger schriftlicher Kontakt zwischen ihnen, der den Wunsch nach einem persönlichen Kennenlernen aufkommen ließ. Vier-zehn Tage nach ihrer ersten Kontaktaufnahme verabredeten sie sich zu einem Treffen in Aurich. Sie hatte kein Auto. Er betrachtete seine Fahrt dorthin als Tagesausflug in eine Gegend, in die ihn das Leben bisher noch nicht verschlagen hatte, als kleine Ab-wechslung in seinem Alltag, die nicht zuletzt auch spannend war. Dass sie sich jedoch regelrecht geweigert hatte, ihm ein Foto zu übersenden, beziehungsweise sagte, keinen Fotoapparat zu besitzen, hatte ihn skeptisch gemacht.

Aurich! Er passierte das Ortseingangsschild. Er war da. Besonderes gab es vom Wageninnern aus nicht zu sehen. Die zweispurige Straße verbreiterte sich auf fünf Spuren. Tankstellen, Supermärkte, Autogeschäfte zu beiden Seiten der Straße. "Combi" las er rechterhand, ein Einkaufsmarkt. Backsteine beherrschten das architektonische Bild und rote Dachziegeln. Auf den Bürgerssteigen bewegten sich ein paar Gestalten im Grau dieses kalten Samstagnachmittags.

Hier also lebte sie, die Unbekannte, die ihm kein Foto hatte schicken wollen. Das hatte ihm zu denken gegeben. Sicher hatte sie dafür ihre Gründe. Trotzdem war er losgefah-ren. Zum einen war er durch ihre mails neugierig geworden, zum anderen war es nach Jahren des Solodaseins einmal die Gelegenheit, etwas anderes zu erleben. Zweihun-dertfünfzig Kilometer in fast drei Stunden Fahrzeit hatte er hinter sich gelassen, ohne sich große Gedanken um die bevorstehende Begegnung zu machen. Doch jetzt, genauer, seit er das gelbe Schild mit der Aufschrift, Aurich, hinter sich gelassen hatte, fragte er sich, ob er sich diese Reise nicht hätte sparen sollen.

Er ordnete sich links ein. Sie hatte ihm eine Wegbeschreibung zum Hafen gegeben, ihrem Treffpunkt. Er sah Wasser und ein Boot. Vor ihm mit dem Rücken zu ihm stand eine Frau. Dunkler Lockenkopf. Sie wandte sich um. Weit aufgerissene Augen blickten ihn an.

Er stieg aus. Reden war seine Devise, reden entkrampfte, reden öffnete.

„Hallo Anita? Ich bin Ulf. Wir kennen uns aus dem Internet". Er schüttelte ihre Hand.

Sie entsprach ihrer Beschreibung, dunkles Haar, braune Augen, etwas mollig.

„Ich finde es toll, dass wir dieses Treffen zustande gebracht haben. Zwei Menschen, die sich noch nie gesehen haben...." Er betrachtete sie verstohlen. Ihr Gesicht war eher rund, ihr Haaransatz ließ ihrer Stirn nur wenig Raum. Sie trug keinen Lippenstift, war völlig ungeschminkt. Sie hatte Busen. Dunkle Jacke, anthrazitfarbene Jeans. Ihre Füße steckten in zierlichen Absatzschuhen, mit denen sie trotz eines leicht schaukeln-den, pinguinähnlichen Ganges geschickt über das Kopfsteinpflaster schritt.

Sie gingen durch Aurich: Rathaus, Polizeigebäude, autofreie Einkaufsstraße, Markt-platz, Einkaufszentrum mit Gastronomie, Bowlingbahn, Kinos, Disco, Fitnessstudio, in der Ferne das Haus, in dem sie wohnte. Es war ungemütlich kalt. Seine Beine, Füße, Hände, Gesicht wurden zunehmend gefühlloser, und einsetzender Kopfschmerz trug ebenfalls nicht zu seinem Wohlbefinden bei.

Was sie ihm schon geschrieben hatte, vernahm er jetzt aus ihrem Munde: nach über fünfundzwanzigjähriger Berufsausübung im Büro einer Firma, die Kondensatoren herstellte, war ihr gegen eine Abfindung gekündigt worden. Hartz IV-Empfängerin. Insgesamt drei feste Beziehungen lagen hinter ihr, die letzten beiden mit wesentlich jüngeren Männern, zwölf und vierzehn Jahre Altersunterschied. Verheiratet war sie nie, auch hatte sie keine Kinder, im Gegensatz zu ihren Geschwistern (schwarzes Schaf der Familie). Sie betonte, dass nicht sie ihre Partner, sondern diese sie, zumindest ihre letzten beiden, nach elf, beziehungsweise nach fünf Jahren Zusammenleben verlassen hatten.

Inzwischen fühlte er sich in seinem nachlässig gewählten Outfit nicht mehr wohl. (das nicht übersandte Foto hatte ihn nicht zu viel Aufhebens um sein Äußeres angespornt) Die etwas zu kurze, ausgebeulte braune Hose, das karierte Fleeceshirt, die schwarze Jacke mit Kapuze machten nicht all zuviel her.

Sie kehrten in eine Teestube ein. Dort war es warm und gemütlich, urig wie sie sagte. Dort ging es ihm wieder besser. Bei heißem Ostfriesentee und einem Stück Kuchen erzählte er ihr von seinen Kindern, seiner Zeit als allein erziehender Vater, von seinen kurzen Ehen (wobei er eine schamhaft unterschlug). Ihre Verwunderung darüber, dass er zweimal die falsche Wahl getroffen hatte und seine Ehen jeweils keine zwei Jahre gedauert hatten, war groß. An einer Schwachstelle berührt, antwortete er, dass er sich geirrt hatte, die Dinge hinterher anders gekommen waren, als erwartet. Es war ihm klar, dass er Anlass zu Zweifeln gab, an ihm, an seinem Charakter. „Es ist, wie es ist und noch schlimmer," dachte er bei sich. Aber er wollte ihr zeigen, dass er anders war und dass der Schein trog, befürchtete jedoch, dass die volle Wahrheit sie jetzt überfordert hätte. Sie beließ es bei einem Stirnrunzeln und äußerte sich bewundernd zu seiner Rolle als allein erziehender Vater.

Sie saß ihm gegenüber, keine zwanzig mehr, eine Frau, die die erste Lebenshälfte hinter sich, das meiste schon erlebt hatte. Nicht anders er, er war neunundfünfzig. Diese Realität schmerzte ihn in diesem Moment.

Sie erzählte ihm von einem sechsmonatigem Aufenthalt in einer psychiatrischen Klinik, dem aus heiterem Himmel und völlig unerklärlich ein morgendliches Erwachen mit Angstzuständen, Schweißausbrüchen, Zittern, die Unfähigkeit, sich anzuziehen und den Tag zu beginnen, vorausgegangen war. Dass sie seitdem auf Medikamente angewiesen war. Sie betonte und sagte ausdrücklich, dass sie keine gestandene Frau sei und keinen Führerschein habe.

Er sah sie an. - Ja, sie war ihm sympathisch, gefiel ihm.

Sie erzählte ihm von ihren Erfahrungen mit den Kontaktbörsen im Internet, von sextriefenden Zuschriften, aber auch von einem Kandidaten, der in die engere Wahl gekommen war. Jan, ebenfalls in Ostfriesland beheimatet, hatte ihr ein Bild geschickt, das allerdings aus seinen besseren Tagen stammte, und als ihr Kontakt daraufhin auch nach ein paar Monaten nicht über elektronischen Postaustausch und Telefonate hinausgekommen war, hatte sie sich schon so ihre Gedanken gemacht. Die Berechtigung dazu wurde von Jan nachhaltig dadurch schließlich bestätigt, dass er ihr doch noch seine einhundertvierzig Kilo Lebendgewicht präsentierte.

„Ich dachte, der kommt nicht mehr aus dem Sessel. Das war fast schon Betrug,“ meinte sie amüsiert.

Sie war in dieser Gegend groß geworden, einem kleinen Ort, namens Riepe, fünfzehn Kilometer von Aurich entfernt, mit Kartoffeln und Bohnen im Garten. Jüngstes Kind liebevoller Eltern, die sich durch ihrer Hände Arbeit (Vater Ausrichter auf einer Emder Werft, Mutter für Haus und Hof zuständig) eine Existenz auf dem Lande geschaffen hatten, wo sie mit einer Schwester und einem Bruder, räumlich allerdings beengt, (die ungleichen Schwestern teilten sich ein winziges Zimmer) aufgewachsen war. Abgesehen von ein paar Reisen zu Verwandten in den Harz als Kind und drei Urlauben in Berlin, London und Jugoslawien hatte sie den Dunstkreis des kleinstädtischen Lebens nie verlassen, und es verlangte sie auch nicht danach. „Ich muss nicht dauernd reisen,“ hatte sie ihm bereits ganz zu Anfang geschrieben. Dabei, so fand er, hätte gerade sie Grund gehabt, sich woanders niederzulassen, in dem nicht sehr weit entfernten Oldenburg zum Beispiel oder Bremen, als ihre Beziehung zu ihrem zweiten, wesentlich jüngeren Partner Wellen geschlagen, und ihr ein kalter, kleinstädtischer Wind ins Gesicht geblasen hatte, auch seitens ihrer Familie.

„Ein Landei, aber ein besonderes,“ resümierte er für sich.

Sie neigte offenbar zum Aberglauben (Horoskope, Schornsteinfeger, schwarze Katze, Freitag 13. etc.).

„Fisch und Wassermann,“ meinte sie sinnend, „keine gute Mischung. Fisch.., das hatte ich mir fast gedacht..“ Sie hatte Erfahrung mit diesem Sternzeichen, und er erfuhr von der Kompliziertheit des Umgangs mit den zwischen dem 20.2. und 20.3. Geborenen am Beispiel ihres letzten Partners, der trotz seiner jungen Jahre offenbar einige kauzige Eigenschaften besessen hatte. Ulf, der seine Felle nicht so ohne weiteres wegschwimmen lassen wollte, erklärte ihr die Gefahr der übertriebenen Beachtung solcher irrationalen Deutungen und dass er nichts davon halte.

Nach wie vor war es ungemütlich kalt. Auf dem Weg zurück zu seinem Wagen dachte er an ihren Vorschlag im Vorfeld ihres Meetings, aus Zeit- und Bequemlichkeitsgründen eine Nacht in ihrem Haus zu verbringen. Er hatte damals aus Taktgründen abgelehnt und wusste jetzt nicht, ob und wie darauf zurückkommen. Sie konnte es sich ja in der Zwischenzeit, auch und gerade heute, nachdem sie ihn kennen gelernt hatte, anders überlegt oder sich anders eingerichtet haben. Auch dachte er an all die Jahre, die seit seiner letzten Partnerschaft vergangen waren. Er war älter geworden, Nähe nicht mehr gewohnt. Sie winkte ihm nach, als er losfuhr.

Er passierte das Ortsausgangsschild. Wieder die Landstraße. Aurich im Rücken, die

Entfernung vergrößernd, Anita zurücklassend. Fremde, wunderbare Anita. Sein Kopf schwirrte vor neuen Gedanken. Ein glückseliges Gefühl hatte von ihm Besitz ergriffen. Anita! In Hochstimmung fuhr er über die Autobahn.

Gleich nachdem er von der Arbeit wieder zurück war, schrieb er ihr.

Ihre Antwort kam einige Tage später, neutral, zurückhaltend. Er überflog die Zeilen, in denen etwas von „schöner Nachmittag" und „Zeit brauchen" stand, und löschte sie enttäuscht, aber auch irgendwie erleichtert.
Natürlich! Er hätte es wissen müssen! Unverbesserlicher Träumer! Sie hatte recht. Danke, Anita, für die Klarstellung. Zudem, Liebe, Leidenschaft! Ging das noch? Auf Sparflamme? Dann lieber nicht. Alles hatte seine Zeit. Er war nicht alt, aber im fortgeschrittenen Alter, und da war manches anders. Körper und Gefühle veränderten sich, eigneten sich auf diesem Gebiet nicht mehr für Großes. Das musste er lernen. Dafür gab es andere Schwerpunkte. Er hatte drei erwachsene Kinder, die er liebte. Er konnte glücklich sein und war es auch. Aurich! Nein wirklich, es musste nicht Aurich sein. Zweihundertfünfzig Kilometer Entfernung. Er hier, sie da. Wie sollte das gehen? Wirklich! Das musste nicht sein.
Er wollte nun erst einmal den Kopf wieder freibekommen und beschloss, vorläufig nicht mehr das Internet für seine Suche zu nutzen, am besten gar nicht mehr. Und wenn überhaupt, dann wollte er seine Aktivitäten auf Hamburg und sein Umland beschränken.
Er dachte an seinen Bruder, der ebenfalls im Internet fündig geworden war und nur einen dreißigminütigen Fußweg zu seiner Erwählten hatte.

Als er nach einer Woche ereignislosen Daseins wieder seine elektronische Post durchsah, fand er zu seiner Überraschung eine Nachricht von Anita vor.
Er las:
Hallo Ulf, was ist passiert? Ich dachte, wir wären uns einig, dass wir nichts überstürzen wollten. Hast du deine Meinung geändert? Es tut mir leid, wenn meine Antwort nicht so ausgefallen ist, wie du es vielleicht erwartet hast. Wir haben uns erst einmal gesehen und so sorglos, wie ich es mit zwanzig war, bin ich nicht mehr, und ich hatte dir gesagt, dass ich mich nicht gleich wieder in die nächste Beziehung stürzen würde. Ich habe noch eine Frage, vielleicht willst du sie mir beantworten. Du sagtest, dass deine Kinder alle erwachsen sind, dann hast du also ziemlich schnell hintereinander geheiratet, da die erste Ehe nur ein Jahr und die zweite zwei Jahre gedauert hat. Bist du seit dieser Zeit ohne festen Partner gewesen, habe ich das richtig verstanden? Das ist jetzt kein Rummäkeln, ich wüsste es nur gern. Von mir kann ich nicht viel Neues erzählen, nur dass ich ein ernüchterndes Gespräch mit der Sachbearbeiterin der ARGE hatte. Sie sagte, sie wolle ehrlich sein, „keine Chance, zu alt, mit meinem Berufsbild könnte sie die Straßen von ganz Aurich pflastern." Soviel dazu. Ich würde mich freuen, wieder von dir zu hören.
Liebe Grüße Anita

Er antwortete:
Hallo Anita,
ja, ich hatte das Gefühl, dass dein Interesse an einem weiteren Kontakt nicht besonders

groß ist, und ich wollte nicht lästig sein. Ich bin nicht jemand, der sich aufdrängt. Zu deiner Frage: zunächst, du kannst gut kombinieren.☺ Wie ich schon sagte, ich habe drei Kinder. Das jüngste, mein Sohn, ist gerade einundzwanzig geworden und wohnte bis vor kurzem bei seiner Mutter. Es ist richtig, ab etwa 1983 war ich bis auf die Unterbrechung durch meine zweite Ehe alleinerziehender Vater von zwei Töchtern und hatte in erster Linie Kontakt zu Elternteilen in ähnlicher Lage. Eine feste Partnerschaft oder eine Liebesbeziehung war nicht dabei. Ist das wichtig für dich? Was macht Aurich? Ob wir irgendwann mal wieder zusammen eine Tasse Tee trinken? Aber dann sollte es ein schöner, warmer Tag sein.
Liebe Grüße von Ulf

Einige Tage später las er:
Hallo Ulf,
vielen Dank für deine Antwort. Entschuldige, dass ich mich erst jetzt wieder melde. Geht es dir gut? Von mir kann ich das nicht gerade behaupten. Ich hatte mal wieder Migräne über mehrere Tage und dazu noch eine Erkältung. Zu allem Überfluss spielt auch noch meine Heizung verrückt, sie schaltet sich dauernd ab. Gott sei Dank konnte ich sie bisher immer wieder zum Laufen bringen.
Auch mache ich mir zur Zeit Sorgen um meinen Vater. Er hat hohes Fieber und dazu Wasser in den Beinen und in der Lunge. Sein Herz ist schwach, er liegt wieder im Krankenhaus.
Heute Nachmittag war Janine wieder bei mir, du weißt, die Kleine von nebenan, von der ich dir erzählt habe. Wir haben meinen alten Puppenwagen vom Dachboden geholt und haben ihren Teddy spazieren gefahren. Anfangs hat sie ja noch eifrig geschoben, auf dem Rückweg ist sie durch jede Pfütze gelaufen, und ich durfte schieben. Zuhaus haben wir uns dann Pippi Langstrumpf angeschaut. Sie ist ein einziger Sonnenschein. Ob wir wieder zusammen Tee trinken, hängt ganz von dir ab. Du bist hier immer willkommen.
Liebe Grüße von Anita

Er antwortete:
Wenn es so ist, dann komme ich gleich nächsten Samstag. Passt dir das? Bin heute beim Osterfeuer gewesen. Früher habe ich als Blankeneser Jung immer beim Aufbau hier am Elbstrand mitgeholfen. Aus diesem Blankeneser Event ist im Laufe der Zeit eine regelrechte Touristenattraktion geworden mit Würstchenbuden und Ausflugsschiffen, die vom Wasser her mit ihren bunten Lampions allerdings eine stimmungsvolle Kulisse bildeten. Ich wollte, du wärst hier gewesen.
Liebe Anita, ich kann gut verstehen, dass dich in dieser Zeit die Sorge um deinen Vater beherrscht, alles erinnert mich an meinen Vater und die Probleme, die es gab. Mein Urlaub ist leider wieder vorbei, es waren ja nur ein paar Tage, schon letzten Donnerstag habe ich wieder in den sauren Apfel gebissen. Leider ist es nicht so, dass mir mein Job sonderlich viel Spaß macht.
Hoffentlich bis bald
LG Ulf

Am nächsten Tag las er:
Hallo Ulf,
was doch so eine Tasse Tee bewirken kann! ☺
Für mich war es das erste Mal, dass ich kein Osterfeuer gesehen habe. (hat mir irgendwie gefehlt, gehört zu Ostern einfach dazu) Ich bin froh, dass du mich verstehst, hatte schon Sorge, du könntest es falsch auffassen. Heute war ich auch ziemlich lange bei meinem Vater, sonst hat ihn keiner besucht. Im Moment geht es ihm ein bisschen besser, aber das Wasser wird sich wieder ansammeln. Am Mittwoch muss ich zu einer Beerdigung, der Lebensgefährte meiner Tante ist gestorben. Klingt alles nicht so toll, ist aber nicht zu ändern.
Schön, dass wir uns bald wiedersehen. Ich freue mich. Iss nicht zuviel Eier.
Anita

Er schrieb:
Ja, Anita, leider ist das Leben so, dass es nicht nur Erfreuliches bereithält. Umso mehr sollte man die schönen Augenblicke, die es ja auch bietet, zu schätzen wissen. Aber eine lebenskluge Frau wie du, kann sicher gut ohne solche Binsenweisheiten auskommen. Ich brauche dir nicht zu sagen, dass ich mich auch schon sehr auf unser nächstes Treffen freue.
Liebe Grüße Ulf

Er las:
Hallo Ulf, hat dir eigentlich schon mal jemand gesagt, dass du ein Charmeur bist? Ich mag ja vieles sein, aber lebensklug bin ich bestimmt nicht. Wenn das so wäre, würde mein Leben doch anders aussehen, oder?☺
Ich danke dir für deine lieben Worte. Meinem Vater geht es augenblicklich wieder etwas besser, aber er mag in dem Pflegeheim nicht sein und will wieder nach Haus. Es wird wohl so kommen, dass bei ihm zuhause ein Zimmer ausgeräumt und als Krankenzimmer hergerichtet wird. Er ist ja geistig noch voll da und trifft seine eigenen Entscheidungen.
Ich muss jetzt wieder einen Neuantrag (mit Anlagen) bei der ARGE stellen, weil das halbe Jahr bald vorbei ist, wo ich einen Zuschlag bekommen habe. Das ist ja fast stressiger als Arbeit.
Liebe Grüße Anita

Er schrieb:
Hallo Anita,
ich bleibe dabei, du bist lebensklug, wenn auch das Bild, das ich von dir habe, natürlich noch sehr unvollständig ist. Leider wohnen wir so weit voneinander entfernt und sind uns in unserer gegenseitigen Einschätzung unsicher, da wir nur über Telefon und Computer kommunizieren. Würdest du in Hamburg wohnen oder ich in Aurich, hätten wir uns sicher schon ein klareres Bild voneinander machen können, und gewusst, wohin die Reise geht. Durch die Entfernung braucht unser Kennenlernen viel Zeit

und noch mehr, bis wir uns sicher sind. Manchmal frage ich mich, ob unser Kontakt bei dieser Ausgangslage nicht von vornherein zum Scheitern verurteilt ist. Du hast feste Wurzeln in Aurich und ich in Hamburg, und wir sind keine zwanzig mehr. Entschuldige, ich denke zuviel und zu laut.
Gruß Ulf

Er las:
Hallo Ulf,
du hast recht, entfernungsmäßig ist das nicht so toll. Solange du arbeitest und ich mein Arbeitslosengeld beziehe, wird unsere gemeinsame Zeit wohl auf die Wochenenden und deine Urlaube beschränkt bleiben. Darüber müssen wir uns natürlich im klaren sein. Auch möchte ich, solange mein Vater lebt, in seiner Nähe sein, versteh das bitte. In erster Linie bist du es, der sich fragen muss, ob er unter diesen Umständen eine Beziehung eingehen will. Aber ich glaube, es ist ein Fehler, alles im voraus planen zu wollen, die Dinge entwickeln sich oder eben nicht. Also mach dir nicht so viel Gedanken.
Hoffentlich bis bald.
Anita

Er schrieb:
Na dann bis nächsten Samstag. Ich werde wohl so gegen Mittag da sein. Ich freue mich schon sehr, dich wiederzusehen.
Gruß Ulf

Er las:
Das ist ja schon morgen. Ich freue mich auch sehr. Fahr vorsichtig.
Anita

Er passierte das Ortseingangsschild. In seine Hochstimmung während der Fahrt hatte sich mit abnehmender Entfernung eine gewisse Unruhe gemischt.

Sie bewohnte ein kleines Reihenhaus. Er war da. Stand vor ihrer Tür. Nicht so viel Gedanken machen.

Er blieb die Nacht, aber sie war nicht nach Wunsch verlaufen.
Als er nach ein paar Stunden Schlaf im Morgengrauen erwachte, war er allein. Er ließ seinen Blick durch das Zimmer schweifen. Eine Wohlanständigkeit lag in dem Raum. Hinter Glastüren stand wohl aufgereiht Porzellan, ein kleines Stoffeichhörnchen umklammerte einen Fenstergriff, Katzenfiguren in allen Variationen, verschiedene Kerzenleuchter und Lämpchen, echte, wie unechte Blumen zierten den Raum. Aus der Mitte der Vitrine blickte ihn der schwarze Bildschirm an.

Der Schuss war daneben gegangen, da gab es nichts zu beschönigen. Es ging ihm mies. Die jahrelange Pause war ihm nicht bekommen und alte Größe nicht, wie er wohl meinte, mit einem Federstreich wiederherzustellen, das hätte er wissen können. So schlecht hatte er sich lange nicht gefühlt. Wie peinlich das war! Wie stand er da? Auch für Anita war es alles andere als angenehm. - Er für seinen Teil mit seinen neunundfünfzig Jahren und als Vater von drei Kindern, konnte damit leben, aber er hatte einen falschen Eindruck erweckt. „Fit wie ein Turnschuh" hatte er geschrieben.

Zu seinem Erstaunen betrat sie heiter und völlig unbeschwert den Raum. Das Missgeschick der vergangenen Nacht schien sie nicht sonderlich beeindruckt zu haben. Es spielte nur kurz, und ohne dass ihm eine besondere Bedeutung zugemessen wurde, eine Rolle.

Es war ein schöner Maitag, sonnig und warm. Sie frühstückten auf der Terrasse. Sie erzählte ihm von ihrem Haus, das sie durch die Abfindung ihres ehemaligen Arbeitgebers hatte schlussfinanzieren können.
Bis zum Kauf des Hauses hatte sie zusammen mit ihrem damaligen Partner und ihren Katzen eine Wohnung in einem Mietshaus bewohnt, durch dessen Wände viele Geräusche drangen, besonders aus der Wohnung über ihnen, die von einem Pärchen bewohnt wurde, dessen weiblicher Teil um die Augen des öfteren regenbogenfarbig geschminkt war, weshalb Anita denn auch eines Tages nach anhaltendem Geschrei und Gepolter die Polizei gerufen hatte, was seitens der geschminkten Dame jedoch auf Unverständnis gestoßen war und zu Beschimpfungen und Drohungen ihres Beschützers geführt hatte.
Andererseits hatte sie in jener Wohnung selbst auf gedämpfte Töne zu achten gehabt, was ihrer Liebe zur Musik abträglich gewesen war. Sie meinte, dass manche Musik laut gehört werden müsse, was ihr, seit sie ihr kleines Haus bewohnte, wieder uneingeschränkt möglich war.

Sie lebte jetzt seit acht Jahren in Ihrem Haus, in dem sie sich überaus wohl fühlte und war doch in dieser Zeit psychisch krank geworden. Erst nach einem sechsmonatigen Krankenhausaufenthalt, bei dem sie ihrem neuen, ebenfalls beträchtlich jüngeren Partner begegnet war, nachdem der vorherige sie verlassen hatte, war sie zusammen mit jenem nach Haus zurückgekehrt. Fünf Jahre, in denen sie einen Rückfall ihrer Krankheit erlitten hatte, der einen erneuten, zehnwöchigen Klinkaufenthalt nach sich zog, hatte sie mit ihm zusammengelebt. Seit auch er vor zwei Jahren ausgezogen war lebte sie allein und war nach einer anfänglichen depressiven Phase immer besser zurechtgekommen, so gut, dass sie eigentlich nicht mehr vorgehabt hatte, sich wieder zu binden.

In diesem Zusammenhang machte sie ihn eindringlich darauf aufmerksam und warnte ihn, dass sie immer wieder von heftiger Migräne heimgesucht werde, die sie tagelang außer Gefecht setzte, so dass sie dann zu nichts zu gebrauchen sei und Stimmungsschwankungen unterliege, die den Umgang mit ihr schwer machten.

„Nicht von ungefähr sind die anderen beiden gegangen, ich bin nicht gesund, das musst du wissen," meinte sie, und riet ihm, sich alles genau zu überlegen.

Sie hatte dann wieder angefangen zu arbeiten, zuerst vier Stunden, dann sechs und schließlich wieder voll, dann sei ihr nach zwei Jahren im Rahmen von Einsparungsmaßnahmen gegen eine Abfindung gekündigt worden.

Anschließend gingen sie am nahegelegenen Ems-Jade-Kanal spazieren. Ein schmaler, von Bäumen und Gebüsch gesäumter Weg, direkt am Kanal entlang, der von zahlreichen Enten und einigen Sportruderern genutzt wurde.

Nicht nur sie hatte das schöne Wetter herausgelockt. Zum ersten Mal fühlte er wieder, wie es war, nicht mehr allein zwischen anderen Pärchen und Verliebten spazieren zu gehen.

Ihr Verhältnis entwickelte sich so, dass er jedes Wochenende zu ihr fuhr.

Sie liebte Musik, auch laute Musik, fetzige Musik, Musik, deren Rhythmus den Putz von den Wänden rieseln ließ.

Von solcher Musik gab es reichlich auf der Überdreißigparty, die in regelmäßigen Abständen für die nicht mehr ganz jungen Semester stattfand. Ein ehemaliger Schlachthof, nun Jugendzentrum, mit kopfsteingepflastertem Innenhof und verschiedenen Räumlichkeiten, deren eine, ein hoher, karger, spartanisch ausgestatteter Raum mit Ausschanktresen ohne Sitzmöglichkeit, mit gestuften Emporen an zwei gegenüberliegenden Seiten und überdimensionalen Lüftungsrohren aus früherer Zeit, sowie einer Partykugel an der Decke, für diese Veranstaltung genutzt wurde, deren Erlös dem Jugendzentrum zugute kam.

Happy Hour (Getränke zum halben Preis) von 21 bis 22 Uhr.

Mit ihnen hatte sich zu dieser Zeit nur eine Handvoll von Besuchern eingefunden. Erst ab 23 Uhr begann sich der Raum und auch die Tanzfläche merklich zu füllen.

Zuerst waren es nur zwei Frauen, die sich trauten und sich nicht daran störten, allein auf der Tanzfläche zu sein. Auch ein Pärchen, schrittsicher und in den Bewegungen bewundernswert aufeinander abgestimmt, machte sich nichts aus neugierigen Blicken, zog unbeirrt seine Bahnen. Mit fortschreitender Zeit folgten immer mehr Besucher diesem Beispiel, bis die Fläche unter einer sich im Rhythmus drängenden Menge nicht mehr zu sehen war.

Anita hielt es dann auch nicht lange auf ihrem Platz und mischte sich unter das ausgelassene Volk. Ihre Bewegungen verrieten ihre innere Freiheit, und ihren Spaß am Tanzen. Ulfs innere Freiheit hatte ihre Grenzen, so dass er sich erstmal auf das Zuschauen und Staunen beschränkte.

Jeder der Tanzenden hatte seine eigene Note, eine bestimmte Art, sich zu bewegen. Die Bewegungen der jungen Frau unmittelbar vor ihm waren auffallend geschmeidig und intensiv, hatten etwas Fließendes, nicht Endendes, glichen sich aber bei jedem Musikstück. Es beeindruckte ihn, wenn sie zwischendurch, in ihren Bewegungen nicht innehaltend, langsam nach unten tauchte, in die Hocke ging und sich scheinbar mühelos auf dieselbe Art wieder nach oben schraubte.

Weiter hinten im wogenden Gedränge tanzte eine etwas füllige junge Dame, an der sein Blick hängen blieb. Doch im Gegensatz zur erwarteten Schwerfälligkeit hatten ihre Bewegungen etwas unbekümmert Leichtes, harmonisch Abgerundetes, das ihre Körpermaße vergessen machte. Sie schien das zu wissen und lächelte selbstbewusst. Verstohlen sah er ihr zu.

Sich auf der stufenförmigen Sitzvorrichtung aus hartem Holz zurücklehnend, Anitas Verschwinden und Auftauchen in der Menge verfolgend, wurde er auf einen Tänzer mittleren Jahrgangs aufmerksam und war perplex. Dieser Mann war etwas besonderes. Er tanzte mit einem unglaublichen Eifer und erinnerte dabei an eine aufziehbare Spielfigur, die, losgelassen, unbeirrbar einem bestimmten Schrittmuster folgte. Zwei Beine, die, einmal eingeschaltet, seinen kurzen Oberkörper zackig schwungvoll in die programmierten Richtungen trugen. Drei vor, zwei zurück; ein vor, zwei zurück; drei vor, zwei zurück; Arme auf dem Rücken verschränkt, Drehung links, drei vor, zwei zurück; ein vor, zwei zurück. Zwischendurch hob er die rechte Hand wie zum Gruße nach oben und lächelte verklärt. Drei vor, zwei zurück; ohne Unterbrechung und ohne nachzulassen, jedes Musikstück. Wenn Ulf dachte, er werde eine Pause einlegen, belehrte er ihn eines besseren. Nur die zunehmende Fülle auf der Tanzfläche setzte seinem Bewegungsdrang einige Schranken.

Seine Unbekümmertheit wirkte ansteckend. Bei seinem vierten Bier angekommen, sah Ulf auch keinen Grund mehr, den Abend nur sitzend zu verbringen. Auf gings. Es war lange her mit dem Tanzen... Augen zu und durch. Niemand beachtete ihn. Das anfängliche Unsicherheitsgefühl in seinen Beinen verschwand, neben sich gewahrte er die füllige Lady. Anita lächelte ihm aufmunternd zu. Er fühlte das Eckige aus seinen Bewegungen weichen. Ein Rausch ergriff ihn inmitten der Tanzenden, zu denen er nun gehörte.

„Sailing," dieses langsame Stück tanzten sie zusammen, engumschlungen. Sie schwitzte, unten am Rücken war ihre Kleidung feucht. Er fühlte ihren weichen Frauenkörper, drückte sie an sich, sie küssten sich. Die Linien verschwammen, hinter seinen geschlossenen Lidern sah er Lichter und Blitze.

Er lebte von Wochenende zu Wochenende trotz seines schlechten Gewissens seinen Kindern gegenüber, die er nun regelmäßig allein ließ für jemand anderen, der plötzlich dazu gekommen war und sein Leben sehr verändert hatte. Aber da sie selbst meistens die Wochenenden bei ihren Partnern verbrachten, gelang es ihm, seine Bedenken zurück zu stellen, allerdings auch auf Kosten ihres Haushalts, in dem sich Unordnung und Staub immer wohler zu fühlen schienen.

Dafür, dass Anita in Ostfriesland geboren und aufgewachsen war, ihr bisheriges Leben, immerhin fast fünfzig Jahre, verbracht hatte, sich zudem stolz Ostfriesin nannte, ließen ihre heimischen Ortskenntnisse zu wünschen übrig. Wenn sie mit dem Auto unterwegs waren, mussten sie sich regelmäßig bei Passanten nach dem Weg erkundigen. „Gott sei Dank haben wir ein Hamburger Kennzeichen," stellte sie bei diesen Gelegenheiten fest, „wie wäre das sonst peinlich." Wo der Ringkanal war, wusste sie nur vage. Auf seine Frage, welche der ostfriesischen Inseln besonders einen Besuch lohnten, wusste sie auch nichts allzu Informatives zu sagen: als Kind sei sie nur einmal auf Borkum gewesen.
So hatte er denn entschieden, dass sie angesichts des schönen Wetters nach Harlinger Siel und von dort mit der Fähre nach Norderney fuhren.

Er genoss, nach dem Baden im warmen Sand zu liegen, ihre Haut auf seiner zu spüren, das gleichmäßige Rauschen der See in seinen Ohren, die Pommes frites, die sie aus einer Tüte verspeisten, den selbstgebackenen Kuchen und den Kaffee aus der Thermoskanne, die Verwöhnung durch einen anderen, die ihn an Zeiten seiner Kindheit erinnerte.

Am Abend hatte sich ein frischer Wind erhoben, und es fror ihn auf ihrem Weg zurück zur Fähre, zumal er seine feuchte Badehose anbehalten hatte.
„Ist das plötzlich kalt geworden," äußerte er.
„Stell dir einfach vor, du wärst in Afrika," riet sie ihm.
„Ja, wenn das funktionieren würde..," etwas in dieser Art hatte er geantwortet und bei der Gelegenheit erfahren, dass einer seiner Vorgänger, ein modellbootbauender Tüftler, der auch das kleinste Krümelchen als mögliches Bauteil für seine Schiffchen aufbewahrte, „brr ist das kalt in Afrika", auf den gleichlautenden Rat geantwortet hatte, was er in diesem Moment wie einen Test empfand, bei dem nicht er, sondern der andere die volle Punktzahl erreicht hatte.
Die Überfahrt mit der Fähre zurück zum Festland über das ins Abendlicht getauchte Meer, das langsame Verschwinden Norderneys im Dunst war ihm wie ein Abschied auf immer, wenn nicht von der Insel, die er ja jederzeit wieder besuchen konnte, so doch von diesem schönen Tag, der nicht wieder kam.

Da Anita sehr gesprächig war, fand er sich meistens in der Rolle des Zuhörers. Während der Überfahrt erzählte sie ihm von einer anderen Begebenheit aus ihrer Zeit mit ihrem früheren, modellbootbauenden Partner. Ein Film mit Aufnahmen von einem

Schiff, das jener nachbauen wollte (Feuerschiff ELBE sowieso), zu dem er zu diesem Zweck eigens angereist war und keine Kosten und Mühen gescheut hatte, es von einem Motorboot aus von allen Seiten zu fotografieren, war verschwunden. Nach einem langen Tag zu Hause wieder angekommen, stellten sie fest, dass er sich nicht im Ruchsack befand und wahrscheinlich auf einer Bank liegengeblieben war. Und da Anita es gewesen war, die ihn, nachdem er voll gewesen war, in ihre Obhut genommen hatte, fiel der Verlust in ihre Verantwortung, und ihr Partner war nach all dem Aufwand verständlicherweise entsprechend ungehalten gewesen.

Da von früheren Zeiten die Rede war, meinte er, auch etwas daraus zum besten geben zu sollen und steuerte, die richtige Gelegenheit abwartend, eine Begebenheit aus seiner letzten Ehe bei, erzählte, wie seine damalige Frau eines morgens, noch im Bett, zu einem blauen Auge gekommen war.

Dieses hatte sie sich nämlich dadurch zugezogen, dass sie beim Aufstehen mit der Hand abgerutscht und mit dem Gesicht auf den Nachttisch aufgeschlagen war. Welche Vermutung ein Außenstehender über die Ursache der Verfärbung ihres Auges haben musste, war klar, auch er hätte diese Geschichte wohl kaum geglaubt, doch es hatte sich so zugetragen.

Sie hatte diesen Unfall mit Humor genommen. Doch da dieser recht ausgefallen war, hatte sie ihren Bruder angerufen, um ihm schluchzend zu erzählen, dass Ulf sie geschlagen habe, was dazu geführt hatte, dass der ritterliche Bruder wenig später vor der Tür stand. Es hatte damals nicht viel gefehlt, und der Scherz wäre aus dem Ruder gelaufen, denn sie hatte allergrößte Mühe gehabt, ihm die wahre Geschichte glaubhaft zu machen, dass hieß, geglaubt hatte er ihr wahrscheinlich nicht eine Sekunde, sondern nur, weil er das verzweifelte Bemühen seiner Schwester sah, eine Eskalation zu verhindern, von weiteren Maßnahmen abgesehen.

Anita hatte ihm belustigt zugehört, auch sie mochte diesen Hergang kaum glauben. Es trat dann eine gewisse Ruhe ein, eine zum bisherigen Verlauf des Tages nicht passende Wortkargheit, die sich auch im Laufe des Abends nicht verflüchtigen wollte.

Am nächsten Tag beim Frühstück auf der Terrasse kam ihr Gespräch über Partnerschaften im allgemeinen auf seine kurzen Ehen und die Gründe für ihre Beendigung. Diese Zeiten seiner Biografie, die nicht für ihn sprachen, interessierten sie sehr, aber warum er denselben Fehler gleich zweimal gemacht hatte, eine schlüssige Erklärung auf diese Frage blieb er ihr nach wie vor schuldig. Sie war darüber unzufrieden, denn das Bild, das sie sich machen wollte, blieb unvollständig. Er sagte ihr, dass er sich selbst über manches in seiner Vergangenheit im Nachhinein wundere und sich frage, wie und warum es so gekommen sei, dass er diejenigen bewundere, die zu allem standen, was sie gesagt und getan hatten, die erklärten, dass sie in einem zweiten Leben alles genauso wieder machen würden, dass er leider nicht zu ihnen gehöre und manches bestimmt nicht wiederholen würde.

Obwohl nicht verheiratet gewesen, erachtete sie ihre Partnerschaften als erfüllender, was sich schon aus ihrer längeren Dauer ergebe, und meinte, er wisse wahrscheinlich gar nicht, was eine richtige Partnerschaft sei. Im Verlauf der Unterhaltung, in der sie auch von ihren Partnern sprach, kam sie auf ein Heft in unmissverständlichem Einband aus der Erotikbranche zu sprechen, das ihr damaliger Partner, der da wohl „etwas überdreht" gewesen sei, mitgebracht hatte, just an dem Tag, an dem ihr Krankenhausaufenthalt anstand, und das seither verschwunden war. Wahrscheinlich habe sie es vorher noch schnell irgendwo im Haus versteckt, sie wusste es nicht mehr, doch trotz intensiver Suche sei es nicht wieder aufgetaucht. Ihre Befürchtung war und sei immer noch, dass es ihr Vater oder ihre Schwägerin entdeckt und mitgenommen haben könnten, als sie ihr einige Sachen ins Krankenhaus nachgebracht hatten. Eine Vorstellung, die ihr immer noch den Schweiß auf die Stirn trieb.

Ulf konnte dieser Geschichte nicht viel abgewinnen, und überspielte es damit, dass er seinerseits eine Anekdote aus früherer Zeit zum Besten gab.

Es hatte sich im Laufe des Tages etwas verändert zwischen ihnen, an die Stelle der unbeschwerten guten Laune von Norderney war eine Steifheit getreten, die sie irgendwie nicht in den Griff bekamen, es war ein Suchen und nicht Finden in ihrem Zusammensein.

Am Abend, kurz vor seiner Abfahrt, sagte er ihr, dass nach seiner Erfahrung Beziehungen, zarte Gebilde seien, die, wenn die Weichen einmal falsch gestellt waren, leicht Schaden nehmen könnten, und dass es daher wichtig sei, behutsam miteinander umzugehen, aufzupassen, dass sich nichts zwischen sie stellte, was nicht zuletzt auch durch das Aufwärmen früherer Geschichten leicht passieren könne. Er gab zu bedenken, dass laut Statistik die meisten Beziehungen an den Vorgeschichten scheiterten. Sie nahm das verwundert zur Kenntnis, schien das Problem aber weniger dramatisch zu sehen und erklärte ihm, dass sie nach der Trennung von ihrem letzten Partner, in der Zeit des Alleinseins, begonnen hatte, ihr Leben neu zu gestalten in der Weise, dass sie nun ihre eigenen Interessen verfolge und sie nicht mehr ihrem Partner unterordne. Während sie bisher immer aus Rücksichtnahme auf ihre Partner ihre eigenen Interessen und Belange hintenan gestellt hatte, kaum noch rausgekommen war, ihren Bekanntenkreis gegen den des anderen eingetauscht und am Ende einsam und allein dagestanden hatte, wollte sie diese Fehler nicht noch einmal machen. Und vor allen Dingen hätte sie sich geschworen, niemals mehr durch einen Mann unglücklich zu werden. Aus diesen Gründen sei sie auch nicht bereit, den Kontakt zu ihrem letzten Partner, gänzlich abzubrechen. Sie sagte, sie seien im Guten auseinander ausgegangen und es gäbe keinen Grund, nicht auch weiterhin miteinander zu kommunizieren. Wenn auch nicht ständig, aber von Zeit zu Zeit telefonierten sie, schickten sich SMS und trafen sich sporadisch zum Essen, regelmäßig jedoch zu seinem Geburtstag.

Trotz ihrer Beteuerungen, es sei nur noch Freundschaft, die sie verbinde, staute sich etwas in Ulf. Es war das erste Mal, dass seine Gefühle für sie gestört waren, eine aggressiv machende Enttäuschung darüber in ihm Platz griff, dass es eine Zeit vor ihm gegeben hatte, an die sie sich gern erinnerte und die sie wiederbelebte. Das schmerzte ihn. Ihre Anekdoten von früher bohrten sich wie Stachel in ihn. Er hatte die jungen

Schnösel, fast noch Schuljungs, vor Augen, die es sich, den Macker markierend, bei ihr gut gehen lassen hatten, solange, bis sie ihrer müde geworden waren. Besonders ärgerte ihn, dass sie, jedenfalls den einen, regelrecht durchgefüttert hatte, für seinen Lebensunterhalt und seine Ausbildung aufgekommen war und dazu noch jedes Wochenende einen Kuchen gebacken hatte, während er, statt zumindest in den Ferien finanziell etwas beizutragen, seine Schiffchen baute und sich auch andere Freuden nicht entgehen ließ. An der Gründung einer Familie mit ihr oder Heirat waren beide augenscheinlich nicht interessiert gewesen. Das hatten sie dann nach der Trennung eiligst nachgeholt. Warum blieb sie dabei, dass diese Beziehungen gut gewesen seien? Warum war sie voll des Lobes, statt zu begreifen, dass sie ausgenutzt worden war? Dass diese Partnerschaften für den familienlosen Verlauf ihres Lebens verantwortlich waren. Sie, die doch so gern Kinder gehabt hatte. Nicht nur, dass sie bei ihrer Meinung blieb, wurmte ihn, dass sie die Partnerschaft mit ihm nicht eindeutig über die bisherigen stellte und sie dadurch entwertete, reizte ihn mehr, als er sich eingestand.

Wieder zu Haus in Hamburg beschäftigte ihn ihre Auseinandersetzung weiterhin. Ihre Parteinahme für seine jungen Vorgänger nagte an ihm, erzeugte Bilder, die er nicht sehen wollte, setzte Gedanken in Gang, die er nicht denken wollte, die sich krankhaft verselbständigten und ihn nicht losließen, ihn wie in einem Strudel unter Wasser zogen. (Sollte sie doch hingehen zu diesen wunderbaren Menschen und deren Kinder hüten!)

Er stellte fest, dass er durch seine neue Beziehung exakt dort wieder angelangt war, wohin er sich geschworen hatte, nie wieder zu geraten. Nervtötende Streitereien, unproduktive Diskussionen, unnötiger Ärger, Stress, fruchtlose Energie- und Zeitverschwendung, davon hatte er genug gehabt, er wollte es nicht mehr. Das letzte Drittel seines Lebens sollte frei von solchen Komplikationen verlaufen. Er hatte auch Verantwortung für sich. Lieber blieb er allein.

So war es dann passiert, dass er ihr per SMS mitteilte, er werde vorerst nicht mehr zu ihr kommen, da sie offensichtlich noch nicht mit ihrer Vergangenheit abgeschlossen hätte.

Dann, nach einer Zeit des Abstands und Nachdenkens, kam ihm langsam auch seine Rolle bei dieser kindisch dummen Angelegenheit zu Bewusstsein. Er stellte fest, dass er sich einmal mehr nicht mit Ruhm bekleckert hatte. Statt großzügig und beherrscht zu reagieren, was schon seinem Alter angestanden hätte, hatte er sich in krankhafter Anmaßung eines zu kurz Gekommenen wie ein verstockter Pennäler benommen, sich selbst Schmerz zugefügt. Als wenn die Welt keine anderen Sorgen hatte.
Es war ihm Anlass gewesen, in sich zu gehen, über sich und seine Vergangenheit nachzudenken und festzustellen, dass gerade er am wenigsten Grund und Recht hatte, sich über andere zu beschweren, dass er genug damit zu tun hatte vor seiner eigenen Tür zu kehren.

Er entschuldigte sich, und die Sache kam langsam wieder in Ordnung. Doch dass die Spuren dieser Geschichte nie so ganz auszulöschen sein würden, auf ihn ein neues Licht warfen, dieser Gewissheit war er sich ebenso sicher, wie sie schmerzlich war. Dabei hätte er sich das alles sparen können. Sein Ärger über seine Unzulänglichkeit hielt lange an.

Sie hatte den Dingen eine Ordnung gegeben, die half, ihr Leben zu organisieren. Alles in ihrem Haus hatte seinen bestimmten Platz, es gab ein festes System, das den Ablauf der täglichen Verrichtungen im Haushalt regelte, auf dessen Einhaltung sie achtete. Der Flaschenöffner, die Schere, der Kugelschreiber, der Kleber lagen da, wo sie sagte, und wer Groß musste, hatte das WC mit Fenster im Erdgeschoss zu benutzen, was pragmatische Gründe schon nahe legten. „Und nur einmal aufziehen, ich bin Hartz IV Empfänger," hatte sie ihn in ihrer typischen Art zu scherzen ermahnt. Was sie sich merken wollte, schrieb sie auf Zettel und klebte sie in Augenhöhe an die Wohnungstür. Apothekenrechnung bezahlen, Donnerstag Papa, Ines anrufen, stand da beispielsweise. Auch mit dem Müll nahm sie es sehr genau. Natürlich trennte sie ihn, aber sie trennte ihn noch einmal in sich, jedenfalls den Biomüll, das hieß, Melonenschalen, Apfelknästen, schlechten Erdbeeren war es bei Strafe untersagt, sich zu Eierschale, Blumenstengeln und Papierresten im Eimer in der Küche zu gesellen. Sie kamen nach draußen unter die Hecke, wo sich noch manches Getier an ihnen erfreuen mochte und die Reste am Ende zu fruchtbarer Erde zerfielen, ausgediente Teeblätter landeten als Dünger auf dem Beet vor der Eingangstür und für alles, was sonst irgendwie Schimmel oder Pilz ansetzen konnte, gab es einen extra Eimer auf der Terrasse, für Zigarettenasche und -stummel in der Küche ein verschließbares Glas. Essenreste gab es bei ihr nicht, sie verwertete alles irgendwie und irgendwann.
Einmal hatte sie unterwegs zwei Glasflaschen, die zerbrochen am Straßenrand lagen, heftig über diesen Wandalismus schimpfend, aufgehoben und zur Entsorgung mit nach Hause genommen. Ein anderes Mal war ihr im Park eine mit einer unbestimmten Flüssigkeit halb gefüllte Flasche aufgefallen. Sie hatte sie vorsorglich wegen möglicher Gefahren für Kinder ausgegossen und anschließend zum nächsten Müllbehälter getragen. Mit dem Müll hatte sie es wirklich.

Wenn er auch ihr System nur unerheblich beeinträchtigte, dadurch, dass er hin und wieder etwas liegen ließ, wo es nicht hin gehörte oder eine früher bereits beantwortete Frage nach einem Gegenstand im Haushalt zum zweiten Mal stellte, wurde ihr Ton belehrend. Die Kluntjes (Kandis für den Tee) zum Beispiel; er wusste, der kleine Topf für den täglichen Gebrauch stand im Wohnzimmerschrank, wo aber befand sich noch gleich der Vorrat zum Auffüllen? Sie hatte es ihm wohl schon einmal gesagt, aber es war ihm entfallen. Sie zieh ihn bei solchen Gelegenheiten der Zerstreutheit und sagte, er würde ihr nicht zuhören, was so eine Art Schuldbewusstsein in ihm erzeugte, so dass er es vorzog, intensiv zu suchen, bevor er sie fragte. Auch, dass er manchmal seine eigenen Sachen verlegte (in der Regel Schlüssel und Brille), konnte sie aufregen. Sie meinte, er sei vergesslich, er müsse lernen, Ordnung zu halten, was viel Zeit einspare. Der Möglichkeiten, Fehler zu machen, gab es viele, und da er, wie er selbst feststellte, gelegentlich etwas geistesabwesend war, machte er sie auch, was zu mancher Aussprache führte. Es war so ihre Art zu bestimmen und belehren, jedenfalls in ihren vier Wänden.
Wenn ihm ein Malheur passierte, vertuschte er es nach Möglichkeit, ganz nach Art eines Jungen, der wieder etwas angestellt hatte.

Einmal beim Mittagessen, es hatte Goulasch gegeben, war ihm etwas von der Soße auf die Tischdecke getropft, die sie der farblichen Abstimmung wegen eigens hellgrün gefärbt hatte. Heiß durchlief es ihn in diesem Augenblick, doch gottlob, sie hatte es nicht bemerkt, und unmerklich hatte er seine Serviette über die Stelle geschoben. Nach dem Essen hatte er dann, eine Gelegenheit gesucht, heimlich den Fleck mit einem feuchten Tuch zu entfernen, was ihm zu seiner Erleichterung auch gelang, und auf die feuchte Stelle flugs das Stövchen gestellt. Doch als er guter Dinge wieder das Zimmer betrat, stand sie vor dem Tisch, auf die von ihr entblößte, feuchte Stelle deutend. Sie hatte alles mitbekommen. „Und was hat das zu bedeuten? Glaubst du, ich bin blöd?" Ihr Lachen musste wohl auch in der Nachbarschaft zu hören gewesen sein.

Etwa alle zwei bis drei Wochen besuchten sie ihren Vater. Bei schönem Wetter fuhren sie gern mit dem Fahrrad zu ihm.

Anita wohnte am südlichen Stadtrand in der Nähe des Ems-Jade-Kanals, und nach wenigen Metern waren sie schon auf dem Weg, der am Kanal entlang führte, zunächst Richtung „Hafen", einer Anlegestelle für einen Ausflugsdampfer und einiger Motorboote, mit Paddel-, Ruder- und Tretbootstation, die den Namen „Auricher Hafen" trug. Wo der Kanal einen Knick machte, ging es kilometerweit auf einem Fußgänger- und Radweg mit Feldern und Wiesen zu beiden Seiten neben der Wasserstraße weiter. Hier gab es nichts, was die Sicht versperrte, der Blick ging ungehindert bis zum Horizont. Anitas anschauliche Beschreibung, dass man immer schon sehen könne, wer am nächsten Tag zu Besuch komme, traf es. Hier war die Welt noch in Ordnung, hier waren Sonne, Wiesen, Felder, Kühe und Stille, die nur vom gelegentlichen Schnattern der Enten auf dem Kanal unterbrochen wurde.

Anita fuhr in flottem Tempo meistens voraus. Im Unterschied zu Ulf, der vom Fahrrad aus gern träumend um sich schaute, mochte sie das langsame Fahren nicht, ebenso wenig das langsame Gehen.

Wie sie da, kräftig in die Pedale tretend, vor ihm fuhr, sah er in ihr das Mädchen von früher, das spät dran war und sich beeilte, rechtzeitig nach Haus zu kommen.

Dann ging die Fahrt durch ein schattiges Waldstück bis sie wieder freies Gelände erreichten, durch das ein gras- und unkrautbewachsener, in zwei Spuren gepflasterter, holpriger Weg bis zur Hauptstraße führte, an der entlang sie auf dem Radfahrweg zur Ortschaft Ochtelbur kamen, wo sie rechts einbogen und am Ridding (ein kleiner Flusslauf) entlang nach Riepe fuhren.

Ihr Vater war zweiundneunzig und hellwach. Nach einem achtmonatigen Aufenthalt in einem Altersheim lebte er wieder in seiner Wohnung, seinem vor Jahr und Tag selbst gebauten Haus in der Ortschaft „Riepe" bei Aurich. Wegen seiner körperlichen Gebrechen war er damals auf Anraten seiner Kinder ins Altersheim gegangen, wo es ihm jedoch nicht gefallen hatte.

„Dort bist du abgeschoben, zu nichts mehr zu gebrauchen," hatte er Ulf seine Erfahrungen beschrieben.

Er war ein Beispiel dafür, dass Ausnahmen die Regel bestätigten. Von wegen Reise ohne Wiederkehr. Er war wieder da, hatte allein seine Entlassung aus dem Heim und die Organisation seines Lebens zu Haus betrieben. Das Telefon machte es möglich. Und es funktionierte. Dank der Hilfe von zwei zuverlässigen Pflegerinnen, war er nun wieder zu Hause, dort, wo sich sein Leben abgespielt hatte, das voller Erinnerungen war an seine Familie, seine vor Jahren verstorbene Frau und seine drei Kinder, die die jetzt so stillen Räume einst mit prallem Leben erfüllt hatten, wo die Sonne seines Lebens geschienen hatte, die jetzt ihre abendlichen Strahlen auf ihn warf.

„Das ganze Leben ist ein Kampf, ein Kampf ums Dasein." Dieser Ausspruch kam öfter von ihm, dem alten Mann, der nun für sein weiteres Leben auf Hilfe angewiesen war. Er, der auf ein arbeitsreiches Leben zurückblickte, in dem ihm nichts geschenkt worden war, der im Winter gegen die Kälte Zeitungspapier in seine Hose gestopft hatte für seine Fahrt zur Werft mit dem Fahrrad, der sein Haus pö a pö selbst und mit Hilfe von Freunden gebaut hatte, der mehr als bescheiden mit Apfelsinenkisten als Nachttischen angefangen hatte, musste es wissen.

Dürr und schwach, nicht mehr fähig, allein zu gehen, die täglichen Verrichtungen zu besorgen, verbrachte er nun seine Tage, abgesehen von einigen Momenten des Sitzens beim nachmittäglichen Tee, im Bett.

Anders als in den meisten Fällen des Altwerdens und zunehmender, körperlicher Gebrechlichkeit war diese unvermeidliche Entwicklung indes ohne Folgen für seinen Geist geblieben, war er vollkommen bei klarem Verstand und hatte seinen Sinn für Humor nicht verloren.

Als sie ankamen, saß er in der Küche beim Tee mit Gundel, der einen seiner beiden Pflegerinnen. Das Gespräch ging wie nicht selten um Nachbarn und Bewohner des Ortes. Anita erwähnte, dass sie auf der Fahrt Maria gesehen hätten, die ihnen aus großer Entfernung nachgewinkt hätte und wohl noch gute Augen haben musste. Eine, obwohl im fortgeschrittenen Alter (68 Jahre), in ihrer Wirkung auf Männer sehr von sich eingenommene Frau, die ihren Ehemann kürzlich wegen zu häufiger Aufenthalte bei der Nachbarin vor die Tür gesetzt hatte und nun das Haus allein bewohnte. Die Frage, ob „das" nicht vielleicht etwas für ihn wäre, beantwortete er mit: „Nein danke, nicht geschenkt!" und griente dabei überhaupt nicht wie ein Zweiundneunzigjähriger.

„So, so, also Sonntag fährst du wieder nach Hamburg," bemerkte er auf einen vorherigen Zusammenhang zurückkommend.

„So ist es, jeden Sonntagabend geht es wieder heimwärts, und so hat Anita immer wieder Gelegenheit, sich von mir zu erholen..," sagte Ulf mit Seitenblick auf seine Tochter, die ihn nun mit den Worten „du willst sagen, du von mir," heftig schüttelte.

„Was hast du denn da so zu tun? Bist du schon Rentner?" wollte ihr Vater wissen.

„Nicht ganz, ein bisschen muss ich schon noch arbeiten," erklärte Ulf, dem solche direkten Fragen nach ihm und Rente unangenehm waren, insbesondere in Anitas Gegenwart, „und dann sind dort auch meine Kinder, meine Familie und ein Haus, das versorgt werden muss."

„Also bist du noch kein Rentner. Wie lange hast du denn noch?" Der alte Mann konnte Fragen stellen.

„Hast du einen Garten? Magst du Gartenarbeit?"

Ulf fühlte instinktiv, dass bei Beantwortung dieser Frage Vorsicht geboten war, denn der alte Mann hatte ein großes Grundstück, dessen Rasen von Moos durchsetzt war, wie er ihn bei einem ihrer vorherigen Besuche bereits wissen lassen hatte, und gab seinem Gesicht einen neutralen Ausdruck, erzählte ausweichend von den speziellen Schwierigkeiten seines Gartens, ihn zu pflegen und dass er dort eine Solaranlage aufgestellt hatte.

„Magst du Gartenarbeit?" wiederholte der alte Mann ungeduldig seine Frage.

„Überleg dir, was du sagst," warnte ihn in diesem Moment Anita ohne Rücksicht auf ihren Vater, der es hörte und ihr einen bitterbösen Blick zuwarf.

Ulf folgte ihrem Rat und schränkte in seiner Antwort seine Liebe zur Gartenarbeit ein.

Da Gundel, die ihr Hantieren in der Küche beendet hatte, sich wieder auf den Weg machte, gab es nahtlos ein neues Thema.

„Was ist das eigentlich mit Gundel?" wollte Anita wissen.

„Was soll ich sagen? Ich weiß auch nicht. Sie hat da wohl etwas in den falschen Hals bekommen."

„Und? Kommt Ihr trotzdem klar?"

„Jaa, das geht schon. Sie kommt wie immer und macht ihre Arbeit."

Dem augenblicklich getrübten Verhältnis zwischen ihm und Gundel vorausgegangen war ein Vorfall, über den, außer ihnen beiden, niemand etwas Näheres wusste. Jedenfalls soll er dazu geführt haben, dass Gundel geäußert habe, er (der Zweiundneunzigjährige) sei „lümmelig". Worauf er gesagt habe: „lümmelig kommt doch von Lümmel!" Was Gundel dazu veranlasst hatte, ihre Arbeit barsch und eilig zu beenden.

„Das ist dann ja nicht so schön," vermied Anita es, ihren Vater weiter auszufragen.

„Neeiin," antwortete er gedehnt.

Nach einer kurzen Stille, die nun eintrat, beendete Anita das Thema. „Wollen wir hoffen, dass alles wieder gut wird mit Euch," sagte sie, worauf der alte Mann zustimmend nickte.

Es verlangte ihn nun wieder in die Waagerechte. Ulf hielt ihm den Gehwagen hin, an dem er sich, diesen vor sich her schiebend, mühsam und in Zeitlupe vorwärts bewegte, einem außerirdischen Wesen ähnlich, dessen Bewegungsapparat nicht den auf der Erde herrschenden Bedingungen angepasst war.

Sie halfen ihm ins Bett.

„Gleich lasse ich die Hüllen fallen," sagte dieser alte, dürre, ausgemergelte Mann, als sie begannen, ihm die ausgebeulte Trainingshose auszuziehen, unter der eine lange Unterhose sowie ein Plastikschlauch nebst uringefülltem Kissen zum Vorschein kamen. Sein Anblick und Zustand war mitleiderregend, doch sie mussten lachen.

Da lag der alte Mann.

„Das Leben ist ein Kampf, ein Kampf ums Dasein," seufzte er. „Wenn du älter wirst, Ulf, lässt alles nach, das Herz, die Verdauung, die Gelenke, die Beine, die Augen, das Gehör, alles, und am Ende kannst du nichts mehr, liegst nur noch da. Das ist einfach so."

Er seufzte und schloss die Augen.

Ulf suchte nach ein paar aufmunternden Worten, doch es fiel ihm nichts ein, er wollte keine Plattheiten von sich geben.

Während sich Anita mit ihrem Hund zu einem Spaziergang aufmachte, las er dem alten Mann aus der Zeitung vor und machte mit ihm ein Kreuzworträtsel. Ein eingelegtes Hühnerprodukt! „Solei", er wusste es sofort.

Zwischendurch schenkte er sich aus einer Thermoskanne angewärmtes Wasser in eine

Schnabeltasse ein, schraubte den Deckel wieder drauf, stellte die Kanne zurück an ihren Platz und trank. Erstaunlich zielgerichtet und ruhig waren die Bewegungen seiner Hände und Arme, die alles andere als zu solcher Geschicklichkeit fähig aussahen. Er musste noch sehr gut sehen können, obwohl sein rechtes Auge, vor Jahren schon erloschen, funktionslos in seiner Höhle lag.

Er lag da, die Augen geschlossen. Ulf betrachtete ihn. Zweiundneunzig Jahre. Zweiundneunzig Jahre Ostfriesland, Riepe, dieser uniforme Ort der Einfamilienhäuser, der geschniegelten Gärten, der Gräben, der Gartenzwerge, der Goldenen Hochzeiten und Bögen, der dunklen Winter.

Nachdem Gundel am Abend wieder gekommen war, um alles für die Nacht zu richten, fuhren sie wieder nach Haus. „Gute Reise," sagte er, wie jedes Mal.

Durch Anita lernte Ulf verschiedene Menschen aus dieser Gegend kennen, Ostfriesen, wie sie sich selbst nicht ohne Stolz bezeichneten, bodenständige, zufriedene, ländlich geprägte Leute mit klaren Vorstellungen, die wussten, was sie wollten und fest auf ihren Beinen standen.

Keine Regel ohne Ausnahme. Alexander war eine. Einen wie ihn dort in der länd-ländlichen Idylle zu treffen, hatte Ulf nicht erwartet. Gleichermaßen intelligent wie spröde, wirkte er nicht unbedingt offen und locker, was Ulf den Umgang mit ihm anfangs anstrengend machte, der er ja selbst nicht gerade im Übermaß mit diesen Eigenschaften gesegnet war.

Anita war ihm erstmalig in einer Selbsthilfegruppe für psychisch Erkrankte begegnet, die sie nach ihrem Krankenhausaufenthalt zusammen mit ihrem damaligen Partner besucht hatte.

Alexander war nicht sehr groß, eher schmächtig, er hatte ein sympathisches Jungengesicht, das im Kontrast zu seinen großen, dick geäderten Händen und seinen großen Füßen stand. Besonders letztere stachen ins Auge, da sie stets in klobigem Schuhwerk steckten.

„Ja, der Alexander" waren immer die Worte des Vaters am Telefon auf die Frage nach seinem Sohn, „wo ist denn wieder der Alexander?" Meistens war er dann im Garten, beschäftigt mit Äste absägen oder Rasenmähen. Er wohnte bei seinen Eltern bei Aurich in einem lauschigen Haus auf einem großen Anwesen mit Teich, Hühnern, und einigen Schafen auf einer Weide, die seine Eltern gepachtet hatten, damit ihnen dort kein hochwachsender Mais die Sicht nahm, wie auf der anderen Seite.

Bevor Ulf ihn zum ersten Mal sah, hatte er über ihn erfahren, dass er an Depressionen litt und sich mit Suizidgedanken getragen hatte, dass er großen Wert auf Sauberkeit und Sparsamkeit legte, und unfreundlich werden konnte, wo er diese nicht antraf. Anita berichtete von einem Pizzaessen bei ihr, wo er sich lautstark, fast pöbelnd, über den Zustand des Backofens beschwert hatte, über Ablagerungen und Eingebranntes, auch über das offene Toilettenfenster, durch das unaufhörlich Energie entwich. Sein Benehmen hatte dazu geführt, dass Anita drauf und dran gewesen war, ihn vor die Tür zu setzen, wovor ihn aber seine damalige Gemütsverfassung bewahrte, die sie ihm zugute hielt.

Er war vielseitig interessiert und wusste manches besser. Bereits als Dreizehnjähriger hatte er sich mit Problemen des öffentlichen Nahverkehrs beschäftigt und in wohlgesetzten Briefen, die eines Experten würdig waren, an den Bürgermeister und die Kreisverwaltung Vorschläge zur Verbesserung gemacht, worauf er eine Einladung erhalten hatte, um seine Ideen persönlich zu unterbreiten. Hatte nach dem Abitur ein Chemiestudium angefangen und abgebrochen, dann eine Tischlerlehre absolviert und eine Zeitlang auch in diesem Beruf gearbeitet, war zu diesem Zweck sogar für ein Jahr in die Schweiz (warum auch immer dorthin) übergesiedelt. Doch überall fand er ein Haar in der Suppe (Kollegen, Vorgesetzte, Lärm, Allergien, Rückenschmerzen) und hatte jedes Mal nach spätestens einem halben Jahr die Arbeit wieder aufgegeben. Seiner eigenen Einschätzung nach gebrach es ihm an der nötigen Ausdauer und Geduld, weiter gesteckte Ziele zu verfolgen.

Er machte sich so seine Gedanken und hatte seine Ansichten. In Bezug auf Aids vertrat er die Meinung, dass die Pharmaindustrie die Preise für Medikamente künstlich auf hohem Niveau hielt, da es nicht in ihrem Interesse lag, eine Besserung oder gar Ausrottung der Krankheit, besonders in Afrika, zu erreichen.

Im Zusammenhang mit der Finanzkrise hatte er beizeiten mit Hamsterkäufen begonnen, sich mit Zucker, Haferflocken, Dosen etc. eingedeckt und Anita und Ulf, Einblick in die Finanzwelt gebend, geraten, es ihm gleich zu tun.

Die Welt gab er verloren, meinte, der Zug sei bereits abgefahren.

Seine Eltern machten sich einige Sorgen um ihren Filius, dem nach seinem guten Abitur alle Wege offen gestanden hatten, gleichzeitig waren besonders sie Empfänger seiner Belehrungen. Den Vater kritisierte er wegen der Türen, die er immer offen stehen ließ, die Mutter, weil sie zuviel Wasser zum Kochen der Kartoffeln verwendete. Er ging schon auf die Dreißig, als sie ihm nahe legten, in eine eigene Wohnung zu ziehen oder sich ein Zimmer zu nehmen. So pendelte er nun zwischen seiner neuen Bleibe, einem Zimmer in Aurich, und seinem Elternhaus. Auch Anita und Ulf gab er immer wieder Anlass über ihn zu sprechen. Er war nicht sehr gesellig, hatte keine Freundin und wenig tatsächliche Freunde. Was das anging, war er wenig mitteilsam, begegnete Fragen danach meistens mit einem Scherz. Für Tanzlokale, Discos und Ähnliches hatte er nichts übrig, ihre Angebote, mit ihnen dort hin zu gehen, stießen regelmäßig auf Ablehnung. Er lebte sehr solide, trank und rauchte nicht und ging jeden Tag um 22 Uhr zu Bett.

Soviel war sicher, sich auf die faule Haut zu legen, war nicht seine Sache. Er lotete immer aufs neue verschiedene, berufliche Möglichkeiten aus, machte sich kundig, unterzog sich Tests, unter anderem für eine Laufbahn als Lokführer, verbrachte einige Wochen auf einem Demeter-Hof, führte in einem Kloster ein Informationsgespräch und versuchte es erneut in einem Produktionsbetrieb für Fenster in Ostfriesland. Da ihm aber nichts von alledem eine künftige Marschroute eröffnete, fand er sich schließlich auf der Hartz IV-Schiene wieder, half ehrenamtlich bei einer Tafel, zimmerte für eine Bekannte ein neues großes Tor und setzte es ein, kreierte einen Tisch, von dem er hoffte, dass er in Serie gehen könnte, und absolvierte im Rahmen eines Eineurojobs ein Praktikum im Auricher Krankenhaus, von dem er ihnen bei seinen Besuchen zwar nicht begeistert aber doch angetan berichtete, obwohl er Verstöße, besonders gegen die Hygienevorschriften, was das Händewaschen beim Fiebermessen und beim Hin und Her zwischen den Patienten anging, am laufenden Band registrierte. Und siehe da. Er bewarb sich um einen Ausbildungsplatz als Krankenpfleger und bekam ihn auch. Seine Ausbildungszeit dauerte von Oktober bis zu seiner Abmeldung im darauffolgenden März. Es folgte wiederum ein halbes Jahr Tätigkeit in einem Herstellungsbetrieb von Türen und Fenstern in der Schweiz, anschließend ein Praktikum als Platzwart auf einem Campingplatz, das er vor wenigen Tagen abgebrochen hatte.

Ulf musste oft an Alexander denken, zumal er ihn an seine eigene Geschichte erinnerte. Er kam nicht umhin, Parallelen zu erkennen, festzustellen, dass sie sich, so verschieden sie waren, in ihrem Unvermögen, etwas aus sich zu machen, ähnelten.

Er spielte gern Gesellschaftsspiele, für die sich Anita und Ulf weniger begeistern konnten. Sie fanden sie eher ermüdend, besonders, wenn sie sich abendfüllend hinzogen und komplizierte Regeln zu beachten waren.

Er kam immer mal wieder zu Besuch, im Sommer machten sie dann auch gemeinsame Radtouren oder grillten auf der Terrasse. Aber vornehmlich in der kalten Jahreszeit brachte er seine Spiele mit, und dann kamen sie um die eine oder andere Partie nicht herum.

Die Vorstellung, das Haus zu verkaufen, dieses alte, schöne, von seinem Großvater erbaute Haus, in dem seine Großmutter und sein Vater gelebt hatten, das schon über dreißig Jahre sein Zuhause war und seit ihrer Geburt das seiner Töchter, das ihnen Schutz und Sicherheit geboten hatte und noch immer Treffpunkt der Familie war, dieses mühsam erhaltene, doch immer noch strahlende Wahrzeichen seiner Familie, in dem er jeden Winkel kannte und es als seine vornehmste Aufgabe ansah, Reparaturen und Instandhaltungen selbst auszuführen, das er um eine Garage (Marke Eigenbau) erweitert hatte, dieses Haus mit dem wunderbaren Garten, durch den eine lange Einfahrt führte, mit der ausladenden Rotbuche vorne, die an heißen Sommertagen wohltuenden Schatten spendete, dem stillen Garten hinten mit dem im Frühjahr zartrosa blühenden Apfelbaum, dessen Früchte jedes Jahr verlockend rot leuchteten, aber langweilig wie Pappe schmeckten, Spielparadies seiner Kinder, wo Schneemänner gebaut wurden und im Sommer ein aufblasbares Planschbecken für Hochstimmung sorgte, wo an langen Sommerabenden beim Grillen über Gott und die Welt gesprochen wurde, wo heiße Tischtennismatche stattfanden, wo er Rasen gemäht, Unkraut gezupft, Bäume gepflanzt und einen Komposthaufen angelegt hatte, wo ihn die Krokusse, seine Krokusse, Jahr für Jahr begrüßten, die Vorstellung, dieses Haus mit dem Grundstück zu verkaufen, war absurd.

Doch der Gedanke war da, er kam und ging, bis Ulf begann, sich mit ihm auseinanderzusetzen und er von seiner Abwegigkeit verlor. Nachdem seine Kinder ausgezogen waren und seine schmale Rente, von der er die weitere Unterhaltung nicht mehr hätte bestreiten können, näher rückte und er keinen Sinn darin sah, alles um seinetwillen zu erhalten, hatte er sich zum Verkauf entschlossen, auf dass sich die wohltuende Wirkung des Erlöses auf sie alle verteilte.

Der Abschied war schwer gewesen, nicht zuletzt wegen der Probleme beim Verkauf, die ihn an den Rand seiner gesundheitlichen Belastbarkeit gebracht hatten, dadurch, dass der Käufer, ein Mieter aus dem Haus, zu dem sein Verhältnis bis dato nicht freundschaftlich aber freundlich gewesen war, sich als Wolf im Schafspelz entpuppte, ihn, seine Gutgläubigkeit missbrauchend, getäuscht, genauer, ihn durch vertragliche Fallstricke um eine beträchtliche Summe gebracht hatte, indem er nicht einhielt, was zuvor zwischen ihnen besprochen worden war, nämlich das Haus vor dem Kauf von verschiedenen Handwerkern durchchecken zu lassen. Durch Vereinbarung eines Notartermins erweckte er den Anschein, dass alles in Ordnung war, was sich als Täuschung herausstellte, das hieß, nachdem der Vertrag unterschrieben war, kam er mit einem Gutachten über einen schadstoffbelasteten Dachstuhl.
Ulf musste sich allerdings vorwerfen, zu vertrauensselig gewesen zu sein, nicht jemanden zu Rate gezogen zu haben, schließlich war es um einen sechsstelligen Eurobetrag gegangen.
Und das tat er, er machte sich Vorwürfe bis an den Rand der Selbstzerstörung. Er hatte Schuld, er hatte nicht aufgepasst. Wie hatte er so leichtfertig sein können!
Es hatte lange gebraucht, bis er sich wieder einigermaßen gefangen hatte, nicht mehr

dauernd und unter Schweißausbrüchen daran denken musste, dass jenen seine Gaunerei belohnt hatte, gerade diese Sorte.

Inzwischen sah er diese Angelegenheit als ein Luxusproblem an, als Preis dafür, dass er zu den Privilegierten gehörte.

Ungern kehrte er damals in seine neue Wohnung zurück. Sie war vollgestellt mit den Einzelteilen seiner zerlegten Möbel und den Umzugskartons, in denen sich seine Habe befand, Gegenstände, die zu ihm gehörten und die hier in dieser verwahrlosten Wohnung, wie ihrer Individualität beraubt, nichts Vertrautes mehr hatten, nutzlos und fremd die Kartons füllten, die aufeinander gestapelt zusammen mit den Plastiksäcken, in denen er alles Textile, Wäsche, Bekleidung, Handtücher, Gardinen etc. verstaut hatte, und den umherliegenden Gegenständen, Staubsauger, Wäschekorb, Aktenordner, Kompaktanlage etc., den Weg durch die Zimmer zu einem Geschicklichkeitsparcours machten.

Die Wohnung, in die er nach der aufreibenden Auseinandersetzung mit dem Käufer ihres alten Hauses in einem Gewaltakt hatte ziehen müssen, war völlig verwohnt, musste von Grund auf renoviert werden, was angesichts des Durcheinanders nicht einfach war. Nachdem er die Kartons, Stühle, Betteile, Matratzen und was sonst noch in seinem zukünftigen Schlafzimmer gelagert war, von der einen auf die andere Seite bugsiert hatte, hatte er damit angefangen, die wie vom Teufel selbst in mehreren Lagen geklebten Tapeten Zentimeter für Zentimeter mit dem Spachtel von der Wand zu kratzen, deren feuchte Fetzen auf dem Boden lagen.

Er fragte sich, ob er sich in der neuen Wohnung jemals zu Hause fühlen würde, gegenwärtig ergriff das Gefühl von Entwurzelung von ihm Besitz, sobald er sie betrat oder nur an sie dachte.

Er war gerade aus Aurich zurück gekommen und stand mutlos in der Tür zum Schlafzimmer. Er hatte wieder gepatzt, hatte die schönste Sache zum Desaster gemacht. Er fühlte sich nicht gut, fühlte sich schwach und unsicher. Er wollte nichts mehr sehen und nicht mehr denken, nur noch schlafen. So, wie er war, ließ er sich auf seine zwischen Tapetenresten, Farbeimern und Kartons liegende Matratze fallen.

Um vier Uhr wachte er auf. In letzter Zeit wachte er regelmäßig um diese Zeit auf, und wenn er auch alles tat, um bis zum Klingeln des Weckers wieder in Schlaf zu fallen, Schlaf, den er brauchte, ging es ihm wie jedes Mal, wenn es nur noch ein paar Stunden waren, bis er zur Arbeit musste: er wachte, dachte, bemühte sich, nicht zu denken, drehte sich von der einen auf die andere Seite und stellte irgendwann fest, dass es sich mit dem Schlafen nicht mehr lohnte.

Unausgeschlafen und missmutig stand er schließlich eine halbe Stunde später als beabsichtigt auf. Es ging ihm nicht besser als zuvor, er war müde, hatte Kopfschmerzen, vermied es, in den Spiegel sehen. Zeit für ein Frühstück hatte er nicht mehr, er mochte auch nichts in der ihn umgebenden Ungemütlichkeit zu sich nehmen, zumal er Messer, Teller, Tasse, Tee etc. erst noch suchen musste. Er aß noch eine Banane, die ihm Anita mitgegeben hatte, und trank ein Glas Wasser. Auch für die Fahrt mit dem Rad zum Rathaus war die Zeit zu knapp. Er nahm die Bahn.

Er war spät dran. Gern hätte er sich hingesetzt und noch etwas vor sich hin gedöst, doch ein Sitzplatz in der Bahn war um diese Zeit nicht mehr zu haben. Er stand neben der Tür, angelehnt an einer der gläsernen Wände vor den Sitzbänken, blickte durchs

Fenster auf die in der Halbdämmerung des Morgens vorbeiziehenden Häuser und Gärten. Immer wenn der Zug hielt, wandte er sich um, um die Zusteigenden nicht zu behindern. Dabei ging sein Blick über die Fahrgäste hinweg zur anderen Seite. Am Bahnhof Bahrenfeld zuckte er zusammen. Er sagte sich, dass er sich täusche, weil nicht sein konnte, was er sah, weil es unmöglich war. Aber er sah Anita, die gerade eingestiegen war. Sie stand in etwa acht Meter Entfernung. Deutlich konnte er ihr Gesicht von der Seite sehen, der schwarze Wuschelkopf und die schwarze Jacke, die sie zu besseren Gelegenheiten trug. Sie war es. Eindeutig. Träumte er, begann er Gespenster zu sehen? Auch hörte er sie etwas sagen in ihrer typischen Art, eine kurze Unterhaltung mit jemandem, eine scherzhafte Bemerkung, ein Lachen. Ganz Anita.
In seinen Ohren rauschte es, ihm wurde schwindlig. Altona. Hier hätte er aussteigen müssen. Er rief sie, Anita!! Doch seine Stimme ging im Gelärme zusteigender Schulkinder unter.
Es gab nur diese Frage: was machte sie in Hamburg? Noch gestern in Aurich, hatte sie ihm nichts davon gesagt, dass sie nach Hamburg fahren würde, sie, die sonst keine Neuigkeit für sich behielt, die ihm erzählte, wenn eine ihrer Pflanzen ein gelbes Blatt bekam. Sie musste kurz nach seiner Abfahrt ebenfalls losgefahren sein, wenn sie den Zug genommen hatte. Oder sie war in einem Auto mitgefahren. Nur, warum nicht mit ihm? Er verstand nichts, gar nichts, umklammerte haltsuchend den Türgriff. Was ging hier vor? Die Antwort auf diese Frage war in diesem Moment das einzige, was für ihn zählte. Er beschloss, zunächst durch Beobachtung schlauer zu werden.
Er versteckte sich nun, das hieß, achtete darauf, dass sie ihn nicht sah, um ihr unbemerkt zu folgen. Als der Zug in den Bahnhof Holstenstraße einlief, ließ sich Anita auf einem freiwerdenden Sitzplatz nieder, so dass er ihre Rückenpartie durch die gläserne Trennwand sah. Wiederum wechselte sie einige Worte mit ihrem Nachbarn; um sich nach einer Haltestelle zu erkundigen, mutmaßte er. Sternschanze, Dammtor. Am Hauptbahnhof stieg sie wie die meisten aus, reihte sich ins allgemeine Gedränge und fuhr die Rolltreppe hoch zur südlichen, die Gleise überspannenden Plattform. An einem Backwarenstand machte sie Halt und trank an einem der hohen Tische einen dampfenden Kaffee zu einem belegten Brötchen. Anschließend wandte sie sich zielstrebig in ihrem typischen Pinguingang dem Ostausgang zu, überquerte die Ampel und bog in den um diese Stunde noch leeren Steindamm ein. Sie passierte die dortigen Läden und Lokale und blieb in Höhe eines Friseurgeschäfts stehen. Sie wartete offenbar darauf, dass es öffnete. Gut, sie hatte einen Wuschelkopf, aber musste sie deshalb extra nach Hamburg fahren? Dann, Punkt neun, sah er sie die Tür aufdrücken und ins Innere verschwinden. Von der anderen Straßenseite konnte er erkennen, dass sie sich mit einer Frau unterhielt, die ein kleines Kind auf dem Arm trug, das von beiden geherzt und gekitzelt wurde, und nun auf Anitas Arm wechselte, die es liebkosend durch den Raum trug. Wenig später erschien von hinten ein untersetzter Mann jüngeren, Jahrgangs, der Anita küssend begrüßte und sich ebenfalls dem Kinde zuwandte. Alle drei umstanden das Kind, bis der Mann es Anita abnahm und an die Frau weitergab. Er nahm Anita bei der Hand, und sie beide verschwanden dorthin, woher er gekommen war, während die andere Frau mit dem Kind zurückblieb.

Ulfs Herz begann zu klopfen, er atmete schwer. Er bemühte sich, ruhig zu bleiben, klar zu denken, zu deuten, was er gesehen hatte. Er konnte sich beim besten Willen kein Vers aus allem machen. Besonders beunruhigte ihn das gemeinsame Verschwinden. Während er sich noch sagte, dass die Sache hier und heute zu klären sei, waren sie wieder da, zusammen mit einer jungen Frau mit lila Haar, die mit ihnen aus den hinteren Räumlichkeiten gekommen war.

Während sich der Mann zu dem auf dem Boden spielenden Kind gesellte, schienen sich die drei Frauen angeregt zu unterhalten. Er konnte sehen, dass die Frau mit dem lila Haar Anita etwas übergab, das sie in ihre Handtasche steckte. Da er Anita kannte, richtete er sich auf eine längere Unterhaltung ein, das hieß, er zündete sich mit zitternden Händen eine Zigarette an und setzte sich auf einen Poller hinter einem Auto, durch dessen Scheiben er das Geschehen verfolgte. Das Gespräch zog sich, wie erwartet, in die Länge. Endlich sah Anita auf die Uhr, offenbar war es später, als sie gedacht hatte. Zwei hastige Küsse abstreifend, eilte sie, dem Mann und dem Kind winkend aus dem Laden zurück zum Bahnhof.

Wiederum zielstrebig, als sei es ihr täglicher Weg, begab sie sich zu dem Gleis, von dem die S-1 zurück Richtung Wedel fuhr.

Am Kiosk des Bahnsteigs kaufte Ulf eine Zeitung, ein Loch stach er nicht hinein. Nicht erst jetzt kam er sich vor, wie in einem schlechten Film. Er stieg in den Waggon hinter ihrem ein, durch dessen Fenster er sie gut sehen konnte. Reeperbahn, hier stieg sie aus. Er folgte ihr in sicherer Entfernung. Reeperbahn! Was hatte sie hier zu tun? Er wunderte sich über nichts mehr.

Stracks wandte sie sich dem Ausgang auf der Seite Große Freiheit zu, stieg die nicht funktionierende Rolltreppe hinauf, ging die Reeperbahn bis zum Hamburger Berg, in den sie den Elbschlosskeller passierend bis zur nächsten Straßenecke einbog, wo sie wartend und offensichtlich darauf bedacht, nicht gesehen zu werden, stehen blieb. Von der anderen Straßenseite im Schutz eines Hauseingangs sah er, dass sie hinter der Ecke unausgesetzt zum schräg gegenüberliegenden Haus spähte. So vergingen einige Minuten. Dann erschien dort, wohin sie sah, eine hünenhafte, männliche Person in einem Jogginganzug, die in leichten Trab verfallend auf Anita zuhielt. Im selben Moment rannte sie wie von einer Tarantel gestochen die Straße zurück und sprang die Stufen hinab zum Elbschlosskeller. Er sah sie dem Vorüberjoggenden hinter der Gardine des Kellerfensters nachblicken. Unmittelbar darauf erschien sie wieder, lief zu dem Haus, aus welchem der Jogger gekommen war, und verschwand in dessen Eingang. Es dauerte keine drei Minuten, dann war sie wieder da, in der Hand einen kleinen Koffer, mit dem sie zurück zur S-Bahnstation hastete. Da auf dem Bahnsteig nur wenig Leute waren, suchte er Schutz hinter einem Pfeiler, und bestieg, wie sie, den Zug Richtung Hauptbahnhof. Sie fuhr bis Landungsbrücken und ging zum Ausgang, stieg die Treppe rechts hinab, die zur Straße führte. Wie er von oben sehen konnte, kletterte sie unter diese Treppe und sammelte dort einige Pflastersteine in den Koffer. Anschließend kam sie die Treppe wieder hoch und überquerte die Brücke zu den Pontons. Das Getriebe, das dort herrschte, erleichterte ihm die Verfolgung. Sie ging nach Osten, vorbei an der Rickmer Rickmers bis zum Geländer am äußersten Punkt. Ihm schien, als sähe sie hinüber zum Kuppelzelt „König der Löwen", das sie beide vor gut einem Jahr besucht hatten. Als sie sich umdrehte, war der Koffer verschwunden. Sie ging die Treppe hoch zur Rickmer Rickmers, er hinterher in einigem Abstand. Er beschloss nun, sie zur Rede zu stellen, doch, als er das Innere betrat, fand er sie nicht. Sie saß an keinem der Tische, auch das Personal konnte ihm nichts sagen. Er versuchte, sie anzurufen. Sie nahm weder Handy noch Haustelefon ab.

Erst am Abend erreichte er sie zu Haus. Sie fragte ihn, was mit ihm sei, ob er sich nicht wohl fühle, was das bedeuten solle. Warum sie den Hörer nicht abgenommen habe? Weil sie, obwohl ihr eigentlich angesichts des wenig einladenden Wetters nicht danach zumute gewesen war, eine Radtour gemacht habe, dem Rat ihres Arztes entsprechend.

Das qualvolle Ende ihres kleinen Hundes, Jenna, hatte ihm sehr zugesetzt. Im Laufe von zehn Jahren war er als Familienmitglied nicht mehr wegzudenken gewesen. Er hatte ihnen gut getan, seinen Kindern und ihm, hatte wohltuend ihr Leben beeinflusst, dieses kleine, fellige Wesen. Er hatte geweint um ihn. Als der Schmerz allmählich nachließ, verschwanden die schrecklichen Bilder der letzten Tage. In einer stillen Stunde überließ er sich seinen Erinnerungen:

Jenna, sie hatte die Farben und die Scheckung einer Kuh, war schwarz weiß gefleckt und am Kopf, an den Ohren, etwas braun. Die Farben waren auch die einzige Übereinstimmung mit diesem Tier. Sie wog gerade mal sechs Kilo, und in ihrem durch ihre kurzen Beine bedingten, hochfrequentigen Trippelgang, mit ihrem langen, weißen, buschigen, zum Kopf hin eingerollten Schweif, glich sie besonders im Halbdunkel einer Feder, die über den Boden schwebte. Angesichts ihrer Vorgeschichte, ihres stillen, aufmerksamen, von unendlicher Geduld geprägten Wesens, zudem von vornherein stubenrein und alsbald vertraut mit der Bedeutung der Wörter: Gassi gehen, Nein, Hier, Stop, Essen, verbot sich bei ihr jegliche Strenge. Jede Nuance in der Stimme wahrnehmend, reagierte sie, die kleine Jenna. Diesen Namen hatte sie von ihrer Lebensretterin erhalten, einer Frau aus dem schleswig-holsteinischen Wedel, die sie zusammen mit weiteren fünfundzwanzig Hunden aus der Tötungsstation im spanischen Malaga, wo sie die touristischen Belange gestört hatten, befreit und in die nördlichen Breiten mitgebracht hatte. Ein Straßenhund. Den Namen, Jenna, hatten wir übernommen, er gehörte einfach zu ihr. Sie war das schwächste und kränkste Tier gewesen, und es stand zunächst nicht fest, ob sie es schaffen würde. Erst nach ein paar Wochen, als sie so ziemlich über den Berg war, kurz vor Weihnachten, war sie zu uns gekommen, ihrem neuen Zuhause.

Ich hatte für diesen Tag frei genommen. Auf dem Teppich sitzend, um den kleinen Hund geschart, erfuhren wir von der Retterin seine Geschichte und die der anderen herrenlosen Hunde aus Südspanien, die nach ihrer Gefangennahme und vergeblichen Vermittlungsversuchen in die Todesstation gekommen waren, wo sie dann per Injektion aus dem Leben befördert worden wären, wie schon viele vor ihnen. In letzter Sekunde war sie dem Teufel von der Schippe gesprungen, und angesichts ihrer schwächlichen Konstitution begriffen wir dann auch sehr schnell, dass man sie nicht wie einen normalen Hund behandeln konnte.

Der erste Teil des ersten Spaziergangs erfolgte angeleint aus Furcht, sie könne weglaufen. Sie dachte nicht daran. Vom ersten Moment an hatte sie verinnerlicht, dass wir es waren, zu denen sie nun gehörte. Stöckchen holen, apportieren war ihre Sache nicht. Obwohl jung an Jahren (ca. 1 Jahr) schien sie dafür zu erwachsen zu sein und überließ diese Beschäftigung den anderen, sah ihnen höchstens aus der Entfernung zu. Sie zog es vor, gesittet ihres Weges zu gehen, wobei sie jedoch, wie die anderen Hunde, ihren Instinkten folgte, hier schnüffelte, da pinkelte. Ansonsten hatte ihr Interesse an ihren Artgenossen Grenzen. Um manche machte sie einen Bogen, von anderen verabschiedete sie sich nach kurzer Geruchsprobe, nur bei größter Sympathie ließ sie sich auf ein Spielchen ein. Ganz und gar zuwider waren ihr diejenigen Artgenossen, die grob und unsensibel übereinander herfielen und sich dabei mit ihren Pfoten berührten. Kam sie in solche Bedrängnis, quiekte sie durchdringend.

Ihre Straßenhundezeit meldete sich regelmäßig beim Gassigehen. Was auch nur irgendwie essbar war, Pommes, Brot, Knochen, Pizza, sie fand es und verschlang es und hatte anschließend ein Magenproblem.

Zu jeder Malzeit stellte sie sich ein, wartete und wartete jede Bewegung verfolgend, placierte sich zunächst bei dem einen, dann bei dem anderen, je nach dem, wo sie bessere Chancen sah, einen Happen zu erhaschen, den sie auch irgendwann, wenn ich es nicht sah, bekam. Aber auch ich konnte ihrem Blick auf Dauer nicht widerstehen. Die Joghurtbecher, die sie zum Ausschlecken von uns bekam, waren anschließend so blitzblank, dass sie als fabrikneu durchgegangen wären.

Ich war nicht allein, im Auto nicht während der langen Fahrten nach Aurich, auf den Spaziergängen und zu Haus nicht. Sie war immer da, immer präsent, passte sich widerspruchslos an. Ein treues, liebes, nach nichts fragendes, vierbeiniges Wesen. Die Spaziergänge mit ihr waren immer ein Vergnügen. Dadurch, dass sie neben mir noch jemand anders gut taten, bekamen sie einen richtigen Sinn. Stundenlang sind wir an der Elbe gegangen, auch in Hetlingen auf dem Deich, wo die Schafe grasten, die zu Hunderten Reißaus nahmen, wenn wir uns näherten. Ein Bild für die Götter: dieses gerade mal 30 cm kleine Hundchen, das erstaunt den Kopf hob, und vor ihm die flüchtende Herde. Ich wäre nie auf die Idee gekommen, dort allein zu gehen.

Und wenn es mir nicht gut ging, wenn mich trübe Gedanken heimsuchten, dann kam sie oft, stellte ihre Pfoten auf, stupste mich mit ihrer Schnauze, aus der, wie um der witzigen Einmaligkeit ihres Aussehens die Krone aufzusetzen, verwegen der linke Eckzahn hervorschaute, und sah mich an. Auch wenn ich länger im Arbeitszimmer saß, erschien sie immer nach einiger Zeit und legte sich still neben mir auf den Boden. Ein gutes Gefühl gab mir das.

Wie haben wir diesen kleinen Hund geliebt mit seinen kurzen x-Beinchen und dem Kopf, den sie hin und her wog, wenn man mit ihr sprach, als verstehe sie. Sie lief Gefahr, vor Liebe erdrückt zu werden, legte sich jedesmal freiwillig auf den Rücken und ließ sich durchkraulen, mit einem Ausdruck, der sagte: auch dieser Anfall geht vorüber. Den Leuten draußen zauberte sie ein Lächeln aufs Gesicht, manche blieben stehen, bückten sich nach ihr. Kinder fragten, ob sie sie streicheln dürften.

Sie war krank, von Geburt an, hatte ein schwaches Herz. Darüber hatte mich der Tierarzt in Hamburg beizeiten informiert. Jenna war nicht viel anzumerken gewesen, für größere Anstrengungen, das war klar, war sie nicht geschaffen, bei Hitze ermattete sie schnell.

Eines späten Abends, in ihrem zehnten Lebensjahr, war sie plötzlich umgekippt und röchelnd liegen geblieben. Ein Tierarzt war um diese Zeit nicht mehr zu erreichen gewesen und Anita, allein mit ihr, stand am Rande einer Panik. Zum Glück ging es Jenna alsbald wieder etwas besser, doch der Tierarzt stellte am nächsten Tag bei ihr eine schwere (ganz schwere) Herzinsuffizienz fest. Ihr Zustand verschlechterte sich, trotz der Medikamente, die sie bekam. Zum Schluss fraß sie nicht mehr und bekam keine Luft.

Als beim Tierarzt ihr kleiner Kopf in meine Hand sank..., ich darf nicht daran denken.

Aurich war eine übersichtliche, beschauliche Kleinstadt mit vielen Einfamilienhäusern und gepflegten Gärten. Es gab zahlreiche Einkaufsmöglichkeiten, an Supermärkten war es überversorgt. Den Einwohnern dieser Stadt schien es überwiegend gut zu gehen: es wurde gekauft, gebaut, gewerkelt, geputzt, gefeiert, auf jedem Grundstück stand ein Auto. Die Ostfriesen wirkten auf ihn freundlich und aufgeschlossen, die zwischenmenschlichen Beziehungen intakter als in den großen Städten. Es herrschte hier ein persönlicheres Klima. Hier sah man Leute auf der Straße stehen, die sich unterhielten. An den Kassen der Geschäfte wurden außer „hallo, bitte, danke, einen schönen Tag" noch ein paar Worte mehr, nicht selten op Platt, gewechselt. Beim Spazierengehen war es unmöglich, sich dem freundlichen „Moin" zu entziehen, schon gar nicht dem der Kinder. Man kannte sich und nahm sich Zeit füreinander. Zu dieser Intimität trugen wahrscheinlich auch die Zeitungen bei mit ihrer lokalen Berichterstattung. Kein Verkehrsunfall, kein Handgemenge, kein Diebstahl, kein Brand, kein Konkurs, keine Neueröffnung, keine Geburt, kein Todesfall, keine Veranstaltung, keine gute Tat, keine Versammlung, kein Vorhaben, keine Ehrung, kein Boßelwurf, nichts, das keine Erwähnung fand. Hauptüberschrift auf Seite eins der heutigen Ausgabe: „Abifete erstmals im Carolinenhof".
Die Stadt bot ihren Bürgern schon eine Menge an Möglichkeiten der Begegnung, an Unterhaltung und Abwechslung. Es gab das Stadtfest, das Fest der Kulturen, Floh- und Blumenmärkte, das Spargelfest, das Weinfest, den Heidemarkt, den Weihnachtsmarkt, zahllose musikalische Veranstaltungen (in der Markthalle gab es jeden Donnerstag Livemusik, eintrittsfrei), Lesungen, Sportaktivitäten. Und die Auricher nahmen es dankbar an, gingen begeistert mit. Bei Musikdarbietungen ließen sie sich nicht lange bitten, klatschten im Rhythmus, sangen, tanzten mit, ein Publikum, dass sich jeder Künstler und Entertainer wohl wünschte. Wenn nicht direkt in Aurich, dann im näheren Umfeld, irgendwo war immer etwas los.
Viele Möglichkeiten für ausgedehnte Spaziergänge gab es in Aurich selbst nicht, jedenfalls nicht in der näheren Umgebung ihres Hauses. Nur der stille Weg am Kanal, der war gleich um die Ecke, den liebte Ulf, er ging ihn fast täglich.
Versteht sich, in der weiteren Umgebung ließ es sich wunderbar durch Wald und Flur streifen, aber diese Wege eigneten sich besser für das Fahrrad, da sie oftmals lange durch Felder und Äcker führten, und die Entfernungen groß waren.
Aurich hatte ein schönes Zentrum, bestehend aus einem Marktplatz mit einem witzigen metallenen Turm aus neuerer Zeit, und einer autofreien Einkaufsstraße mit zum Teil sehr altem und liebevoll restauriertem Hausbestand. Auch gab es angrenzend den Carolinenhof, eine Art Einkaufs- und Freizeitzentrum in einem größeren Gebäude, und etwas außerhalb weitere Zentren von Einkaufsmärkten.
Alles in allem war Aurich jedoch eine Kleinstadt, man hatte es schnell durchlaufen, und dann kamen die Felder.

So waren sie in der kühleren Jahreszeit überwiegend an die Wohnung gebunden, hatten über längere Zeit die Tage zusammen innerhalb der vier Wände verbracht, was für sie beide gewöhnungsbedürftig war. Er jedenfalls hatte zeitweise das Gefühl, dass unausgesprochen eine Frage im Raume stand: „und nun?" Auch hatte es eine Auseinandersetzung gegeben, dass sie nicht wussten, ob und wie es weitergehen würde: er hatte ihr gebeichtet, was er schon lange schlechten Gewissens mit sich herumgetragen hatte, dass er nicht, wie erklärt, zwei, sondern dreimal verheiratet gewesen und zwei Jahre älter war, als von ihm bei ihren ersten schriftlichen Kontakten angegeben. Sie war darüber äußerst überrascht gewesen, und maßlos enttäuscht von seiner Unaufrichtigkeit. Sie nannte ihn einen Pharisäer (ein Ausdruck, der wahrscheinlich von ihrem Vater stammte und ihn wegen seines fremden Klanges sehr traf). Ja, er hatte damals in seinen mails diese beiden Angaben wahrheitswidrig geschönt, da er nie ernsthaft geglaubt hatte, über das Internet einmal in diese Verlegenheit zu kommen. Die Sache war ihm mehr als peinlich gewesen, und er hatte den Gedanken daran ein ums andere Mal beiseite geschoben. Er wusste, er hatte gelogen, er hatte ihr Vertrauen missbraucht, und seine Befürchtung, sie könnte daraufhin Schluss machen, hatten ihn immer wieder veranlasst, seine Beichte aufzuschieben.

Von dieser Möglichkeit machte sie zwar keinen Gebrauch, aber ihre Enttäuschung über ihn war sehr groß, und sie hatte ihr Luft gemacht, dass ihm Hören und Sehen verging. Ein absoluter Tiefpunkt ihrer Beziehung, tiefer ging es nicht. Im Geiste hatte er schon seine Sachen schon gepackt.

Adventszeit, dunkle Zeit, Schlechtwetterzeit, Zeit, es sich zu Haus gemütlich zu machen. Zeit der Weihnachtsmärkte, des Glühweins, des Lichterglanzes, des Kerzenscheins, der Tannenbäume, der Geschenke, des guten Essens, der alten Lieder, der Besinnung und Erinnerungen. Vieles hatte sich verändert, nicht so Weihnachten in Ostfriesland.

Heilig Abend wollten sie wieder bei Anitas Vater sein, nachdem sie ihm tags zuvor zu seinem vierundneunzigsten Geburtstag gratuliert hatten. Sein Geburtstag bildete den einzigen Anlass, aus dem die Familie (zwei Töchter und ein Sohn, ihre Ehepartner und einige Enkelkinder) zusammenkam. Eine merkwürdige Zusammenkunft war das jedes Jahr, da es bis auf wenige gegenseitige Besuche zwischen Anita und ihrem Bruder (ebenfalls zu den Geburtstagen) keine weiteren Kontakte untereinander gab. Jedenfalls wurde weder telefoniert, noch wurden sonst irgendwelche Lebenszeichen ausgetauscht. Grund dafür war, so schloss Ulf aus Anitas Schilderungen, ein schlecht entwickeltes Zusammengehörigkeitsgefühl, hervorgerufen durch unausgesprochene und ausgesprochene Vorbehalte aufgrund zurückliegender Konstellationen und Vorkommnisse, auch schon in der Kindheit.
So war das halt. Das schien sich auch der alte Mann zu sagen.

Da saßen sie also alle wieder, wie jedes Jahr an diesem einen Tag, vor sich eine Tasse Kaffee und ein Stück Torte. Auch der Pastor war da, sowie die beiden Pflegerinnen. Der Jubilar wusste noch seinen Konfirmationsspruch, sagte ihn auswendig auf. Auch seiner Verwandtschaft sagte er ein paar Worte, die weiterhin meinte, er wäre im Altersheim besser aufgehoben.

Die Straßen waren nun nahezu menschenleer. Nachdem am Vormittag noch reges Leben die Geschäfte erfüllt, Hektik und drängelnde Autos die Szene beherrscht hatten, war nun Ruhe eingekehrt, wie nach einer hitzigen Debatte, die mit einem klaren Votum geendet hatte. Es war nun nichts mehr auszurichten, die Geschäfte waren geschlossen. Nun begann in den vier Wänden der Hauptteil des Tages, um dessentwillen der ganze Aufwand geschah.

Angesichts der leeren Straßen, der im Halbdunkel vorüberziehenden Bäume, Wiesen und Felder, der erleuchteten Fenster einzelner Häuser wurde Ulf feierlich zumute. Heilig Abend in Ostfriesland. Sie sprachen kaum, jeder hing seinen Gedanken nach während ihrer einsamen Fahrt nach Riepe.

Anitas Vater hatte keinen Tannenbaum. Er lag im Bett. Sie setzten sich zu ihm. Es gab zum Tee Kuchen, den Anita gebacken hatte. Geschenke hatten weder er noch sie, darum ging es nicht. Sie wünschten sich frohe Weihnachten und hörten die alten Lieder und die Ansprache der Bundeskanzlerin. Später legte Anita noch die Schallplatte von Freddy Quinn auf, die mit den Weihnachtsgrüßen für die Seeleute (Junge komm bald wieder), die für den alten Mann zu Weihnachten dazu gehörte. Dass sie schon oft gespielt worden war, davon zeugte das Kratzen und Knistern besonders in den Pausen zwischen den Liedern.

Dann, noch keine neun, war er müde und wollte schlafen. Sie machten ihn bettfertig, wünschten ihm gute Nacht und fuhren zurück nach Aurich.

Diesen Schmerz konnte er nicht lange aushalten, mit diesem Schmerz war er überfordert. Er raubte ihm alles, was ihm das Leben mit Sechzig noch lebenswert machte. Und er raubte ihm Zeit, die er nicht mehr hatte. Ein nicht nachlassendes Bohren aus der Tiefe an zentraler Stelle, begleitet von einem eisigen Kribbeln, ob er ging, saß oder lag, der Schmerz war da. Mit lähmenden Strahlen über die rechte Schulter in den Arm hinein bis in die Hand. Es gab einen Zusammenhang zwischen der Haltung seines Kopfes und dem Schmerz. Je weiter er diesen in den Nacken legte, desto unerträglicher wurde jener. Ein Tier hatte sich in ihm eingenistet, ein gefräßiges Etwas.

Auf leisen Sohlen war dieser Schmerz gekommen, ein Unwohlsein im Nacken zunächst, ein unbequemes Gefühl in Bezug auf seine Kopfhaltung, das sich an Intensität und auf seinen Rücken ausweitete, ein Schmerz schließlich, der, sich zur Unerträglichkeit steigernd, ihn beherrschte, das Schreckgespenst in die Wirklichkeit holte. Einen alten, gebeugten Mann machte er aus ihm. So konnte er nicht leben.

Die Krankengymnastin stimmte ihm darin zu, dass der Schmerz durchaus psychisch bedingt sein konnte, hervorgerufen durch alle möglichen Stressfaktoren. Überschreite der Stress eine Grenze, wehre sich der Körper, zeige an, dass er überfordert sei.

Stress! In der Tat. Davon hatte er bisher reichlich gehabt, und besonders das vergangene Jahr hatte es nicht gut mit ihm gemeint. Der Verkauf des seit über siebzig Jahren im Familienbesitz befindlichen Hauses und dessen Räumung, der kräftezehrende Umzug in eine total renovierungsbedürftige Wohnung ohne Küche, die ihm über ein halbes Jahr lang die Unwirtlichkeit einer Baustelle, ein Dasein zwischen Kartons und Porenbetonsteinen bescherte, vor allem aber die Auseinandersetzung mit dem Betrüger waren an seine Substanz gegangen, auch seine intime Schwäche.

Fix und fertig war er gewesen und hatte sich (vergeblich) angestrengt, es vor Anita zu verbergen. Auch und besonders den Schmerz wollte er für sich behalten in der Hoffnung, ihn alsbald wieder loszuwerden. Er war sechzig und mit sechzig Schmerzen zu haben, passte genau in das Bild von Alter und Altern, das er nicht bieten wollte. Wohl hatte er die Unausweichlichkeit des Älterwerdens akzeptiert, doch was er jetzt erlebte, ließ ihn verzweifeln. Er wollte ein junger Alter sein. Der Schmerz hinderte ihn daran.

Die Moorfete, für die sie ja auch schon Karten hatten, wollten sie sich nicht entgehen lassen, zumal sich das Wetter von seiner besten Seite zeigte. Also schwangen sie sich aufs Rad und fuhren über das flache, grüne, von der Abendsonne beschienene ostfriesische Land, bis sich nach circa zwanzig Minuten mitten auf einem Acker, in der Nachbarschaft von grasenden Kühen, eine grellerleuchtete, überdimensionale Bühne auftat mit Bierbuden und Grillständen.

Schon während der Fahrt hatte sich der Schmerz verstärkt. Offenbar bekam ihm die vornüber gebeugte Haltung mit den vorgestreckten Armen beim Radfahren nicht, und er versprach sich Erleichterung nach dem Absteigen.

Er irrte. Der Schmerz ließ um keinen Deut nach, lockerte nicht einen Millimeter seine Umklammerung, was ihn angesichts der ausgelassenen Stimmung auf dem Gelände, angesichts der Nähe so vieler unbeschwert Feiernder zudem deprimierte. Es fühlte sich an wie ein anhaltender Krampf tief im Innern seiner rechten Seite, der sich durch welche Bewegung auch immer: Sitzen, Gehen, Beugen, Recken, Strecken, Schütteln, Drehen nicht lösen wollte.

Die Akteure auf der Bühne gaben ihr Bestes, um für gute Stimmung zu sorgen, doch er wusste nicht, wie er den Abend, der gerade erst anfing, hinter sich bringen sollte. Der Schmerz beraubte ihn seines Selbst, machte ihn zu einem Fremdkörper auf diesem Fest.

Es begann morgens, unmittelbar nach dem Aufwachen, dass er den Schmerz kurze Zeit nicht mehr mit *der* Heftigkeit spürte, die sich dann tags aber doch wieder einstellte. Im Laufe von Wochen verlängerten sich diese Zeiträume der relativen Schmerzlosigkeit, bis sich nach cirka drei Monaten seit dem Beginn nur noch ein Kribbeln und ein Druck gelegentlich meldeten.

Der Schmerz wich zurück. Er wagte es kaum zu glauben. Er fühlte sich wie ein zweites Mal geboren, wie jemand, der eine zweite Chance bekommen hatte. Schaudernd und entschlossen, die Lektion nicht zu vergessen, lauschte er dem sich entfernenden Donnergrollen.

Durch die Aufnahme eines Eineurojobs besserte sich Anitas finanzielle Lage nicht wesentlich, das hieß, die achtzig Euro, die sie nun mehr im Portemonnaie hatte, versickerten regelmäßig in den täglichen Ausgaben und dienten zwischendurch für ein kleines Geschenk, einen Theater- oder Konzertbesuch oder ein paar Pflanzen im Frühjahr. Für die Fortsetzung ihrer früheren Besuche im Kosmetikstudio und ihre Fußpflege reichte es nicht mehr. Auch ihre Schwäche für neue Kleidungsstücke musste sie bezähmen und hoffen, dass ihre elektrischen Geräte heil blieben. Sorge machten ihr zur Zeit die zwanzig Jahre alte Gastherme und die Terrassentür, die sich nicht mehr schließen ließ. Mit dem Eineurojob kamen für sie auch neue Probleme, solche, die nichts mit Geld zu tun hatten.

Dass sie Hartz IV- Empfängerin war, hatte sie sich nicht ausgesucht. Nach fast dreißig Jahren Berufstätigkeit war sie den Sparmaßnahmen ihrer damaligen Firma zum Opfer gefallen. Inzwischen, das hieß, acht Jahre nach ihrer Entlassung, war die Belegschaft bereits auf die Hälfte von damals geschrumpft.

Der Amtsarzt hatte ihr damals nach ihrem Krankenhausaufenthalt attestiert, dass sie nicht mehr vermittelbar sei und ihr zu einem Antrag auf Frührente geraten. Dieser wurde jedoch sowohl von dem Rententräger als auch vom Gericht nach erneuten gutachterlichen Untersuchungen abgelehnt, mit der Folge, dass das Amt sie nun zu einem Eineurojob unter Androhung, dass die Leistung gekürzt und gestrichen werden würde, sollte sie nicht Folge leisten, herangezogen hatte.

Sie hatte daraufhin eine Teilzeittätigkeit als Betreuerin in einem Altenheim aufgenommen. Sie wollte etwas tun, bei dem sie sich einbringen konnte. An ihrem ersten Tag wurde sie zu einer achtköpfigen, an zwei Tischen sitzenden Gruppe von Senioren geführt. Es wurde ihr erklärt, das sei jetzt ihr Bereich, und es sei nun ihre Aufgabe, sich um diese Leute zu kümmern. So instruiert, stand sie da.

Enttäuscht und frustriert kam sie abends zurück. Sie war mit sich unzufrieden und bezweifelte, dass sie der Aufgabe gewachsen war. Auch ihr Lieblingsgericht, Gemüsesuppe, das er zubereitet hatte, konnte sie nicht auf andere Gedanken bringen. Nicht die Heimbewohner waren der Grund ihrer Beunruhigung, sondern die gestressten Kollegen, die keine Zeit fanden, ihr banale, aber für den Ablauf ihrer Tätigkeit wichtige Einzelheiten zu erklären. Sie fühlte sich allein gelassen und überfordert, was vom ersten Tage an auf ihre Gemütsverfassung drückte.

Sie beschrieb ihm einige der Alten, die völlig unterschiedlich waren. Das Spektrum reichte von redselig, humorig über stumm bis unzufrieden und jammervoll. Verständlicherweise fiel ihr der Umgang mit den Redseligen leichter.

Ihre Gespräche hatten die folgenden Tage ausschließlich im Zeichen dieser Thematik gestanden, und war es bisher immer eine Art Kaltschnäuzigkeit gewesen, mit der sie Problemen begegnete, ein Galgenhumor, so spürte er jetzt Verunsicherung.

Seit sie in diesem Altersheim beschäftigt war, befand sie sich in einer Art Ausnahmezustand. Sie konnte nicht abschalten, beschäftigte sich gedanklich unausgesetzt mit dem, was sie dort erlebte, was ihr Sorgen machte und sie beunruhigte. Doch manchmal auch, wenn sie so in sich hineinlächelte, wusste sie auch Heiteres und Rührendes zu berichten. Zum Beispiel von diesem Paar, das kürzlich dazu gekommen war. Sie und er, betagt, wie sie waren, taten praktisch nichts anderes als Händchen haltend und stumm auf dem Sofa zu sitzen. Trat eine Veränderung ein, so betraf sie immer beide. Dass der eine etwas ohne den anderen tat, schien unmöglich. Stand der eine auf, tat es der andere auch. Es war, als seien sie eine Einheit und nur so lebensfähig. Anita erzählte, dass die beiden zuvor in häuslicher Pflege gewesen waren, solange, bis die Versorgung auf diese Art nicht mehr gewährleistet werden konnte. Nun waren sie in dieses Heim gekommen, eine völlig fremde Welt, in der sie sich nicht mehr auskannten. Irgendwann musste der Mann zur Toilette, und als er dorthin geleitet werden sollte, war seine Frau ebenfalls aufgestanden, um mit ihm dorthin zu gehen. Nur unter Aufbietung aller Erklärungskunst, auch der anderen Senioren, war es schließlich gelungen, sie davon abzuhalten.

Dann gab es da Herrn Janssen, diesen schwergewichtigen, nahezu bewegungsunfähigen, und daher an den Rollstuhl gefesselten Mann. Auf ein Pinup-Girl in der Zeitung deutend hatte Anita ihn gefragt, ob das nicht sein Geschmack wäre, worauf er den Kopf schüttelte. Ihre anschließende Frage, ob die Abgebildete für ihn zu wenig auf den Rippen hätte, beantwortete er mit einem Nicken und streichelte ihre Hand.

Bei bestimmten Themen kam richtig Leben in die Runde.

Diese Lichtblicke entschädigten sie etwas für das schwierige Verhältnis zu ihren Kollegen, die sich keine Zeit für sie nahmen. Deren schroffer Ton und Kurzangebundenheit ließ sie sich überflüssig fühlen, und als ihr dann noch von einer Besucherin zugetragen wurde, dass oben schlecht über sie geredet werde, war ihre Stimmung gegen Null gegangen.

Sie hatte Schlafprobleme, wodurch sich ihre Verfassung nicht besserte. In dem Rat ihrer Ärztin, weiterzumachen und sich zwischendurch krank schreiben zu lassen, sah sie keine Lösung. Die Arbeit fiel ihr schwer, sehr schwer, und sie seufzte tief, sehr tief, wenn sie morgens aufstand.

Ihrer Art zu erzählen entsprechend, waren ihre Schilderungen sehr ausführlich, doch im Unterschied zu sonst, lag in ihnen eine Intensität, wie er sie aus eigener Erfahrung kannte, wenn die Gedanken keinen Raum für etwas anderes ließen, eine Art Gefangenschaft ausübten, so dass der Sinn für andere Belange abhanden kam. Es gab kein anderes Thema. Wenn er bei ihr war oder in ihren Telefonaten kam sie immer wieder auf die Verhältnisse im Altenheim und die Geschehnisse dort zurück. Manchmal wusste er nicht, warum sie etwas erzählte. Einmal hatte sie sich auf dem Flur mit einer anderen Eineurokraft, einem etwas redseligen jungen Mann, der tags zuvor dort zu arbeiten angefangen hatte, unterhalten und einige Erfahrungen ausgetauscht. In diesem Moment war der Leiter des Heims vorbeigekommen und hatte kopfschüttelnd gesagt: „Da haben sich ja zwei gesucht und gefunden." Anita hatte etwas entgegnen, wollen, aber ihre Stimme gehorchte ihr nicht. Kurz darauf bat der Chef sie in sein Büro, um ihr mitzuteilen, dass er mit ihr sehr zufrieden sei. Sie habe eine gute Einstellung und verstehe, mit den Leuten umzugehen. Sie passe gut dorthin, und mit ein paar Weiterbildungsmaßnahmen gäbe es auch die Möglichkeit einer Festeinstellung. Nur sollte sie sich von dem jungen Mann fernhalten, da dieser, wie er sofort erkannt habe, sich nicht für diese Arbeit eigne, und keinen guten Einfluss ausübe. Er werde deshalb auch dafür sorgen, dass er nicht bliebe.

Am nächsten Tag berichtete sie, dass der junge Mann nicht wieder erschienen sei, und der Chef sie erneut aufgesucht habe, um ihr mitzuteilen, dass sie ab nächster Woche zunächst mit Frau Wilts, die aus dem Urlaub zurückkäme, zusammen arbeiten solle, damit sie von deren Erfahrungen und Ideen profitiere.

Soweit so gut. Nur stellte sich heraus, dass diese Kollegin anscheinend nichts von dieser Maßnahme wusste und Anita eher als Konkurrenz empfand. Jedenfalls ermunterte sie sie nicht zu irgendwelchen Aktivitäten oder ihr zu helfen, im Gegenteil, sie nahm ihr alles aus der Hand und schien über ihre Gegenwart nicht erfreut zu sein. Ein richtiges Gespräch zwischen ihnen kam während ihrer gesamten gemeinsamen Zeit (zwei Wochen) nicht zustande. Es änderte sich auch nichts dadurch, dass Anita klar stellte, dass ihr die Zusammenarbeit in dieser Form nicht möglich sei.

Anita hatte ihren eigenen, plattdeutschen Ton, der in seiner direkten und humorigen Art gut ankam bei den alten Leuten, die sich sichtlich über ihre Anwesenheit freuten. Frau Wilts war von völlig anderem Schlage, mehr ernst und pingelig und übernahm, wann immer es möglich war, das Zepter. Sie passten nicht zusammen.

Dann war eine Etage höher Not am Mann, und eine andere Kraft, die etwas zu sagen hatte, schickte Anita nach oben, wo die schwereren Fälle waren. Eine stumme Gesellschaft überwiegend Demenzkranker, die kaum Lebensäußerungen von sich gaben, denen das Essen angereicht werden musste und von denen einige den Mund nicht öffnen wollten. Damit die Zeiten eingehalten wurden, riet man ihr, zwei dieser Bewohner gleichzeitig zu bedienen.

Es bereitete ihr große Schwierigkeiten, dass es niemanden gab, mit dem sie sprechen konnte, auch nicht über Änderungsvorschläge, was Gestaltung der Zeit und Organisation betraf. Auf sich allein gestellt, verließen sie dann, die ja selbst nicht die Stabilste war, der Mut und die Kraft, und als sie dann noch selbst zufällig Zeuge wurde von Gerede über sie, war Ende im Gelände. Telefonisch teilte sie eines morgens mit, dass sie nicht wiederkäme.

Damit hatte sich die Eineurogeschichte jedoch nicht erledigt. Wozu hatte die Kreisverwaltung kreative Sachbearbeiter und wozu die vielen Einrichtungen, wozu die Tischlerei? Statt mit alten Leuten, bekam sie es nun mit Holz zu tun.

Im Kreise von zehn Männern, die sich in osteuropäischer Mundart unterhielten und einer aus dem selben Sprachraum stammenden Frau, die kaum redete, allesamt Hartz IV-Empfänger, jeder mit seinen eigenen, oft von Schicksalsschlägen, Enttäuschung, Misserfolg und Sucht gekennzeichneten Geschichte, ausnahmslos aus sozial schwierigen bis sehr schwierigen Verhältnissen, schmirgelte sie an alten Tischen, Stühlen und Schränken. Schon an ihrem zweiten Tag erhielt sie dort von einem verheirateten Mann aus Montenegro eine Einladung, mit ihm dorthin in den Urlaub zu fahren.

Der Arbeitsanfall in der Tischlerei hielt sich in Grenzen, und so kam der Mehrzahl der dort Beschäftigten bei der Bewältigung der Aufgabe, die Zeit auszufüllen, zugute, dass sie und der Chef Raucher waren. Viel Zeit verbrachten sie vor der Tür.

Anita, die sich immer um ein gutes Verhältnis zu den Menschen ihrer Umgebung, besonders am Arbeitsplatz, bemühte, und sich, soweit es ging, anpasste, um Schwierigkeiten zu vermeiden, gewöhnte sich nun nicht gerade das Rauchen an, tat jedoch das Ihrige, um zu einem guten Betriebsklima beizutragen, so dass die anfängliche Zurückhaltung ihr gegenüber (sie war die einzige, die eine dreißigjährige Betriebszugehörigkeit vorzuweisen hatte) bald einer kumpelhaften Vertraulichkeit wich, die sie hinnahm. Die Folge war, dass sie als Gleiche behandelt wurde und einige sich einiges herausnahmen: Zoten rissen und sich berufen fühlten, absonderliche Geschichten zu erzählen. Andere machten ihr Geschenke und redeten mit ihr, wie mit einem Familienmitglied.

Andererseits wusste Anita eben auch eine Tasse Kaffee in gemütlicher Runde zu schätzen und tat nicht viel gegen die ihr zuteil gewordene Aufmerksamkeit, begegnete ihr mit ihrer humorvollen, offenen Art, was jedoch Ulfs Meinung nach einlud, falsch aufgefasst zu werden, wie sich ja auch schon gezeigt hatte.

Doch fühlte sie sich in der Tischlerei, in der es meistens wenig und manchmal nichts zu tun gab, eher fehl am Platz, aber ihre anfängliche Not legte sich, und mit der Zeit gewann sie eine Einstellung zu ihrer Tätigkeit und den Kollegen, auf die sie arbeitstechnisch auch angewiesen war.

Dann gab es einen Engpass in der Kantine. Schwups war der Kochlöffel ihr neues Arbeitsgerät. Was es an Pausen in der Tischlerei zu viel gab, gab es in der Küche zu wenig. Die geschmierten Brötchen, der Kaffee, das Mittagessen mussten immer zu einer bestimmten Zeit fertig sein, die Leute kamen und wollten verzehren.

Anders als in der Tischlerei war dort auch die Zusammensetzung des Personals. Das zahlenmäßige Verhältnis des männlichen und weiblichen Anteils war hier genau umgekehrt. Aber entgegen ihrer Befürchtung, machte ihr das Arbeiten mit den Frauen keine Probleme, im Gegenteil, sie fand, dass es in der Küche oft lustig zuging und schrieb die Nachfrage nach der Kantine der Tatsache zu, dass die Gäste zum Glück die Einzelheiten der dortigen Zubereitungen nicht kannten. Sie erzählte, dass eine Kollegin nicht davon abzubringen war, Paprikaschoten zu schälen und Unmengen an Mayonnaise in den Nudelsalat rührte.

Rechtschaffen müde kehrte sie immer von der Arbeit zurück. Sie machte sie gern und besonders das Arbeitsklima sagte ihr zu, aber es ermüdete sie innerlich die neue Funktion, die sie nun als Küchenkraft, sozusagen auf dem Präsentierteller, innehatte. Die öffentlich sichtbare Arbeit in einer Kleinstadt, in der sie viele kannten, war für sie sehr gewöhnungsbedürftig, zudem in einer Branche, zu der sie als gelernte Bürokraft bis dato keinerlei Beziehung hatte. Sie fühlte sich nicht wohl in dieser Rolle.

Diese Empfindung erstreckte sich auf ihre gesamte Lage, die ihr aufgezwungen worden war. Da in der Behandlung der Hartz IV-Empfänger keine Unterschiede gemacht wurden, nicht gefragt wurde, ob jemand seine Arbeitslosigkeit selbst verschuldet, wieviel Jahre er in seinem bisherigen Leben gearbeitet hatte, oder wie alt er war, quälte sie auch die Vorstellung, irgendwann zu Arbeiten in öffentlichen Anlagen oder auf der Straße herangezogen zu werden.

„Wer bin ich eigentlich? Manchmal weiß ich es nicht mehr," meinte sie.

„Komm mit nach Hamburg," schlug er ihr einmal mehr vor, ihre Antwort wissend.

Derlei Sorgen, materielle Not, Probleme mit Ämtern oder Zukunftsangst, hatte Ulf nie kennengelernt. Bis vor Kurzem war er Angestellter im öffentlichen Dienst gewesen, hatte Zeit seines Lebens ein regelmäßiges Einkommen gehabt und die Gewissheit, dass sich daran auch bis zum Ende seines Arbeitslebens nichts ändern würde. Mehr als dreißig Jahre ohne Unterbrechung hatte er unbehelligt seinen Job gemacht, ohne sich je Sorgen machen, ohne je umdenken zu müssen, und normalerweise hätte er diese Vorteile noch bis zu seinem fünfundsechzigsten Lebensjahr beanspruchen können, besser gesagt, müssen. Doch die Arbeit im Namen der Obrigkeit hatte ihm nie so recht gelegen, zum Schluss war sie ihm immer schwerer gefallen. Ein Unwohlsein, ein Gefühl der Peinlichkeit hatte von ihm immer mehr Besitz ergriffen, ein Befinden, wie er es aus seiner Kindheit kannte, wenn er sich mit seinen Eltern auf der Straße zeigte. Es war eine untergeordnete Stellung gewesen, die er inne gehabt hatte, hatte ausgeführt, was angeordnet wurde, Entscheidungen umgesetzt, ob er sie teilte oder auch nicht, die nicht von ihm kamen, sondern von anderen, Jüngeren, die es, wie er auch einsah, einfach besser konnten, mit größerem Einsatz und Engagement ihre Arbeit machten. Eine Situation, die ihm mit fortschreitendem Alter mental immer mehr zu schaffen machte. Da inzwischen seine Kinder nicht mehr bei ihm lebten und sich ihm durch den Hausverkauf andere, finanzielle Möglichkeiten eröffneten, hatte er seinen langsam gereiften Plan umgesetzt und vorzeitig gekündigt. Es war daraufhin ein Auflösungsvertrag geschlossen worden. Seinen erstaunten Kollegen gab er zur Erklärung, dass er den Jüngeren Platz machen wollte, was auch stimmte.

Es hatte eine kleine Abschiedsfeier innerhalb der Abteilung gegeben für ihn und seine Kollegin, Frau Lembke, die ebenfalls nach über dreißig Jahren in den Ruhestand wechselte, allerdings im dafür vorgesehenen Alter.

Da ihm für seinen Anspruch auf die Rente noch ein Jahr fehlte, hatte er sich zunächst arbeitslos melden müssen. Seine Erkundigungen hatten ergeben, dass in seinem Fall die Meldung bei der Agentur für Arbeit über ein Jahr Arbeitslosigkeit Voraussetzung für den Bezug von Rente war.

Mit dieser Meldung war er zum Besuch einer in vierzehntägigen Abständen stattfindenden Maßnahme mit Bewerbungtraining, Erfahrungsaustausch, Informationen und Weitergabe von Vermittlungsangeboten verpflichtet. Ein Kreis überwiegend älterer Arbeitsloser, die unungeachtet ihrer aussichtslosen Vermittlungschancen gehalten waren, sich zu bewerben. Entsprechende Nachweise waren bei jeder Zusammenkunft zu erbringen. Nur mit Ulf, der klipp und klar erklärte, sobald als möglich Rente beziehen zu wollen, wurde großzügiger verfahren, begnügte sich der Coach, eine flotte Dame im fortgeschrittenen Alter, mit seinem Hinweis auf seine Sonderstellung, jedoch nicht ohne jedes Mal nach dem Stand seiner Rentenangelegenheit zu fragen.

Artig hatte er diesen Kurs besucht, der ihn gewiss nicht dümmer gemacht und in dem er interessante, lebenserfahrene Leute kennen gelernt hatte.

Und dann, nach einem Jahr, war es soweit, statt Arbeitslosengeld erhielt er nun, allerdings unter Hinnahme von Abschlägen, seine Rente, genauer gesagt, zwei, die gesetzliche und eine betriebliche, insgesamt eintausendeinhundert Euro monatlich. Das war wunderbar, ein Traum, der sich erfüllte.

Unangenehm war ihm dagegen die seither oftmals gestellte Frage nach der Gestaltung der ihm nun zur Verfügung stehenden Zeit, denn er schämte sich, in den Augen der Fragenden dem landläufigen Klischee eines Rentners zu entsprechen. Sollte er sagen, dass sein Hauptanliegen darin bestand zu schreiben, der er doch noch nie einen Text veröffentlich hatte? Dass er sich endlich auf Menschen einlassen, seinem Druck im Kopf begegnen, sich von Dämonen befreien, seine Bildungslücken auffüllen, sich dem Bild des Menschen annähern wollte, das ihm vorschwebte? Dass er in diesem Lebensabschnitt die einmalige Chance sah, zu wachsen und sich einzubringen, war schwer zu vermitteln, und so hatte er zunächst „ich mache jetzt alles, wozu ich bisher nicht gekommen bin" gesagt, und da es stets Fragen nach Präziserem nach sich gezogen hatte, diese Antwort durch „ich gucke mir jetzt alles genau an" ersetzt, was nach seiner Erfahrung weniger zu weiteren Fragen einlud. Doch mit diesem Problem, wenn es eines war, konnte er gut leben. Zudem stimmte es. Nachdem er bisher an Vielem achtlos vorübergegangen war, wollte er das jetzt ändern.

Eine andere Sache war, dass in körperlicher Hinsicht nichts mehr beim alten war. Ziemlich lange schon zum Beispiel hinderten ihn Schmerzen in den Knien daran, regelmäßig zu joggen, einen Klimmzug bekam er schon lange nicht mehr hin und nach längeren Spaziergängen schmerzten seine Füße wie nichts gutes. In dieser Hinsicht war nichts mehr so wie früher. Früher war er schon mal aus Übermut über einen Zaun gesprungen, der im Wege stand, heute erschauderte er nur bei dem Gedanken.
Er war Rentner, das vergaß er zuweilen, er war dort angelangt, und Rentner sprangen nicht mehr über Zäune, jedenfalls hatte er noch nie einen gesehen.

Auch in einem anderen Bereich, in dem es mitunter sportlich zuging, machte sich sein fortgeschrittenes Alter bemerkbar. Die schönste Sache der Welt.. spielte zwar wieder eine Rolle, brachte ihn aber um seine innere Ruhe. Er wusste nicht, ob er das Richtige tat, fürchtete, Fehler zu machen, Fehler, für die er zu alt war. Er war sich nicht sicher, ob sexuelle Aktivitäten ihm noch zukamen. In seiner Vorstellung von Alter kam Geilheit nicht vor. Die Uhr zurückstellen konnte und wollte er nicht, ein geiler Opa wollte er nicht sein. Die Bilder betagter Kopulierender schreckten ihn.

Ganz so viele Gedanken hatte er sich allerdings zu Beginn seiner Bekanntschaft mit Anita nicht gemacht. Da hatte er durch seine zutage getretene Schwäche regelrecht sein Gleichgewicht verloren und sich Wiedergutmachung auf die Fahne geschrieben. Auch wenn dieses Problem inzwischen weitgehend behoben war, fühlte er sich, wenn es darum ging, nicht wohl in seiner Haut. Weder ging es um Nachwuchs, noch darum, der Liebe die Krone aufzusetzen. Sie beide hatten diesen Teil ihres Lebens hinter sich, hatten ihr Alter und ihre Geschichte, konnten die Größe früherer Gefühle nicht neu inszenieren.

Er fragte sich, wie es sich überhaupt mit der Sexualität im Alter verhielt, ob seine Bedenken dazu geteilt wurden. Es war ihm immer peinlich, wenn Anita in ihrer nicht hinter den Berg haltenden Art im geselligen Kreis scherzhaft keine Zweifel darüber aufkommen ließ, dass sie noch ganz munter dabei waren.

Er wollte es wissen und brauchte im Internet nicht lange zu suchen nach Beiträgen zu dem Thema „Sexualität im Alter". Alle äußerten sich positiv, erklärten Einschränkungen jedoch für unabdingbar durch das Altern. Unter der Überschrift: „Sexualität, ein lebenslanges Gut" las er beispielsweise:

„Im Jahr 2002 definierte die Weltgesundheitsorganisation Sexualität als zentralen Bestandteil des gesamten Lebens, also als altersunabhängigen Faktor, was Geschlechtsverkehr, sowie Erotik, Genuss und Intimität beinhaltet." Der Artikel stellte gleichzeitig fest, dass die Häufigkeit sexueller Funktionseinschränkungen beim Mann mit zunehmenden Alter ansteige, besonders hinsichtlich der Orgasmus- und Erektionsfähigkeit. Verantwortlich dafür sei die Abnahme von Hormonen, in erster Linie des Testosterons, die schon ab dem 25. Lebensjahr beginne. Trotz der Verringerung der sexuellen Aktivität im Alter sei der Stellenwert der sexuellen Befriedigung von älteren Männern vergleichbar mit dem jüngerer.

Da schau her!

Ein anderer Beitrag wies außerdem auf die mit zunehmenden Alter nachlassende Lebenskraft hin, die eine Änderung von Lebenseinstellungen und Lebensinhalten ratsam mache, und gab der Qualität menschlicher Beziehungen gegenüber der Quantität sexueller Aktivität den Vorrang. Mit innerer Gelassenheit sei anzuerkennen, dass längere Intervalle zwischen den sexuellen Aktivitäten die Norm seien.

Er las, dass die Produktion der Spermien in der Pubertät beginne und bis zum Tode anhalte, auch wenn sich die Spermamenge und die Qualität mit zunehmenden Alter verändere. Er fand Tipps, die helfen sollten, die männlichen Hormone, die bei der Aufrechterhaltung von Lebensfreude und Leistungsstärke eine maßgebliche Rolle spielten, zu stärken, und zwar durch gesunde Ernährung, Vermeidung von Alkohol sowie Nikotin und durch geistiges und körperliches Training. Gesunde Männer hätten nachweislich höhere Spiegel an männlichen Geschlechtshormonen. Das leuchtete ein. Was er an sich beobachtete, entsprach einer normalen Entwicklung, und es war allgemein anerkannt, dass Sexualität nicht nur den Jüngeren vorbehalten war. Auch um das, was zur Stärkung der Gesundheit angeraten wurde, bemühte er sich schon seit langem. Seit Jahrzehnten betrieb er sein Jogging, und nun kam noch ein bisschen Kraftsport dazu. Auf gesunde Ernährung hatte er immer schon geachtet.

Es ging also, bis zum Tod, zwar nicht mehr so oft, aber es ging, mit vergleichbarem Stellenwert. Und war auch nichts, dessen er sich schämen musste. So stand es geschrieben

Sommers hatten seine Tage in Ostfriesland etwas von Urlaub. Das fing mit dem Frühstück an: Tee und Brötchen auf der Terrasse in der Morgensonne, manchmal auch ein Frühstücksei, anschließend eine Zigarette und die Ostfriesischen Nachrichten mit dem Für und Wider um einen neuen Supermarkt an der Peripherie Aurichs und dem Stand der Versuche, das Ausfließen des Öls in den Golf von Mexiko zu stoppen. Schien die Sonne und war es warm, packten sie ihre Badesachen, und ab gings nach Tannenhausen, zum Badesee, wo keine Parkgebühren und Eintrittsgelder und außerhalb der Wochenenden kein Lärm und Gedränge das Vergnügen trübten. Schön war es, sich an heißen Tagen im kühlen, die höchste Wasserqualitätsnorm erfüllenden Nass zu erfrischen, zur gegenüberliegenden Insel zu schwimmen, dort auf dem schmalen Sandstreifen vor dem grasbewachsenen Ufer zu sitzen, vom weichen Nass umspült, dem Flüstern und Glucksen im Schilf zu lauschen und sich in das Glitzern des Sees träumend von der Sonne wärmen zu lassen.

In tatsächliches Urlaubsgetriebe gerieten sie bei ihren Fahrten an die Nordseeküste. In der Saison beherrschten Touristen hier das Bild. Norddeich, Gretsiel, Bensersiel, Neuharlinger Siel, Dornumer Siel waren besetzt von Familien mit Kindern und Rentnern. Letztere erinnerten Ulf wenig tröstend daran, dass er den gleichen Status innehatte, nicht anders als sie, Abwechslung und neue Eindrücke suchte. Aber mochte es auch so sein, er genoss sein jetziges Dasein in vollen Zügen. Wenn er sagen sollte, ob und wann er sich in seinem Leben schon einmal so wohl gefühlt hatte, fiel ihm nur seine Kindheit ein.
Er liebte die Spaziergänge auf dem Deich mit Anita in der Sonne, den Blick über das Meer zum Horizont und den Inseln in der Ferne, den salzigen Wind in seinem Gesicht, den Anblick der bunten Fischkutter in den Häfen, des blauen Himmelsgewölbes mit den weißen Wolkenschiffen, die kurzzeitig die Sonne verdeckten, den Geruch des Meeres, ihr Mittagessen in einem Fischlokal, das Kreischen der Möwen in der grenzenlosen Weite.
Anita teilte seinen Geschmack für die Ursprünglichkeit dieser Landschaft, seine Vorliebe für diese Ausflüge, die sie an besonders schönen Tagen auch über das Wasser zu den Inseln führten. Auch sie musste nicht weit reisen, um zu sein, wo sie sich gut fühlte, fallen lassen konnte.
Einmal waren sie zu einer Tasse Kaffee in ein äußerlich nicht sonderlich einladendes Lokal eingekehrt, das innen zu ihrer Überraschung liebevoll mit altem, ostfriesischen Mobiliar ausgestattet war. Das Erscheinen einer alten Frau eine Weile nach ihrem Eintritt, die nach ihren Wünschen fragte, überraschte sie ebenso. „Een Tass Koffje, bidde, un een Stück Kok, dat wär moi," sagte Anita, die Frau als Alteingesessene richtig erkennend. „Verdag givt bloot Pottkoken," kam es op Platt zurück mit der Erklärung, dass die Tochter, die ansonsten den Kuchen buck, erkrankt sei und deshalb nur die eine Sorte zur Verfügung stehe. Es folgte eine kleine Unterhaltung in dieser vertrauten Mundart. Dieses alte Mütterchen in dieser alten, an ein Wohnzimmer erinnernden Gemütlichkeit, hatte etwas liebenswert Familiäres, völlig Untypisches in dieser Zeit.

Das war ihnen gemein, das Sehen des Kleinen, Einfachen, der Sinn für die Komik einer Situation, ein bestimmtes Verhalten, eine Eigenart, einen Gesichtsausdruck, für die Schönheit wilder Blumen, das frische Grün im Frühling, die Ruhe einer grasenden Kuh.

Es gab viele dieser Gemeinsamkeiten, und eine war anlässlich eines Unfalls mit einer Möwe durch Anitas Insistieren, umzukehren und nach dem überfahrenen Tier zu sehen, dazu gekommen, das hieß, sie hatte ihm seine Schwäche vor Augen geführt, zu kneifen, wenn es ungemütlich wurde. Wie gesagt, die Möwe hatte ein weggeworfenes Brötchen von der Straße picken wollen und war bei Tempo achtzig unter ihr Auto geraten, ein Schreckensmoment, der ihnen durch und durch gegangen war. Während Ulf das zu Mus gefahrene oder in seinen letzten Zuckungen verendende Tier nicht mehr sehen und weiterfahren wollte, bestand Anita darauf, zurückzufahren.

Die Möwe, sie lebte, saß am Straßenrand mit einem nach oben abstehenden Flügel und versuchte, auf die benachbarte Weide zu entkommen. Mittels einer Decke aus dem Auto, die sie über sie warfen, gelang es ihnen, sie mitzunehmen. Zu Haus setzten sie sie in einen Karton, in dem sie die Nacht verbrachte und fuhren mit ihr am nächsten Tag zur Seehundaufzuchtstation in Norddeich, wo ihren Nachforschungen zufolge, Wildtiere behandelt wurden. Von dort erhielten sie dann am Nachmittag die Mitteilung, dass das Tier euthanasiert worden sei.

„Wir haben getan, was wir konnten," meinte Anita ihm tief in die Augen sehend.

An manchen schlechten Tagen und im Winter besuchten sie auch die Sauna. Das war eine gute und vor allem gesunde, Anita bereits vertraute Sache, sollte abhärtend wirken und mancher Infektionskrankheit vorbeugen. Für Ulf war sie eine gänzlich neue Erfahrung. Einander fremde Männer und Frauen taten dort, was sie sonst nicht taten, legten ohne zu Zaudern alle Bekleidungsstücke ab, begegneten sich nackt, schwitzten und duschten zusammen auf engem Raum. Was sonst fein säuberlich getrennt war, endete in der Gemeinschaftssauna und trat mit ihrem Verlassen sofort wieder in kraft. Diese direkte, greifbare Nacktheit, der Ulf dort begegnete, war für ihn mehr als gewöhnungsbedürftig, ein großes Badetuch war sein ständiger Begleiter. Überwiegend handelte es sich bei den Besuchern um Vertreter gesetzteren Alters, Pärchen und Einzelpersonen, die sich aus Gründen der Gesundheit dort einfanden, Leute mehr oder weniger, die über den Dingen standen. Bei manchen jüngeren Einzelgängern männlichen Geschlechts fragte er sich, ob ihr Anliegen ausschließlich mit der Sauna als Ort der Gesundheitspflege zu tun hatte.

Neben dem gesundheitlichen Aspekt war die Gemeinschaftssauna für ihn auch ein Ort merkwürdiger, irritierender Situationen. So zum Beispiel, als Anita, nachdem es ihnen nicht gelungen war, ihren Spind zu öffnen, nackt einen in der Nähe stehenden, sehr korpulenten männlichen Besucher um Rat fragte, der daraufhin, seine Nacktheit dicht an sie heran wuchtend, behilflich war. Regelmäßig war sie es, wenn Anita, nackt und schwitzend, frei den Blicken der männlichen Besucher ausgesetzt war, die zudem gern einen kleinen Plausch anfingen. Immer dann, und mit der Folge, dass sich seine Nackenhaare sträubten, war sie es, wenn ihm die nackten Körper, insbesondere der männlichen Besucher, zu nahe kamen. Dagegen, gegen die körperliche Nähe Fremder, war er von Kindesbeinen an allergisch.

Auf jeden Fall hatte er das Gefühl, dass ihm das Wechselspiel von Heiß und Kalt gut tat. Wie Phönix aus der Asche entstieg er jedes Mal dem eiskalten Tauchbecken. Zudem hatte er gehört, dass es auch der Durchblutung der Haut förderlich war und schloss für sich, dass es auch der Bildung von Altersflecken entgegenwirkte, die er sich nicht wünschte.

In der ersten Zeit ihrer Bekanntschaft hatten sie auch öfter eine bestimmte Discothek besucht, hatten sich zu diesem Zweck vorher noch schlafen gelegt, um dann gegen 24 Uhr in Richtung Norddeich aufzubrechen. „Meta" hieß die Lokalität, eine Kultstätte für Nachtschwärmer in dieser Gegend. Äußerlich unscheinbar und ein wenig herunter gekommen, barg sie im Innern eine kultige Urigkeit: Bohlen, grobe Stützpfeiler aus Holz, an der Decke über der Tanzfläche ein von verschiedenen Lichtfarben unterlegtes Fischernetz, ein Tresen, der schon viele Stürme überstanden hatte mit harten, unverrückbaren Schemeln davor, ein paar klobige Tische und alte Sofas im Nebenraum, gedämpfte Beleuchtung, die an den Wänden ein paar alte Reklameschilder, Sarotti, Vaseline, Overstolz, ein Bild von der legendären Meta und einen alten Kinderwegen erkennen ließ, aus dem besagte Meta in den Anfängen ihrer Discothek den Gästen die Getränke verkauft haben sollte. Dazu eine Musik, die das alte Gemäuer und diese urige Klobigkeit zum Erzittern brachte, die Stimmung der ausgelassen Tanzenden in Ekstase trieb.

Zu Beginn ihrer Besuche hatte er sich wegen seines Alters in dieser Umgebung immer etwas beklommen gefühlt, doch nach ein, zwei Bieren, und da überdies keiner der Anwesenden von ihm sonderlich Notiz zu nehmen schien, und auch angesichts der Tatsache, dass noch ein paar andere nicht mehr ganz so junge Jahrgänge zu den Besuchern zählten, unter denen er auch ein Gesicht aus Aurich wiedererkannte, verflogen seine Bedenken bald.

Wenn sie dann gegen 4 Uhr wieder hinaus traten, war es schon wieder hell, atmeten sie tief die frische Luft ein und liefen den Deich hinauf, um das Meer zu sehen und die aufgehende Sonne. Mit dem Auto ging es dann zurück nach Aurich, wo sie sich nach einem kurzen Frühstück wohlig ins weiche Bett streckten, ein Rauschen und Klingeln in den Ohren.

Inzwischen fühlte er sich mit seinen mittlerweile vierundsechzig Jahren in dieser Discothek aber nicht mehr richtig aufgehoben, überhaupt in Lokalitäten dieser Art, und hatte sich, ohne es auszusprechen, von diesem Vergnügen verabschiedet.

Anita hatte einen Traum, den sie zusammen auch hätten verwirklichen können: ein Haus auf dem Land mit Garten, Hühnern und zwei Ziegen. Früher war es haarklein auch sein Traum gewesen, im Lauf der Zeit hatte sich das geändert.

Hamburg oder Ostfriesland. Die Frage hatte schon jeder für sich beantwortet, und sie verübelten es sich gegenseitig nicht. Es tat Ulf leid, dass er sich für ein Leben auf dem Land nicht entschließen konnte, obwohl er fraglos Sympathie für diesen Gedanken empfand. Nicht zum ersten Mal hatte er das bedrückende Gefühl, Schicksal zu spielen, das Leben eines anderen, durch seine Entscheidung, zu beeinflussen, Lebensweichen zu stellen.

Sie mieden das Gespräch über dieses Thema, seit deutlich geworden war, dass der Gedanke, die vertraute Umgebung zu verlassen, für sie beide undenkbar war, und handhabten ihr Zusammensein, wie sie es schon fünf Jahre taten: als Besitzer eines fahrbaren Untersatzes pendelte Ulf zwischen Hamburg und Aurich. Hier Anita und die Kleinstadt und das flache Land mit seinen Kanälen und Gräben, dort die Metropole an der Elbe, seine Geburtsstadt, mit seinen Kindern und bald auch seinem Enkelkind.

In diesem Sommer hatten sie erstmalig zusammen außerhalb von Hamburg und Ostfriesland Urlaub gemacht. „Plau" hieß die kleine Stadt, in deren Nähe sie ihr Quartier gefunden hatten.

Da waren sie also, ein umgebauter Bauernhof, einsam vor den Toren des am See gelegenen Städtchens. Doppelzimmer mit Frühstück. Maisfelder ringsherum. Kaum andere Gäste. Ländliche Stille.

Die spätsommerliche Sonne am Nachmittag lud sie zu einem ersten Erkundungsgang ein.

„Bei Sonne ist es überall schön," meinte Anita.

Ein süßes Gefühl hatte Ulf von Anbeginn erfasst. Diese kleine Stadt in dieser Umgebung verzückte ihn. Sie bot immer neue Bilder, die ihm wie Abbilder seiner inneren Traumwelt erschienen. Kleine, buckelige Häuser, alt und verwittert, teilweise in Fachwerkbauweise, teilweise renoviert, zu Läden umgebaute Wohnungen mit kleinen, so belassenen Fenstern, die nur einen bescheidenen Einblick in das Innere gewährten, ein sonniger, ruhiger Marktplatz, verschwiegene, geheimnisvolle Wege und Treppen, schmale Straßen und Gassen, Kopfsteinpflaster, verwilderte Gärten und weiter vorn, über den Dächern, der alte, breite Backsteinkirchturm.

Als wäre die Zeit hier stehen geblieben.

Diese kleine Stadt lag an einem großen von Wald und Schilf gesäumten See, mit verheißungsvoll um ihn führenden Wegen.

Den Kirchturm des Städtchens bestiegen sie am nächsten Tag über eine ausgetretene, enge Wendeltreppe aus Stein, mit Scharten in den Wänden, durch die der raue Wind blies, höher und höher das alte Gemäuer hinauf, bis vor eine alte Holztür, hinter der sich drei verschieden große, massive, alte Glocken und eine bis zur Brust reichende

Balustrade befanden, die den Blick auf den in das Grün der Landschaft eingebetteten See in seinem ganzen Ausmaß und die Weite des Landes freigab mit dem Ort zu ihren Füßen, in dem aus dieser Perspektive und von diesen, von Jahrhunderten erzählenden Mauern nur die Autos daran erinnerten, dass es sich um eine Stadt der Neuzeit handelte. Alle kleinen Städte dieser Gegend, die sie besuchten, waren von derselben besonderen Art. Etwas märchenhaft Geheimnisvolles war ihnen eigen und den Seen, an denen sie lagen.

Eine Schiffsfahrt hatten sie gemacht, die Dreiseenfahrt. Auf dem offenen Oberdeck einer kleinen Fähre ging es bei Sonnenschein und Wattebäuschchen am ansonsten blauen Himmel über das graugrüne Wasser, zunächst zum anderen Ufer, dort durch eine schmale Verbindung, die den zweiten See bildete, an den sich der dritte anschloss, langsam und zum Greifen nah am Schilf des Ufers entlang mit den nun kurz beunruhigten Wasservögeln und dem sich anschließenden Wald, der geheimnisvoll sein Inneres verbarg.

Ewig hätte von ihnen aus diese Fahrt weitergehen können, durch sonnendurchtränkte, vom Plätschern des Wassers, vom Wispern des Schilfs, vom leisen Fahrtwind, vom ruhigen Tuckern des Motors umspielte Träume.

Dann in der Ferne die Stadt, die sie für ein paar Stunden erkunden wollten, bereit in ihren Zauber einzutauchen, an dessen Vorhandensein spätestens der rechterhand auftauchende kathedralenartige Turm keinen Zweifel ließ.

Seine Begeisterung für diese Region und seine Neugier wurde, wie ihm klar war, auch gespeist von dem Wissen um ihre Vergangenheit, davon, dass normalen Sterblichen von Außerhalb, wie ihnen, der Zutritt zu ihr jahrzehntelang verwehrt gewesen war und den dort Lebenden die Möglichkeit, sie zu verlassen. Zu diesem Zweck eigens eine Mauer und ein unüberwindlicher Zaun errichtet worden waren. Ein Gebiet, das sich, obwohl nur wenige Kilometer von Hamburg entfernt, seit er denken konnte, verschlossen hatte, dem Hüter eines Grals gleich, der nach langer, kräftezehrender Verteidigung unvermutet und wundersam seine Geheimnisse freigegeben hatte.

„Nö, gibt nichts Neues. Mir geht's gut, nur ein bisschen müde." Deutlich hörte er die Frustration aus ihrer Stimme. Sie hatte es nicht leicht. Wer von Ämtern abhängig war, konnte sie verstehen. Sie wartete auf einen Termin für eine Maßnahme, erst hieß es September, dann Oktober, inzwischen war November.

Genau solche Erfahrungen später einmal nicht machen zu müssen, mit Arbeitslosigkeit und Amtsstuben, hatte er seinen Kindern immer gewünscht. Nun steckte die jüngere seiner Töchter in eben dieser Mühle. Sie tat ihm leid, dass sie es mit diesem grauen Alltag zu tun bekommen hatte: Warteflure, Termine, Wartenummern, Formulare, Untersuchungen, Befragungen, sie, seine Tochter, dieser vorlaute Wildfang damals und ihre stete Sorge, etwas zu verpassen.

„Manchmal ist etwas weniger mehr," hatte sie nicht nur einmal von ihm zu hören bekommen. Ihre Ausgelassenheit und ihr Erlebnisdrang und sein Ernst und seine Ermahnungen.

Nun war es zu wenig geworden. Nichts mehr von ihrer Unbekümmertheit. Ihre Ausgelassenheit, ihr Übermut, ihr Lachen, verschwunden.

Dass sie sich einmal sehr würde ändern müssen, war ihm immer klar gewesen, auch noch zu einer Zeit, als sie schon nicht mehr zur Schule ging. Nur hatte er gehofft, dieser Prozess würde sich, wie bei anderen, mit dem Erwachsenwerden und der Konfrontation des Lebensernstes von allein vollziehen. Es war für sie bei einem Lebenslauf wie ihrem, ohne Mutter und nur mit der Zuwendung eines mehr als ausgelasteten Vaters, nicht einfach, ihren Platz in der Leistungsgesellschaft zu finden. War es ihm selbst doch, als jemand, der keine seiner begonnenen Ausbildungen zuende gemacht hatte, nur mittels des Abiturzeugnisses gelungen, sich in eine feste Anstellung bei der Behörde zu mogeln.

Heutzutage war so etwas nicht mehr möglich, herrschten andere Regeln. Sie, die um einen Platz in der Arbeitswelt kämpfte, hatte die Lage, in der sie sich befand, nicht verdient. Sie wollte nicht viel, nur eine Aufgabe, die ihr ein kleines Einkommen sicherte. - Es war, als begehrte sie Unmögliches. Vor ihr taten sich Mauern auf. Zur Zeit wartete sie auf einen freien Platz in einer Tagesklinik, vertrieb sich mehr schlecht als recht derweil die Zeit in ihrer aufgeräumten Wohnung mit Puzzeln und Fernsehen und noch einmal Saubermachen.

„Nein, nächste Woche ist schlecht," ihre ernste Stimme am Telefon, „da habe ich Termine, und außerdem fehlt mir das Fahrgeld, um zu dir zu kommen."

Sie wohnte östlich von Hamburg, in einem großen, viergeschossigen Wohnblock in der Nachbarschaft von Einfamilienhäusern und vier kleinen, auf einem Innenhof versammelten Geschäften, für Einkäufe des Nötigsten, dort, wo am Abend die Bürgersteige hochgeklappt waren, mit einer vergleichsweise umständlichen Anbindung an das öffentliche Verkehrsnetz, das hieß, mit Bus und Bahn waren es gut eineinhalb Stunden von ihr zu ihm. Nun denn, er hatte ein Auto.

Im vierten Stock angekommen, umarmte er sie, seine Tochter. Hierher hatte es sie nun verschlagen, ihre neue Wohnung. Während sie sich unterhielten, ließ er seinen Blick durchs Zimmer schweifen. Es war picobello aufgeräumt, nichts lag herum, es war alles da, was in ein Wohnzimmer gehörte: Schrankwand, Sofa, Tisch, Essecke, Fernseher. Etwas Grünes oder Blühendes, Bücher oder etwas, das auf ein Hobby schließen ließ, sah er nicht.

Sie hatte sich verändert. Angesichts ihres neuen Ernstes musste er zurückdenken an den Ausbund an Ausgelassenheit und Übermut, der sie einmal war, daran, wie sie trotz seiner Ermahnungen immer das letzte Wort haben musste, an die Abende im Hallenbad mit dem von unten her blau angeleuchteten Wasser, wie sie und ihre Schwester sich einen Spaß machten und nicht wieder aus dem Wasser kamen, wenn es hieß, nun ist Schluss, und er sich wieder ins kalte Nass begeben musste, um sie unter Gejuche und Gekreisch heraus zu holen. An die Melone, die sie fallen gelassen hatte, an die Planschbeckensommer im Garten.

Sie hatte abgenommen, was ihr gut stand, auch ihre Diabetiswerte waren nun im grünen Bereich, wie sie sagte. Sie musste Medikamente nehmen und hatte wegen verschiedener Beschwerden in den letzten Jahren schon eine beträchtliche Zeit in Arztpraxen und Krankenhäusern verbracht. Ihre gesundheitlichen und beruflichen Probleme hatten ihre Spuren hinterlassen, auch auf ihre Gemütsverfassung. Es tat ihm immer leid, wenn sie sich bitter über den Lärm spielender Kinder erregte oder über das Verhalten anderer Verkehrsteilnehmer, wenn sie alles und jedes auf die Waagschale legte, schnell gekränkt war, sich ungerecht behandelt fühlte.

In Klemens hatte sie einen Partner, der sie mit ihren Problemen nicht allein ließ. Klemens war jemand, der sich kümmerte, dem es ein Anliegen war, dass sie wieder nach oben kam. Er unterstützte sie auf diesem Wege, so wie es ihm möglich war, besprach mit ihr die Probleme und die weitere Vorgehensweise, begleitete sie zu wichtigen Terminen.

Wie sehr wünschte Ulf ihr, dass sie fand, was sie suchte: eine Arbeit, die ihr gefiel, die Möglichkeit, ein bisschen Geld zu verdienen. Er hielt diesen Wunsch nicht für überzogen.

Nach ihrem Spaziergang mit Hundchen durch die Nachbarschaft tranken sie noch einen Kaffee. Plötzlich bat sie ihn etwas verlegen, ihm einige Fragen stellen zu dürfen. Dazu holte sie ein paar vorbereitete Karteikarten.

Sie fragte ihn, weshalb er sie nicht nach ihrer Krankheit gefragt und sie während ihres Klinikaufenthalts so selten besucht habe, warum er sie an den freien Wochenenden nicht zu sich eingeladen habe, wollte wissen, warum er sich bei der Erziehung und Betreuung nicht um Hilfe bemüht habe, angesichts seiner Belastung, sagte, dass vieles Versäumte von ihr jetzt aufzuarbeiten sei, um ihren Weg zu finden und ihr Leben zu gestalten.

Er beantwortete ihr Fragen nach bestem Wissen und Gewissen und schrieb ihr am Abend noch eine SMS:

Hallo Betty, ich wollte dir noch sagen, ich finde es gut, dass du offen redest und Fragen stellst, die dich bewegen. Für mich kamen sie nur etwas überraschend, und ich bin mir nicht sicher, ob ich sie richtig beantwortet habe, nicht auf Rechtfertigung bedacht. Wenn ich es könnte, würde ich die Uhr zurückstellen. Der Fels in der Brandung, der ich immer sein wollte, bin ich nicht gewesen. Ich denke, der Grund war, dass ich damals noch viel mit mir selbst zu tun hatte. Ich habe Fehler gemacht und mache sie vielleicht immer noch. Ich wünsche mir trotzdem, dass du auch mit positiven Gefühlen an mich und die frühere Zeit denken kannst. Papa

Wenn er in Hamburg war, besuchte er Elvira.

Es ging ihr mal wieder nicht gut, das war ihr deutlich anzumerken. Es ging ihr nie wirklich gut, doch manchmal war sie ganz unten. Dann umgab sie eine traurige Stille, blickte sie müde aus dunkelumränderten Augen und sprach wie in Zeitlupe.

Erstmal eine Zigarette. Sie ließen sich in der kleinen Küche nieder, dem Raucherzimmer mit der Einrichtung aus den Sechzigern.
Da die selbstgedrehten Zigaretten schneller aufgeraucht waren als gekaufte, rauchten sie drei hintereinander. Ulf war das, was man einen Gelegenheitsraucher nannte, er rauchte nur hin und wieder, aber dann konzentriert, jeden Zug auskostend. Er vermied es, Zigaretten bei sich zu haben, weil er dann, obwohl auf eine gesunde Lebensweise bedacht, doch nicht immer widerstehen konnte, rauchte immer nur ausnahmsweise und dann dort, wo es auch andere taten, so zum Beispiel bei Elvira. Elvira war eine starke Raucherin, er kannte sie nur mit Zigarette, sie rauchte schon jahrzehntelang, Kette mehr oder weniger. Er fragte sie gar nicht erst, ob sie nicht besser damit aufhören wollte.

Elvira! Was hast du getan, dass das Schicksal dich so straft?

Er besuchte sie in unregelmäßigen Abständen. Kennen gelernt hatte er sie durch seine Tochter während ihres damaligen Aufenthaltes in der Psychiatrie. Sie hatte nie gearbeitet und lebte von Sozialhilfe. Inzwischen zählte sie zweiundsechzig Jahre, und ihre Erkrankung hatte sich in dreißig Jahren nur mäßig gebessert, das hieß, sie traute sich inzwischen, allein nach draußen zu gehen, einzukaufen, sogar Bus zu fahren, allerdings nicht Bahn, die Bahn machte ihr Angst, dort fehlte ihr der direkte Kontakt zum Fahrer. Unmittelbar suizidgefährdet war sie nicht mehr, aber nach wie vor auf starke Medikamente angewiesen.
„Ich glaube, ich feiere meinen Geburtstag diesmal nicht," sagte sie in ihrer langsamen, schleppenden Sprechweise und zog an ihrer Zigarette.
„Schade," war Ulfs Kommentar, „warum nicht?"
„Hab kein Geld dafür," meinte sie lakonisch, „und ich weiß auch nicht, wen ich einladen sollte." Sie nahm einen Schluck Kaffee und hustete.
„Das ist natürlich deine Entscheidung," sagte er, der wusste, wie wichtig es für sie war, einmal im Jahr Mittelpunkt und der Grund einer Feier zu sein, gleichsam um zu spüren, dass sie da war.
Er hatte immer ein bisschen Angst davor, auf ihr finanzielles Problem einzugehen. Er hatte ihr schon öfter mal ausgeholfen, und es hatte sich ein Gefühl der Verpflichtung bei ihm eingestellt. Andererseits war er der Meinung, dass es nicht Sinn sein konnte, dass sie mit seiner Hilfe ihre Engpässe überwand, was jedoch nichts an seinem schlechten Gewissen änderte, wenn er ihrer Bitte nicht entsprach. Zwar hatte er mehr Geld zur Verfügung als sie, aber er hatte auch einen anderen Standard und drei Kinder und eine Verlobte namens Anita, zudem würde er demnächst Großvater sein. Ohne

seine Rücklagen hätte er seine bisherigen Ausgaben ohnehin nicht bestreiten können, und die gingen zur Neige. Mit anderen Worten, er musste mit Blick in die Zukunft selbst zusehen, nicht in finanzielle Bedrängnis zu kommen.

„Aber schade wäre es," wiederholte er.

Elvira zuckte müde ihre Achseln. Aus dem kleinen alten Recorder tönte „Lady in Red."

„Und? Hast du mal wieder etwas von Steffi gehört?" fragte er.

Sie nickte. „Ich habe sie neulich angerufen. Sie kommt dieses Mal nicht, muss arbeiten, hat zu wenig Geld, aber nächstes Mal."

„Und? Ist sie noch mit Kurt zusammen?"

„Nein, sie hat jetzt einen anderen, aber der ist noch älter als Kurt, schon neunundfünfzig, und verheiratet ist er auch."

„Ja, sie hat eindeutig einen Vaterkomplex, wirklich schade. Hat sie eigentlich ihren Vater kennen gelernt?"

Sie schüttelte den Kopf. „Ist gestorben, kurz nachdem sie geboren war, Überdosis."

„Auch nicht einfach, wenn das Kind so weit weg lebt," meinte Ulf. „Ich bin froh, dass meine Kinder hier in der Nähe wohnen."

Sie nickte. „Steffi ist inzwischen schon eine richtige Wienerin, acht Jahre lebt sie schon dort."

„Ja, und den Dialekt hat sie schon wie ihre Muttersprache übernommen, spricht ihn ja auch, wenn sie hier ist. Na ja, Hauptsache, es geht ihr gut," meinte Ulf.

„Ist irgendwie ein bisschen schleimig, finde ich, dieses gnädige Frau und küss die Hand. - Ich muss immerzu an Horst denken, wie ich ihn behandelt habe," fügte sie unvermittelt hinzu und kam damit auf ihr vorausgegangenes Telefonat zurück, in welchem sie ihm bereits von dem Problem, Horst, erzählt hatte.

Er kannte Horst vom Sehen. Ein großer, dünner Mann, Mitte Vierzig, mit einer verkrüppelten Hand, Folge einer Hirnhautentzündung in jungen Jahren, arbeitslos, ohne Anhang, ein armer Teufel, der sich nicht viel zutraute. Er stand in loser Verbindung zu Elvira, leistete ihr Gesellschaft, ging ihr zur Hand, übte mit ihr das Fahren in öffentlichen Verkehrsmitteln, begleitete sie zu Ärzten. Er hatte sie auch vor Jahren einmal für eine Woche bei sich aufgenommen, als ihr Bad und ihre Küche saniert werden mussten, was ihr im Vorwege großes Kopfzerbrechen bereitet hatte, wie auch die Aussicht, in dieser Zeit ein draußen auf dem Weg aufgestelltes Dixi-Klo benutzen zu müssen.

Dieser Horst hatte nun kürzlich vor ihrer Tür gestanden, weil seine Wohnung soeben zwangsgeräumt worden war, und sie um vorübergehende Unterkunft gebeten. Den Grund für die Zwangsräumung erklärte er ungenau mit einem Irrtum seinerseits zu Abbuchungen von seinem Konto. Dass er sich schäme, hatte er gesagt.

Elvira war seiner Bitte nachgekommen und hatte ihn für zwei Wochen bei sich aufgenommen. Da er jedoch nach der vereinbarten Dauer keine Anstalten machte, sich um eine neue Bleibe zu kümmern, erklärte sie ihm, dass er nun gehen müsse, worauf er sich widerstrebend an das Sozialamt wandte, das ihm einen Platz in einem Wohnheim vermittelte. Er ging schließlich, aber sehr enttäuscht und voller Bitterkeit.

162

Es plagte sie nun ein schlechtes Gewissen, da sie an seine Hilfsbereitschaft dachte.
Ulf versuchte, sie darin zu bestärken, dass sie sich völlig richtig verhalten habe und auch in Zukunft konsequent bleiben müsse, wolle sie am Ende nicht einen Dauergast haben.

„Du bist nicht für sein Unglück verantwortlich und kannst es dir erst recht nicht aufladen," sagte er, „du bist nicht gesund und musst auf dich selbst aufpassen, hast deine eigenen Probleme. Du siehst ja jetzt schon, was dabei rauskommt."

Sie nahm einen Schluck Kaffee, wobei ihre Hand so sehr zitterte, dass es ihr nur unter Zuhilfenahme der anderen gelang, die Tasse an den Mund zu führen.

Da saß sie, zittrig, weißes Haar, mit dem immer gleichen Sweatshirt und der beigefarbenen Jeans. Was hatte sie vom Leben, wie ertrug sie dieses abwechslungslose Dasein? Niemals sich etwas leisten, etwas Neues kaufen, eine Reise machen können. Ein Leben, allein und krank nur in den vier Wänden, mit Geld, das vorn und hinten nicht reichte, ohne Aussicht auf eine Änderung. Was blieb ihr? Ein paar Freunde, die selbst nicht wussten, was sie sollten, ihre selbstgedrehten Zigaretten, ein uralter Fernseher und einige Musikkassetten.

Auf seine Frage nach ihrer Geschichte hatte sie ihm folgendes erzählt:
Sie wurde geboren als Tochter einer Frau, der es angeblich in erster Linie um ein Kind gegangen war, nicht um einen Mann. Die so ihre Prioritäten ins Licht rückende Mutter hatte es dann aber doch an der nötigen Fürsorge fehlen lassen und ihre kleine Tochter bald in eine Pflegefamilie, ein kinderloses Ehepaar mit vielen Katzen, abgegeben, für das jedoch wohl auch finanzielle Erwägungen eine Rolle gespielt hatten und dessen männliche Hälfte bald bei ihrer Mutter angerufen hatte, sie möge doch ihre Tochter wieder zurückholen. Elvira erinnerte sich daran, dass die Katzen ihren Platz auf dem Sofa hatten, während sie auf einer Decke auf dem Fußboden schlief.
Die Mutter kam und holte sie. Und wieder wurde sie woanders untergebracht. Sogar in die damalige DDR ging die Reise, zu einer Tante, die bald merkte, dass es nicht so einfach war mit dem Kind und es wieder zu seiner Mutter brachte. Bis zu ihrem fünften Lebensjahr war das so gegangen.
Dann hatte die Mutter einen Mann kennen gelernt, den sie auch heiratete. Ein lieber, guter Ehemann, der sich liebevoll seiner kleinen Stieftochter annahm, sie tröstete, wenn die Mutter zu streng und ungerecht war oder sie schlug. Aber in dem Maße, in dem er sich um die Kleine kümmerte, wuchs in der Mutter eine an Eifersucht grenzende Einstellung. Die Kleine konnte ihr nichts recht machen, bekam von ihr nur ihre Fehler vorgehalten, und wenn sie draußen mit den anderen Kindern spielte, wurde sie regelmäßig von der Mutter zurückgerufen, da diese Kinder kein Umgang für sie waren. Später war es ihr bei Strafe untersagt, sich mit Jungs einzulassen.

Im Alter von zehn Jahren hatte sie ein Erlebnis der besonderen Art:
die Mutter arbeitete in einem Krankenhaus und hatte eine Wohnung in dem angegliederten Wohnbereich für das Personal. Einer der Patienten, den sie und ihre Tochter kannten, hatte sich auf dem Gelände in einem kleinen Waldstück über das Kind her-

gemacht, genauer, er hatte sich an ihm vergangen. Das Kind hatte sich dann seinen Eltern anvertraut, welche es aufforderten, ihnen den Mann zu zeigen. Das tat es, denn es wusste in welchem Zimmer er lag. Mit ihrem Blick zeigte es ihnen, wer es war. Der Mann sagte „hallo".

Anschließend wurde das Kind von seiner Mutter ausgeschimpft: was es sich denke, wie es nur so reden könne, dreist und ungezogen sei es, es solle sich schämen. Der Patient indes kurierte sich aus und ward nach seiner Entlassung nicht mehr gesehen. Auch der Stiefvater hatte nichts unternommen, er war wohl sehr gutherzig, aber offensichtlich nicht der Stärkste.

Nach der Schule hatte sie in Süddeutschland dann eine Ausbildung zur Kindererzieherin angefangen, die sie jedoch nicht beendete, da ihr vorzeitig gekündigt worden war, nachdem sie sich aus Frust über die strengen Erziehungsmethoden des katholischen Kindergartens und die Zurechtweisungen vor ein Auto geworfen hatte.

Sie kehrte nach Hamburg zurück und verlor mit fortschreitendem Alter die Bindung an ihr Elternhaus, besonders an ihre Mutter, geriet in Kreise zielloser junger Leute, die nichts zu tun hatten und ihre Zeit mit Alkohol, Drogen, Diebstählen und mancherlei Blödsinn totschlugen. Dort hatte sie auch den Vater ihrer Tochter kennen gelernt. Zu der Zeit befand sie sich schon in psychiatrischer Behandlung. Einmal, als es ihr sehr schlecht ging, hatte sie ihre Psychiaterin privat aufgesucht. Es hatte ein Gespräch gegeben, dann erinnerte sie sich nur noch daran, dass sie von der Psychiaterin aufgefordert wurde zu gehen, womit sie nicht einverstanden gewesen war, und daran, dass sie an den Haaren gezogen wurde und sich dann im Treppenhaus wiederfand. Im Zustand großer Verwirrung hatte sie dann eine in der Nähe lebende Bekannte aufsuchen wollen. Dabei verlief sie sich in der Dunkelheit und verfing sich auf einem Sportplatz im Netz eines Fußballtores, aus dem es ihr nur schwer gelang, sich wieder zu befreien. Irgendwann kam sie schließlich bei der Bekannten an, die jedoch an diesem Tage ihren Geburtstag feierte und Gäste hatte. Die fremden Menschen und die ausgelassene Stimmung bewirkten in ihr in diesem Moment nichts Gutes. Sie ging auf den Balkon und sprang hinunter.

Eine Zeit lang hatte sie dann allein in einer kleinen Einzimmerwohnung gelebt. Als sie schwanger wurde, kehrte sie zu ihren Eltern zurück und bezog bald darauf die frei werdende Wohnung über ihnen. Nach dem Tod ihrer schwer diabetiskranken Mutter gab es nur noch ihren Stiefvater, mit dem sie und ihre nunmehr vierjährige Tochter in engem Kontakt lebten. Bis zu seinem Tod, verursacht durch die Folgen eines Fahrradsturzes, war er für seine Tochter und sein Enkelkind da gewesen. Danach war sie allein mit ihrem Kind.

Das Kind kam zur Schule, und es gab das Problem, dass Elvira nicht allein sein konnte, schon damals, Depressionen und Suizidgedanken, Angst- und Panikattacken hatte, sich unentwegt ritzte. Sie kam in stationäre Behandlung, ihre Tochter in eine Wohngruppe. Ihre Ängste steigerten sich indes soweit, dass sie sich nicht mehr allein aus der Wohnung traute, sich von der Außenwelt isolierte. Andererseits war es auch und gerade das Alleinsein, dass sie krank machte. Viele Jahre verbrachte sie Kliniken.

Mit zunehmenden Alter und mit Hilfe von Psychopharmaka war es ihr dann langsam gelungen, ihr Dasein in den Griff zu bekommen, das hieß, sie kam ohne Klinikaufenthalte auf ihre Art zurecht, ihre Stimmungsschwankungen und Ängste hatten sich gemildert, bestimmten aber weiterhin ihre Tage. Ein Ereignis oder Problem konnte sofort alles wieder in Frage stellen. Zuweilen konnte sie auch richtig vergnügt und übermütig sein. Dann konnte es passieren, dass sie aus heiterem Himmel sagte: „Had du Möhrchen?" und Witze zum besten gab.

Es hatte zwischendurch auch einen Freund gegeben, mit dem sie zusammen gelebt hatte. Er war jedoch kaum weniger beladen gewesen und hatte auch nicht viel zu ihrer Stabilität beitragen können.

Sie sagte ihm, dass sie sich immer freue, wenn er da sei. Und er ihr, dass es ihm genauso ging. Er empfand eine tiefe Verbundenheit zu ihr, eine Liebe, nicht im üblichen Sinne. Doch er achtete immer darauf, einen gewissen Abstand einzuhalten, keine Rolle zu übernehmen, die ihn überfordert hätte.

Er besuchte sie in unregelmäßigen Abständen, und wenn ihr danach war, starteten sie auch zu Unternehmungen: Spaziergänge an die Elbe, Fahrten in die Innenstadt, Dombummel, Essen im Restaurant.
Elvira...

Er freute sich für seine Tochter, besonders, weil es nicht selbstverständlich war, dass es geklappt hatte. Ohne ärztliche Hilfe hätte sich ihr Kinderwunsch so schnell wohl nicht erfüllt, wenn überhaupt. Jetzt waren es keine vier Wochen mehr bis zum errechneten Termin. Der Countdown lief. Bisher war die Schwangerschaft programmgemäß verlaufen.

Was in diesem Fall nicht von allein funktioniert hatte, dem war nachgeholfen worden, zunächst durch die Gabe von Jodtabletten, und als das nicht zum gewünschten Ergebnis führte, kam ein Hormonpräparat hinzu, dass sich seine Tochter in bestimmter Menge, zu einer bestimmten Zeit ihres Zyklus` selbst in die Bauchdecke spritzen musste. Sein Schwiegersohn, der zur Erhaltung seiner Gesundheit auf Tabletten angewiesen war, musste diese rechtzeitig für ein paar Tage absetzen, aber wiederum nicht zu früh, da ihm eine längere Dauer ohne Medikamente geschadet hätte. Für ein Gelingen mussten alle Faktoren ineinander greifen, was genaue Planung und Berechnungen erforderte. Eine komplizierte, nervenaufreibende Angelegenheit, die gottlob schon beim zweiten Versuch zum Erfolg führte.

Ein Junge würde es werden, soviel war schon mal sicher.

Aber auch wenn seine Tochter jetzt nichts glücklicher machte, als ihr Zustand, der ihr die Erfüllung ihres größten Wunsches versprach, so tat sie ihm doch auch leid. Sie war zu einer Matrone geworden, die Füße und Gelenke taten ihr weh, der riesige Bauch mit den Schwangerschaftsstreifen behinderte sie beim Sitzen, Liegen, Gehen, Schlafen. Sie war kurzatmig geworden und schon bei kleinen Anstrengungen wurde ihr schwarz vor Augen. Sie war nicht mehr sie selbst, und es wurde Zeit, dass dieser sie aufs äußerste beanspruchende Zustand zu Ende ging.

Er freute sich über die Maßen auf den neuen Erdenbürger, seinen Enkelsohn, der jetzt schon eine Rolle in seinem Leben spielte, nur hätte er sich gewünscht, dass beide die Geburt schon überstanden hätten.

Da war sie wieder, die Stelle, die er heute zum zweiten Mal aufsuchte, um sich davon zu überzeugen, dass sie nicht etwa einem Schildbürgerstreich zuzuschreiben, weder eine Fata Morgana oder sonstige Sinnestäuschung, auch kein künstlich geschaffenes Hindernis einer bestimmten Fernsehsendung war. Nichts von alledem. Dass man hier nicht mehr trockenen Fußes weitergehen konnte, war eine der unkalkulierten Folgen zivilisatorischer Entwicklung. Diese Stelle des Uferweges wurde seit einiger Zeit bei Flut schon bei geringstem Westwind regelmäßig von der Elbe überspült, so dass es hieß, umkehren oder die Schuhe ausziehen.

Das Märchen vom „Fischer un sin Fru", das seine Mutter ihm wieder und wieder hatte vorlesen müssen, hatte ihn tief beeindruckt, sich in seine Kinderseele eingegraben. Er hatte die Frau des Fischers, die, obwohl durch erfüllte Wünsche bereits reich und mächtig geworden, den Hals aber nicht voll bekommen konnte und ihre Bestrafung nie vergessen, beziehungsweise verfolgte ihn die Erinnerung an sie auf Schritt und Tritt im täglichen Leben. In diesem Moment und an dieser Stelle spürte er deutlich wieder die gruselige Nähe dieser Fischersfrau, die durch ihre Gier sich und den Fischer zurück an den Bettelstab gebracht hatte.

Seit Jahren schon beobachtete er den Anstieg des Elbhochwassers, das mittlerweile den gesamten Strand bei Wittenbergen überspülte, so dass es bereits die Fundamente eines Zauns zum Hinterland freigelegt hatte, der daraufhin durch einen neuen ersetzt werden musste.

Er zog seine Schuhe und Strümpfe aus und durchwatete das Wasser.

Wie auf Bestellung wurde in den Abendnachrichten dieses Tages gemeldet, dass die Eismasse am Nordpol um fünfzig Prozent abgenommen habe, das Schmelzen immer schneller voranschreite, so dass nach neuen Berechnungen der Pol bereits in dreißig Jahren eisfrei sein könne. –

Noel! Da ist er. Heute ist er angekommen. Da liegt das kleine Bündelchen, der neue, Erdenbürger, sein Enkelsohn, dessen Ankunft er nicht erwarten konnte. Ihn zum ersten Mal zu sehen, war für ihn nichts weniger als der Beginn einer neuen Zeitrechnung.
Da liegt er, abgekoppelt vom Versorgungsschiff, ein wenig deformiert, und schläft den Schlaf des Gerechten.
Er konnte sich nicht satt sehen an dem neuen, erschöpften, kleinen Menschen, der nun darauf angewiesen war, dass seine Organe funktionierten. Er atmete, das war deutlich zu sehen, und von Zeit zu Zeit bewegte er sich und verzog sein Gesicht.

Opa Ulf, der war er nun, und er war es gern, obwohl er sich noch etwas an diese Anrede gewöhnen musste. War es nicht erst kürzlich gewesen, dass er sein eigenes Kind so betrachtet hatte? Opa! Nun gut! Mit vierundsechzig durfte man es sein.

Nun denn, Noelchen, so höre, was dein Opa sagt: auf geht's ins Abenteuer, Leben, ob du willst oder nicht. Gefragt worden bist du ebenso wenig wie alle anderen. Soviel vorweg, es wird nicht immer einfach und lustig sein. Das Leben ist zuweilen mühsam, ist Gefahren ausgesetzt und endet irgendwann. Die Zeichen, dass in deinem Falle die glücklichen Zeiten überwiegen werden, stehen gut. Deine Eltern leben mit dir zusammen in einer schönen Wohnung, in der du ein eigenes Zimmer hast. Bei ihnen dreht sich alles um dich. Du hast also schon mal das Glück, Kind dieser Eltern zu sein. Du bist außerdem in einer klimatisch gemäßigten Region geboren, frei von extremen Wetterausschlägen und Erdbeben, in einer von Wohlstand geformten Zivilisation mit einer freien Gesellschaft, in der sich jeder entfalten kann. Damit hast du schon mal einen Volltreffer gelandet, denn du weißt es noch nicht: es ist nicht überall so. Aber das ist eine andere Geschichte, von der du früh genug erfahren wirst. Jetzt bist du da, bist gesund, und der Jubel nimmt kein Ende.
Sag, du Kleiner, was steht als nächstes auf deinem Zettel? Auf den Bauch drehen und greifen lernen und wachsen natürlich. Dann mal los. Auf gehts kleiner Noel.

Mittlerweile hatte er sich in seinem neuen Wohngebiet doch eingelebt. Es lag im Westen Hamburgs, nah der Elbe, in einer ruhigen, mit reichlich Grün gesegneten Gegend und bot abwechslungsreiche Möglichkeiten per Rad oder zu Fuß. Ebenfalls gab es gute Einkaufmöglichkeiten, und die S-Bahn war nicht weit. Auch in seiner neuen Wohnung fühlte er sich nun wohl, nachdem endlich alle Renovierungsarbeiten, bis auf die Küche aus eigener Hand, abgeschlossen waren. Sie lag im Parterre eines viergeschossigen Hauses, hatte eine Terrasse nach Süden mit einem kleinen Beet. Es ging ihm gut, er fand, er konnte sich glücklich schätzen. Hier war er Mensch, hier konnte er sein. Er genoss die Ruhe, vor allem die innere, die eingetreten war, nachdem er sich vom Berufsleben verabschiedet hatte.
Nein! Er war nicht in ein Loch gefallen, im Gegenteil, er wünschte, die Tage wären länger. Wie er früher zurecht gekommen war, als er noch gearbeitet hatte und seine Kinder bei ihm gelebt hatten, war ihm ein Rätsel.

Wenn er in Hamburg war, telefonierten sie täglich. Meistens war Anita es dann, die redete, von den Vorkommnissen im Sozialen Kaufhaus, „Uns Koophus", in dem sie inzwischen tätig war, von ihren Nachbarn, von ihren Katzen, von ihrem Tagesablauf. Sie verstand es, aus dem Alltäglichsten eine Geschichte zu machen.
Sie hatten eine Fernbeziehung, in der das Telefon eine wichtige Rolle spielte. Doch er war immer noch in dem Wunsch eines dauerhaften, räumlichen Zusammenlebens verhaftet, einer gemeinsamen Wohnung als Basisstation ihrer Zusammengehörigkeit. Mehrfach hatte er sie gefragt, ob sie nicht zu ihm ziehen wollte. Ihre Antwort war immer ein Kopfschütteln gewesen, zuletzt ein ebenso deutliches wie gereiztes, Nein! Er konnte sich nicht beklagen, denn umgekehrt hatte er ihr schon die gleiche Antwort gegeben. Ebenso wie sie, war er eng mit seiner Heimat- und Geburtsstadt verbunden, wo auch seine Kinder und sein kleiner Enkel wohnten. Während er zu Beginn ihrer Bekanntschaft fast jeden Freitag direkt von der Arbeit übers Wochenende zu ihr gefahren war, genoss er jetzt auch seine Zeit in Hamburg. Die bisherige Frequenz seiner Besuche hatte ab-, ihre jeweilige Dauer, jetzt, wo er nicht mehr der Arbeitswelt angehörte, zugenommen.

Er fragte sich, ob ihre Gefühle nicht stark genug waren. So schwer es fiel, den Tatsachen ins Auge zu sehen, sie waren anders, als die mit Zwanzig, einem Alter in dem die Zukunft erst beginnt, und der Gedanke an einen bestimmten Menschen das Allesbeherrschende ist. Seine Gedanken waren jetzt verteilt auf mehrere und mehreres, eine Veränderung, die sich unbemerkt in ihm vollzogen hatte. Er war nicht mehr der von früher. Ob er wollte oder nicht, er war ruhiger geworden, konnte in einer Beziehung nicht mehr das absolute Lebensziel finden, war zu großen Opfern und Beweisen, wie es ein Wohnortwechsel gewesen wäre, nicht mehr fähig. Ihrer beider besondere Sesshaftigkeit, befand er, war das eigentliche Hindernis für ein dauerhaftes Zusammenleben.
Offenbar verstand Anita ihn, nur als er auf seine vielbeschäftigten Gedanken und Gefühle zu sprechen kam, hielt sie sich die Ohren zu.

Inzwischen hatte sich diese Art ihres Zusammenseins nicht nur eingespielt, sie schien auch Vorteile zu haben. So hatte jeder die Möglichkeit, zwischendurch ganz für sich zu sein, was eine positive Spannung zwischen ihnen erzeugte. Vielleicht war es gerade das, was das Flämmchen ein ums andere Mal zum Lodern brachte.

Anita war eine Frau, die liebte und die Liebe genoss, nicht über den Tag hinaus fragte, was seiner Meinung nach nicht ohne Einfluss auf ihre Biografie geblieben war. (Sie war ledig und kinderlos, obwohl sie Kinder über alles liebte). Sie kannte sich aus und brauchte trotz ihrer vierundfünfzig Jahre immer nur kurz, um anzukommen. Manchmal kamen sie auch zusammen an. Sein moralisches Problem verstand sie nicht, riet ihm dann, in seinem Gesetzbuch nachzuschauen.

Ihm gefiel, dass sie las, wenn sie auch einen anderen Buchgeschmack hatte. Für Feinsinniges konnte sie sich weniger erwärmen. Bücher hatten für sie in erster Linie Unterhaltungswert. Durch das Lesen hatte sie teil an Spannung, Humor, Schicksalen etc., was ihrer freien Zeit Inhalt gab. Auf ihrem Nachtschrank und im Wohnzimmer lagen Die Wanderhure, Ein Tag wie ein Leben, Der Richter, Der Schatten und der Regen, Das letzte Opfer, Ich weiß du bist hier, Der Herzsammler. Auf diese Weise konnten sie sich kaum über Gelesenes austauschen. Er hatte, um ihren Geschmack zu verstehen, einige ihrer Bücher angefangen und sie nach kurzer Zeit wieder aus der Hand gelegt. Diese Krimis und Erzählgeschichten waren nichts für ihn. Trotz unvoreingenommener Bemühungen schaffte er es meistens nicht, sie zuende zu lesen, jedenfalls nicht, wenn sie einen gewissen Umfang überschritten.

Wie im ganzen, legte er bei der Wahl seiner Bücher Wert darauf, seinen Horizont zu erweitern und Neues zu erfahren. Die Bücher, die er gern las, unterstützten ihn in seinem Bestreben, nicht stehen zu bleiben und bereicherten ihn auf ihre spezifische Art.

Ihre Geschmäcker und Interessen waren sehr verschieden, nicht nur, was Bücher betraf. Eigentlich waren sie grundverschieden. Sie war eine Frau und er ein Mann. Schon dadurch unterschieden sich ihre Präferenzen. Ihre Unterschiedlichkeit und das daraus zuweilen zutage getretene Unverständnis auf beiden Seiten bei manchen Gelegenheiten und Themen machte es ihnen nicht immer leicht. Wie er es sah, entsprach er auch nicht unbedingt ihrem Männergeschmack, der mehr den starken Typus mit breitem Kreuz und Händen, die zupacken konnten, bevorzugte, den in lederne Kutte gekleideten, bärtigen Motorradfahrer. Im Gegensatz zur ihr, die noch vor einigen Jahren auf dem Soziussitz über die Landstraßen gebraust war, hatte er absolut keine Beziehung zu Motorrädern, er hatte nie auf einem gesessen und anders als sie, die ihn sich gut auf einer „gemütlichen Chopper" vorstellen konnte, war er nicht der Meinung, es den in Leder gekleideten, älteren Herren gleich tun zu sollen. Natürlich wäre sie sehr erfreut gewesen, wenn er dieses Interesse geteilt hätte. So blieb es ohne Resonanz und bildete kein Steinchen im Mosaik der Gemeinsamkeiten. Auch ein metallenes Kettchen für sein Handgelenk konnte seinen Zweck nicht erfüllen. Er mochte keinen Schmuck für Männer.

Doch bestimmten nicht nur Unterschiede ihr Verhältnis, es gab auch Übereinstimmungen, besonders, wenn er nicht widersprach. Ihr Humor gehörte auf jeden Fall dazu.

Anita hatte allerdings einen ausgeprägten Hang zur Vermeidung von Verschwendung und achtlosem Umgang mit Nahrungsmitteln, der zuweilen auch Blüten trieb. Alles Essbare und Reste wurden irgendwie verwertet. So hatte er sie schon ein mit Kartoffelscheiben belegtes Brot essen sehen. Und mittags bastelte sie sich oft aus dem, was sie gerade fand, ein warmes Essen: ein paar Nudeln, ein bisschen Rotkohl von gestern, ein Rest geriebener Käse und zwei übrig gebliebene Fischstäbchen. Ihren Teller aß sie stets so blank, dass beim Wegstellen des Geschirrs Vorsicht geboten war. Sie stellte auch selbst Marmelade her aus Mirabellen und Holunderbeeren, die sie am Wege fand. Dort, wo es möglich war, sammelte sie auch heruntergefallene Äpfel auf, die zum einen so gegessen wurden, zum anderen sich in einem Kuchen wiederfanden oder zu Mus verarbeitet wurden. Einmal allerdings war ihr der Verwertungstrieb zum Verhängnis geworden, als nämlich ein paar wunderbar schwarze, große Brombeeren sie hinter einem schmalen Wassergraben allzu verlockend angeschaut hatten. Bei ihrem Versuch, mittels eines Spagats an sie heran zu kommen, war sie in diesen wirklich nicht zum Bade einladenden Graben gefallen und hatte anschließend in ihrem nassen, dreckverschmierten Kleid den einem Spießrutenlauf gleichenden Nachhauseweg zu bewältigen.
Auch hatte sie ihn schon gefragt, warum er das Wasser so lange laufen ließ und warum er zweimal aufgezogen hatte. Sie lebte sehr sparsam und ohne es gezielt zu wollen, so, dass sie als Musterbeispiel umweltgerechter Lebensweise hätte gelten können: sie be-besaß kein Auto, trennte sorgsam ihren Müll, beheizte im Winter nur das Wohnzimmer, sammelte auf der Terrasse Regenwasser, hatte keine Hobbys, die ohne Energieverbrauch nicht funktionierten. Nur der Wäschetrockner störte das Bild, und es war Ulf auch nicht gelungen, ihn ihr auszureden. Das Trocknen der Wäsche an der Luft hatte nämlich im Gegensatz zum Trockner, aus dem die Wäsche geschmeidig und weich wieder herauskam, eine Rauigkeit und Steifheit zur Folge, die sie kratzig machten im Gebrauch, weshalb sie ohne Trockner einen Weichspüler hätte einsetzen müssen, den wiederum ihre Haut nicht vertrug. Sie hatte darin eine sehr feste Meinung, seine Argumente dagegen konnten sie jedenfalls nicht umstimmen. Es gab manches, in das sie sich nicht hineinreden ließ, zum Beispiel ihre Zubettgehzeit, sportliche Aktivitäten, gesundheitliche Maßnahmen (zu ihrem Nein zur Mammografie verbat sie sich jede Einmischung).

Ihre Beziehung hatte sich verändert. Wie ihm schien, hatte er an Anerkennung gewonnen, dadurch, dass auch er sich verändert hatte, gelassener geworden war, ausgeglichener. Indem er nicht mehr ständig auf sie schaute, sich frei gemacht hatte von der Konzentration auf sie, hatte er wohl klarere Konturen bekommen, an Glaubwürdigkeit zugelegt. Er fand, dass sich das ICH zwischen ihnen mehr zum WIR gewandelt hatte. An das neue Gefühl, zu gefallen, so wie er war, nicht, wie er meinte, sein zu müssen, hatte er sich noch nicht gewöhnt. Er war noch immer nicht da, wo er sein wollte.

Durch seine intensive Art zu leben, seine Interessen und seine Hobbys war ihm Langeweile fremd. Allein seine Kinder und sein kleiner Enkel füllten seinen Kopf und einen großen Teil seiner Zeit.

Bei Anita lagen die Dinge anders, sie fühlte sich oftmals nicht gut und hatte nur ihren alten Vater und Geschwister, die sich nur räumlich nah waren. Kinder hatte sie nicht und auch nicht, was man Freunde nannte, wenn, dann eher Bekannte, und von denen wenig. Das lag, wie sie zugab, in erster Linie an ihr selbst, einem Phlegma in der Pflege ihrer Freund- und Bekanntschaften, gegen das sie nicht viel tat.

Sie hatte nie bestimmte Pläne weder auf kurze noch auf lange Sicht. Sie hatte den Standpunkt, dass so ein durchgeplantes Leben anstrengend und langweilig sei, liebte das Ungeplante, Überraschende, das sich ergab, meinte auch, dass sowieso alles immer anders komme, und lebte mehr von Tag zu Tag, von Augenblick zu Augenblick. Seiner Meinung nach bestärkte sie zu dieser Einstellung ihre schlechte Gesundheit, die sie einschränkte. Sie selbst hatte mehrfach geäußert, dass ihre Migräneattacken ihr jederzeit einen Strich durch die Rechnung, alle Planungen zunichte machen konnten. Nun war noch ein Magen-Darm Problem hinzugekommen. Zwei Monate war sie deshalb schon zu Haus geblieben, bezog inzwischen Krankengeld, und ob der Arbeitgeber den Ausfall weiterhin mit Fassung tragen würde, war die Frage. Die Auricher Ärzte wussten ihr jedenfalls nicht zu helfen und beschränkten sich darauf, sie krank zu schreiben, wenn es sehr schlimm wurde. Es nützte auch nichts, dass sie nur Kartoffeln aß, ihr Verdauungssystem arbeitete nicht richtig, mit den bekannten Folgen, auch für ihr Immunsystem. Ihre ohnehin schon eingeschränkte Lebensqualität verschlechterte sich dadurch um ein weiteres.

„Wie lang soll die Liste meiner verlorenen Tage noch werden? Am besten einschläfern," meinte sie.

.

Kleiner Noel, ein paar Wochen noch, dann bist du schon ein Jahr alt. Wie eine Robbe robbst du über den Boden von Zimmer zu Zimmer und greifst nach allem, was du findest. Die Frau, die unter dir wohnt, bekommt es zu hören, du hast eine große Ausdauer, mit allem, was dir in deine kleinen, weichen Hände kommt, auf den Boden zu klopfen. Auch die Schubladen hast du entdeckt, und dass sich darin interessante Dinge befinden. Am meisten fesseln dich die Gegenstände, die kein Spielzeug sind: Wäscheklammern, Kabel, Plastikflaschen, Fernbedienung, Lampe, Telefon. Neuerdings setzt du dich von allein auf deine Vierbuchstaben und schwankst dabei wie ein Seemann. Dein Lachen ist allerliebst, wenn deine Mutter mit dir Verstecken spielt oder dein Vater wilder Löwe. Du bist so ganz und gar kein Schreikind, was die Sache noch einfacher macht, bist zufrieden mit dir und der Welt und hast auch wirklich Grund dazu. Deine Mama ist den ganzen Tag für dich da, sie und dein Papa lieben dich über alles. Mit großen Schritten gehst du nun auf deinen ersten Geburtstag zu. Deine ersten Monate auf der Welt hätten nicht besser verlaufen können, haben dich mit Liebe und Wärme umhüllt. Du hast Glück gehabt, kleiner Noel.

Nachdem dir das biologische Leben zuteil geworden ist, kleiner Noel, betrittst du nun die Welt, die sich die Menschen für sich eingerichtet haben. Sie gleicht einem Berg, den es zu besteigen gilt, mit Schluchten und Steilwänden. Es gibt übrigens niemanden, der es schaffen könnte, ihn ganz zu erklimmen. Du wirst lernen müssen, dass vieles ist, was nicht sein dürfte, dass diese Welt alles andere als vollkommen ist.

Aber noch wohnst du in deinem Reich, du wunderbarer König. Milde herrschst du über deine Untertanen, gibst ihnen viele Freiheiten. So dürfen sie mit dir spielen, dich kitzeln, auf den Arm nehmen, mit der Zunge schnalzen, dich liebkosen, auch Faxen machen dürfen sie und Grimassen schneiden. Nachsichtig erträgst du ihre Albernheiten, fährst ihnen liebevoll mit deinen sabbernassen Händen durchs Gesicht. Wenn Besuch da ist, gehört seine Aufmerksamkeit nur dir, gebannt sehen und hören dir alle zu. Immer wieder versetzt du sie in Erstaunen (schau nur, schau, wie er sich am Tisch hochzieht, da, jetzt nimmt er sich die Fernbedienung), und wenn du einmal missgestimmt bist, was du durch Weinen kund tust, erzittern alle und suchen voller Sorge nach der Ursache. (vielleicht ist es der Zahn, oder er hat Bauchschmerzen, vielleicht hat er Fieber)

Nun sitzt du schwankend auf dem Teppich, hantierst mit dem Handy deines Vaters, schaust lächelnd nach oben mit deinen Kulleraugen.

Das Lokal war nicht sonderlich gemütlich: harte, schmucklose Holzmöbel, ein kaum spürbares Heizsystem, aber eben auch eine ausgezeichnet schmeckende Currywurst, zeichneten es aus. Hierher, Zum Hirschen, ging er, wenn er richtigen Hunger hatte. Er hatte bestellt und vertrieb sich die Zeit mit Fernsehen. Dicht unter der Decke, in einer Ecke des Raumes befand sich ein Bildschirm, auf dem eine der täglichen Folgen des abendlichen Vorprogramms lief. Während des Werbeblocks ließ er seinen Blick über die großformatigen Fotos vom weiblichen Personal des Lokals an den Wänden schweifen, zwei junge, hübsche Frauen, blond und brünett, die Schönen des Hirschen sozusagen. Ihm gefiel die Idee, mit kunstvollen Fotos des eigenen Personals das Innere zu schmücken. Es war die große, schlanke Blonde, bei der er bestellt hatte, die ihm nun auch das Essen brachte. Currywurst mit Pommes und Salat und ein Glas Bier. „Guten Appetit." Ja, du Schöne, ganz bestimmt!

An die Stirnseite seines Tisches setzte sich jemand. Mit einem Seitenblick erkannte er den „Spezi" (diesen Namen hatte er ihm gegeben), eine Gestalt, der er schon hin und wieder begegnet und die ihm aufgefallen war. Auch bei „Meta" hatte er ihn schon gesehen, immer allein, ohne Getränk und im Gedränge mal hier, mal dort auftauchend. Einmal, auf einer Veranstaltung in der Markthalle, hatte er mit ihm auch schon einige Worte gewechselt, wodurch sich sein bis dahin optischer Eindruck verstärkte, dass er von der Norm abwich, dass etwas von ihm ausging, etwas Wissendes, das ihm einen Touch von Arroganz gab, ihn irgendwie zu isolieren schien.
„Moin."
„Moin."
„Genau deshalb bin ich auch gekommen," sagte er auf Ulfs Teller deutend.
„Kann ich gut verstehen."
„Solche Interviews sieht man nicht alle Tage," sagte Ulf zum Bildschirm gewandt, wo der Bundespräsident von zwei Journalisten befragt wurde.
„Aber er hat ein dickes Fell, er wird es wohl aussitzen."
Der andere zuckte nicht wissend mit den Schultern.
Während der Bundespräsident erklärte, dass er in keinem Staat leben wollte, in dem man sich nicht von Freunden Geld leihen könne, meinte der andere: „Irgendwie witzig das Ganze, hat etwas von Hexenjagd, ein moderner Pranger. Da lob ich mir meine Anonymität."
Er winkte die Blonde heran. „Hallo Illona, wie immer."
„Obwohl ja, wie ich bemerkt habe, gerade in einer Kleinstadt, wie Aurich, Anonymität eher ein Fremdwort ist, das heißt, Fremdwort schon.., man hat hier das Gefühl, jeder kennt jeden. Wir sind uns ja auch schon begegnet, ich sage nur „Meta".
„Richtig, ich erinnere mich. Spricht für dich, dass du dort verkehrst. Ein kultiger Laden, nicht das Übliche. Ich mag auch nicht jeden Abend zu Hause sitzen. Ab und zu gehe ich auf Tour. Ich glaube, in der Markthalle haben wir uns auch schon gesehen. - Stimmt schon, hier bleibt so leicht nichts verborgen. Aber da draußen, wo sich Hase und Fuchs Gute Nacht sagen, wo wir wohnen, sind wir allein mit unseren Hühnern."
„Hühner?"

„Hühner! Über fünfhundert."

Ulf fand das interessant. „Du hast einen Hühnerhof? Und lebst vom Verkauf der Eier?

Der Spezi nickte.

Ulf betrachtete ihn eingehend. Von der Statur her glichen sie sich, auch in einer gewissen Nachlässigkeit ihrer Aufmachung. Sein blasses, spitzes Gesicht hatte etwas einprägsam Charakteristisches, das ihn besonders machte.

Beim Anblick der Currywurst, die wiederum Illona brachte, erstrahlte sein Gesicht. Ulf wünschte guten Appetit. Im Unterschied zu ihm trank jener Wasser.

„Du bist also in dieser Gegend zu Haus," bemerkte Ulf in die eingetretene Pause, „in der Stille und Beschaulichkeit."

Er nickte. „Entschuldige, beim Essen rede ich nicht gern," sagte er, sich über seine Currywurst beugend. Schweigend aßen sie. Obwohl später angefangen, war der Spezi eher fertig.

„Und du? Bist nicht von hier?!" fragte er seinen leeren Teller wegschiebend.

„Zugereist aus Hamburg," erklärte Ulf, „ich habe hier sozusagen meinen zweiten Wohnsitz."

Der Spezi sah ihn fragend an.

„Meine Partnerin wohnt hier," erklärte Ulf.

„Hamburg!" sagte der Spezi nachdenklich. „Ausgerechnet.., die Welt ist ein Dorf. Ja, auch ich komme von dort, auch ich bin zugereist. Allerdings schon vor zwanzig Jahren."

„Es gibt Zufälle.., was hat dich denn hierher verschlagen?"

Der Spezi sah Ulf lange in die Augen, so als wüsste er nicht, ob er ihm weiteres über sich erzählen sollte.

„Eigentlich wäre es ja ein Grund, darauf zu trinken," sagte er, „aber mit Hamburg und mit Großstädten überhaupt verbinde ich nichts Gutes."

Nun war es Ulf, der ihn fragend ansah.

Der Spezi nahm einen Schluck von seinem Wasser und rückte näher an ihn heran.

„Also gut!" sagte er dann. „Bisher kennt nur meine Frau die Geschichte."

„Wie gesagt," fuhr er fort, „ich bin ebenfalls zugereist, wie du aus Hamburg. Nach dem Tod meines Vaters, der meine Mutter nur um einen Tag überlebte, erbte ich ihr Haus und das Möbelgeschäft, in dem ich schon gearbeitet hatte. Ich war damals Ende Dreißig und glücklich verheiratet. Das Geschäft lief gut, und es stellte sich irgendwann die Frage nach der Verwendung des Geldes. Wir beschlossen, das Geschäft zu vergrößern. Ein Jahr nachdem der aufwendige Umbau abgeschlossen war, eröffnete keine hundert Meter entfernt die Möbelhauskette, Löffler, eine große Filiale. Kurz und gut, wir gingen pleite. Unser Haus, auf das wir eine Hypothek aufgenommen hatten, wurde versteigert. Es blieb uns nichts als Schulden. Beim Geld hört die Freundschaft auf, das ist nichts Neues, aber auch die Menschlichkeit. Von dem Moment an, als feststand, dass wir zahlungsunfähig waren, erlosch jegliches menschliche Interesse an uns, waren wir nur noch Gejagte. Wie Schlachttiere kamen wir uns vor, und ich habe erfahren, wie es säumigen Kunden ging, denen ich als Geschäftsinhaber auf den Fersen war, in manchen Fällen bis zur Zwangsvollstreckung."

„Es geschah mir recht," fügte er sinnend hinzu. „Und ich bin froh, dass es so gekommen ist. Damals aber wusste ich nicht mehr weiter, war im freien Fall." Er machte eine Trinkgeste. „Meine Frau trennte sich von mir, und ich fand mich auf der Straße wieder, wo ich ein halbes Jahr lebte. - Schreckliche, schöne Zeit.. frei wie ein Vogel.. der mit nichts geboren wird, nichts hat, nach nichts fragt.. mit nichts stirbt." Er suchte nach Worten. Seine Augen glänzten. Er schluckte. „Das muss man erlebt haben.. - Dann kam der Winter, und ich habe mich in einen Zug gesetzt, irgendeinen."

„Ganz schön ausgefallen," meinte Ulf darauf. „Und jetzt hast du einen Hühnerhof."

Der Spezi nickte. „Es folgt der zweite Teil der Geschichte."

„Also, da war ich nun. Wie soll ich sagen, der Menschenschlag, das Leben hier war anders, als ich bisher kennen gelernt hatte. Schon nach einer Woche hatte ich ein Dach über dem Kopf und auch ein paar Mark in der Tasche. Vom ersten Augenblick an fühlte ich, dass ich hier die Chance erhielt, ein neues Leben zu beginnen. Als erstes, und von heute auf morgen, fasste ich keinen Alkohol mehr an. Wenn ich zurück denke an alles, fühle ich mich wie Hans im Glück. Ich mache es kurz. Da ich kaum Papiere dabei hatte, klappte es mit der Arbeitssuche erstmal nicht, die Ämter eben. Bis ich einem betrunkenen älteren Herren, der vor mir gestürzt war, wieder auf die Beine half. Das war der Wendepunkt. Dieser hatte kurz zuvor seine Frau verloren und war dadurch aus der Facon geraten, so dass er nicht mehr in der Lage war, seinen Hühnerhof zu versorgen. Er brauchte dringend jemanden. Den Rest kannst du dir denken."

Er lehnte sich zurück und schüttelte wie selbst verwundert den Kopf.

„Jetzt weiß ich, dass mir nichts besseres passieren konnte. Hier habe ich das Leben gefunden, nach dem ich immer gesucht habe, ohne es zu wissen. Ich kann dir nur empfehlen, hier zu bleiben," fügte er nach einer Weile hinzu.

„Schon abenteuerlich," sagte Ulf, den diese ausgefallene Geschichte beeindruckt hatte, „ich kann dich verstehen, das Leben hier ist völlig anders, als in der Großstadt. Aber es kommt immer drauf an. Zu mir kann ich sagen, es geht mir gut, ich fühle mich wohl in Hamburg. Meine Kinder und mein kleiner Enkel leben dort, ich habe dort auch eine sehr schöne Wohnung mit Terrasse und so. - Jedenfalls kann ich mich nicht entschließen, mich von Hamburg zu trennen, nicht auf Dauer, und meine Partnerin nicht von hier."

„Und darum eierst du nun hin und her," meinte der Spezi. „Ich kann dir nur sagen, lebtest du wie ich, würdest du bald merken, dass die Stadt ein großes Irrenhaus ist. Ich könnte dort nicht mehr sein, könnte dort meine Vorstellung von Leben nicht verwirklichen, habe es nie können. Das ist mir klar geworden."

„Und die wären?"

„Frei sein!" war seine Antwort, „dem Kern des Ganzen nah sein. Sich nicht an das anpassen, was man nicht will."

„Verstehe," sagte Ulf, dem nicht danach war, diese Thematik auszuweiten.

„Jetzt habe ich eine Menge von mir erzählt. Was ist mit dir? Was machst du so?"

„Übrigens, Arthur," sagte er und reichte ihm die Hand.

„Ulf. Da gibt es nichts besonderes, ich sehe mir alles genau an," erklärte er und hatte dem festen Händegriff wegen seines verunglückten Zugreifens nicht viel entgegen zu setzen.

„Nichts besonderes, sagst du?" entrüstete sich der Spezi grienend. „ Arbeitest du?"

„Nicht mehr. Hatte einen Job bei der Ausländerbehörde."

„Ach du dicker Vater. Mein Mitgefühl."

„Danke, schon recht, war wirklich nicht immer einfach. Aber durch die Arbeit konnte ich meinen Lebensunterhalt bestreiten und zwei Kinder großziehen, das war für mich das wichtigste."

„Klingt, als wärst du mit deinen Kindern allein gewesen."

„So ist es."

„Ich habe, was Partnerschaft und Frauen angeht, nicht immer die glücklichste Hand gehabt," fügte Ulf hinzu angesichts des auf ihn gerichteten fragenden Blicks. „Aber die Kinder waren da, und sie wurden mir zugeschrieben. Was soll ich sagen? Ich habe den Frauen nicht das erhoffte Glück gebracht und sie nicht mir. Es passte jedes Mal nicht. Wahrscheinlich waren die Erwartungen zu verschieden. Musste wohl erst sechzig werden, um auf den Teppich zu kommen. Na ja, hier in Aurich scheine ich mehr Glück zu haben."

„Sag ich doch! - Tja.. Frauen und Beziehungen.. das ist schon so was.. Ich muss dann mal wieder, die Hühner warten," meinte er dann und gab Ulf mit den Worten, wenn du mal in der Gegend bist, seine Karte. Hof Friesenglück stand da unter einem mit Buntstift angemalten Huhn.

Ulf zahlte ebenfalls.

Sie traten hinaus. „Guck dir das an," entfuhr es Ulf angesichts eines blauschwarzen, von Lichtpunkten durchsetzten Himmels.

„Das ist der Anblick, der die Maßstäbe wieder zurechtrückt," meinte Arthur, „ein paar Kilometer von hier beginnt die Unendlichkeit."

„Ich frage mich immer wieder, was dieser Raum ist, woher er kommt," sagte Ulf, „Urknall, ok, aber damit dieser Knall geschehen konnte, musste doch schon vorher etwas da gewesen sein. Wenn nichts ist, passiert auch nichts, meiner Meinung nach. Aber was ist das Nichts? Ist es auch etwas?"

„Frag mich was Leichteres. Wir sind zu klein, um das zu verstehen," meinte Arthur, „ein Furz der kosmischen Geschichte. Wir leben, wir sterben und werden eins mit dieser Ewigkeit. Nur das ist sicher."

Ulf nickte und zog fröstelnd den Reißverschluss seiner Jacke hoch.

Entgegen ihrer Selbsteinschätzung war Anita nicht völlig unsportlich. Zwar betrieb sie keine Sportart systematisch und interessierte sich auch nicht sonderlich für eine bestimmte, daran hatten auch seine gut gemeinten Ermunterungen und Belehrungen zu mehr Bewegung ab einem gewissen Alter nichts geändert, aber Schwimmen und Radfahren mochte sie, ohne einen gesundheitlichen Zweck damit zu verbinden, nur so, aus Spaß an der Freude.

Also fuhren sie Rad. Heute führte sie ihre Strecke zunächst nach Moordorf, wo sich auch das Moormuseum befand, das sie zunächst besuchten. Die in ihrer Primitivität an Tierhöhlen erinnernden Behausungen der Anfangszeit der Besiedlung ließen sie erschaudern. Was für erbarmungswürdige Zustände damals! Was für ein Privileg war es, später geboren zu sein, in der jetzigen Zeit zu leben. Diese Erkenntnis nahmen sie mit auf ihre weitere Fahrt

Sie fuhren durch Wiesen und Felder, vorbei an seltener werdenden Häusern und Höfen. Dann bogen sie nach einer längeren Strecke auf einer Landstraße in einen Feldweg ein und von diesem in einen nur für Landwirtschaftsfahrzeuge freigegeben Weg, der schier endlos und zum Schluss als Pfad mehr oder weniger durch eine nahezu unbewohnt ländliche Idylle führte. Ulf hielt dabei Ausschau nach einem bestimmten Hühnerhof.

Tatsächlich tauchte hinter einem Waldstück eine große, von Hühnern bevölkerte Fläche auf. Gleich rechts von ihnen, direkt am Waldrand, stand eine große wellblechgedeckte Scheune, aus der mit einer beladenen Schubkarre eine Gestalt heraus kam, in der er Arthur erkannte, der nun die Karre abstellte und Ulfs Winken erwiderte. Er kam ihnen entgegen und öffnete die Pforte.

„Hoher Besuch," sagte er strahlend und schüttelte besonders herzlich Anitas Hand.

„Also hierher hat dich das Schicksal verschlagen. Schön hier." Ulf ließ seinen Blick über das Gelände schweifen. „Ganz schön groß."

„Allerdings. Vier Hektar insgesamt, dort bis zum Zaun und dort bis zum Waldrand. Für über fünfhundert Hühner braucht man diese Fläche auch schon." Mit ausholenden Armbewegungen beschrieb ihnen die Grenzen des Areals, auf dessen östlicher und südlicher Seite sich eine unübersehbare Anzahl des Federviehs verlustierte, während die westliche Seite durch einen Zaun abgetrennt und völlig leer war.

Ulf fragte nach dem Grund dieser Einteilung, wenngleich er die Antwort eigentlich schon zu kennen meinte.

„Auf der freien Fläche habe ich Gras neu angesät und ein paar Büsche dazugepflanzt. Die Hühner lieben es zu scharren und haben den Teil in eine Sandwüste verwandelt. Nächstes Jahr dürfen sie wieder dorthin, und dann säe ich hier wieder neu an. Das wiederhole ich reihum jedes Jahr. – Tja.., leider müsst ihr erstmal mit mir vorlieb nehmen, Franzi kommt erst so gegen vierzehn Uhr. Aber dafür sind Wilke und Uda ja da," sagte er, als im gleichen Moment ein Junge dunkler Hautfarbe und ein größeres Mädchen aus dem vorderen Teil der Scheune gelaufen kamen.

„Papa! Er soll mir meine Schuhe wiedergeben!!" keuchte das Mädchen. Tatsächlich steckten die Füße des Jungen in hochhackigen Pumps. Er lief lachend weiter, das Mädchen hinterher.

„Wilke!!" rief Arthur sehr streng, aber der Junge hörte nicht, stolperte weiter über das Kopfsteinpflaster und stürzte zu Boden, als er mit dem Absatz des linken Schuhs, der abbrach, in einem Gitterrost hängen blieb.

„Du blöder Esel!!! Guck, was du gemacht hast," schrie das Mädchen, indem es den kaputten Schuh hoch hielt.

Arthur hob den Jungen auf, dem wie durch ein Wunder offensichtlich nichts passiert war, und sagte ihm ein paar eindringliche Worte.

„Papa!!" rief das Mädchen mit Tränen in den Augen.

„Zeig mal Uda," sagte Arthur tröstend, nahm den Schuh und den dazugehörigen Absatz, den Ulf aufgehoben hatte, „das ist nicht so schlimm. Ich mach ihn dir wieder ganz."

„Und du Freundchen," wandte er sich an den Jungen, „wirst mir dabei helfen."

Darauf beruhigte sich das Mädchen nur wenig und schubste den Jungen.

„Das sind sie, meine Kinder, kommt mal kurz her zum Gutentagsagen. Uda und Wilke. Na, Wilke, langweilst du dich? Dann kannst du ja schon mal ein paar Eier einsammeln."

„Kommt," sagte er, „wir gehen mit ihm, und Ihr könnt Euch alles mal anschauen."

Sie gingen durch eine Pforte im Zaun um das Haus herum mitten durch die gackernd flüchtenden Hühner und dann durch eine Tür in der Scheune, aus der ein unangenehmer Geruch kam.

Anita und Ulf verzogen das Gesicht.

Sie betraten einen großen hallenartigen, vom Gegacker des Federviehs erfüllten Raum, in dem die hintereinander schräg ansteigenden Sitzstangen mit den darunter befindlichen, mit Drahtrost versehenen Behälter, die Hühnerklos, auffielen. Darüber und dahinter befand sich eine Vielzahl mit Streu und Gras ausgelegter Fächer, die Nester. Wilke erklomm die Leitern zu ihnen und sammelte die Eier unter Protest der dort zuweilen sitzenden Hühner in die oben angebrachten Gefäße.

„Im Gegensatz zur industriellen Eierproduktion fallen die Eier hier nicht auf ein Laufband, bei uns wird alles von Hand gemacht" erklärte Arthur. Wie sie erfuhren, betrug die Ausbeute täglich etwa dreihundert Eier.

„Leben können wir davon nicht," meinte er, „ die Kosten für die Unterhaltung des Ganzen fressen fast alles auf. Ohne Franziskas Einkommen könnten wir unseren Lebensunterhalt nicht bestreiten."

„Eigentlich lohnt sich dann ja das Ganze nicht," sagte Anita in ihrer direkten Art.

„Na ja, nicht ganz," entgegnete Arthur, „ein bisschen bleibt schon übrig. Wir machen hier ja alles selbst, sparen so auf der anderen Seite. Außerdem leben wir genügsam, kommen mit wenig aus."

„Was ist das?" fragte sie auf einen größeren Behälter deutend.

„Das ist das Silo mit dem Futter. Die Hühner brauchen täglich ungefähr fünfundvierzig Kilo Körnerfutter, im Winter mehr."

„Möchtet Ihr wohl ein paar Küken sehen?" fragte Wilke und führte sie hinter das Silo. Dort in einer versteckten Ecke saßen eine Glucke und an sie gedrängt drei kleine gelbe, piepsende Federbälle.

„Das ist Anette," erklärte Wilke, „sonst legt sie Eier zum Essen, aber manchmal kommen auch Küken, dann hat Fridolin mitgemischt. Nur wenn der mitmischt, kommen welche. Stimmt´s Papa?"

„Richtig, und er beschert uns zu unserer Freude regelmäßig weiblichen Nachwuchs".

Sie betrachteten die kleinen Wesen, die sich schutz- und wärmesuchend an ihre Mutter drückten.

„Sind die süß!" rief Anita aus, und Arthur begann von Naturbrut und der Art der Fütterung zu erzählen.

„Deinen Hühnern hier scheint es richtig gut zu gehen, als freuten sie sich ihres Lebens," bemerkte Ulf.

„Sie leben halt artgerecht," erklärte Arthur.

„Was ja nicht für alle Hühner und Nutztiere hierzulande zutrifft, wie man auch als unbedarfter Verbraucher weiß. Erschreckend, was da passiert."

„Alles gesetzlich geregelt," kam es zurück.

„Stimmt es eigentlich, dass bei uns jährlich 50 Millionen männliche Küken im Schredder landen, weil sie keine Eier legen und zu wenig Fleisch ansetzen? Ist das so?"

Arthur nickte. „Geschreddert oder vergast, alles im Einklang mit dem Gesetz."

„Wen wundert`s? Das industrielle Töten hat ja hierzulande Tradition. Entschuldige, ich kann diese Skrupellosigkeit nicht verstehen und dass es nicht unter Strafe steht. Wie handhabst du das?"

„Das ist schon ein Problem, aber ich produziere kein Fleisch, ich verkaufe nur Eier. Wir brauchen nicht viel Nachwuchs und wenn, muss Fridolin ran. Wir behalten sowohl die männlichen wie die weiblichen Küken. Insgesamt habe ich jetzt vierzehn Hähne, die in einer Extraabteilung gehalten werden. Dadurch werden unsere Eier natürlich etwas teurer, aber es gibt Gott sei Dank Verbraucher, die die Eier aus den Legebatterien nicht wollen."

„...wo die Tiere nichts als Kapital sind, das Zinsen abzuwerfen hat." ergänzte Ulf. Er wollte Arthur noch fragen, wie das eigentlich war mit den Hühnern und dem Eierlegen, aber da trat von hinten eine Frau hinzu, zu der Arthur, sie küssend, „hallo Franzi" sagte und in der Ulf jene Frau wieder erkannte, mit der er damals die Kirschen gestohlen hatte. Er war derart vom Donner gerührt, dass er zur Begrüßung kein Wort herausbrachte, vergaß, ihr die Hand zu geben, als Arthur sie miteinander bekannt machte. Er starrte sie an, es gab keinen Zweifel, sie war es, sogar dieselbe Wolljacke hatte sie an, nur ihr Haar trug sie anders und hatte eine andere Farbe. Sie begrüßte ihn freundlich ohne das geringste Zeichen eines Wiedererkennens. Sogleich wandte sie sich Wilke zu, der sich an sie schmiegte. Sie fuhr ihm durch sein krauses Haar.

„Na Wilke, zeigst du dem Besuch unsere Hühnerfarm, das ist gut. Schaut Euch nur alles an, ich mach schon mal Tee," mit diesen Worten wandte sie sich um.

„Franzi, ganz kurz, hast du..?" sagte Arthur, worauf sie vielsagend nickte bevor er zuende gesprochen hatte, was ihn über die Maßen zu freuen schien.

„Deshalb bin ich früher gekommen, um dir die gute Nachricht zu bringen," meinte sie. Aufgekratzt, wie beflügelt durch ihre Antwort, erklärte Arthur ihnen dann Einzelheiten über die Fütterung und Tränke der Hühner. Nichts in dem Stall war automatisiert, alles geschah in Handarbeit. Um die Hühner mit Wasser zu versorgen, hatte er ein Rinnensystem konstruiert, das von ihm nur noch das Auf- und Zudrehen von zwei Wasserhähnen verlangte

Es war ein Fulltimejob, wie er sagte, auch samstags und sonntags, ohne den das Ganze nicht aufrecht zu erhalten war.

Draußen, auf dem großen eingezäunten Areal tummelte sich gackernd eine unübersehbare Zahl von Hühnern. Durch Luken an der Seite des Stalles marschierten sie ein und aus. Man musste kein Experte sein, um zu erkennen, dass die Tiere hier ganz nach ihrer Art lebten.

„Ich glaube von mir sagen zu können, dass ich Tierfreund bin, aber zu Marder, Fuchs und Habicht habe ich ein gespanntes Verhältnis," sagte er unvermittelt ernst.

Den restlichen Rundgang erlebte Ulf nur am Rande. Der Gedanke an Franzi beherrschte ihn völlig. Er konnte es nicht fassen. Die Verrückte von damals…, wie war das möglich?

Beunruhigt und gespannt sah er dem Tee entgegen, von dem er sich Erkenntnisse, wenn nicht Aufklärung versprach.

Es gab ihn in einer in seiner Enge und Einfachheit an Räumlichkeiten des Moordorfer Museums erinnernden Wohnstube.

„Hier ist alles alt," erklärte Arthur, „ wir haben alles so gelassen, wegen Enno, Franzis Vater, er kann sich nicht mehr an Veränderungen gewöhnen." Und zu Ulf gewandt, „ich habe dir erzählt, mein Wendepunkt."

„Einen Fernseher werdet ihr hier nicht finden," fuhr er fort. „Wir fühlen uns auch ohne wohl. Wir haben Radio, Telefon, Kühlschrank, und Waschmaschine, mehr brauchen wir nicht."

„Aber bald kriegen wir noch einen Computer," warf Uda ein.

Franziska nickte, „ja, den haben wir ihm abgerungen, im Gegenzug mussten wir das Thema Fernseher für erledigt erklären, das war ein hartes Stück Arbeit." Sie wischte mit dem Handrücken über ihre Stirn. „Auch, wenn wir hier draußen leben, können wir uns doch nicht völlig von allem abschneiden. Das möchte ich nicht, das ist auch nicht gut," meinte sie.

„Außerdem, kann man das Fernsehprogramm auch im Computer sehen," bemerkte Uda, was Arthur aufhorchen ließ.

„Diese Zeit ist nun mal so," wandte sich Franziska mehr an Anita und Ulf, „ein Kind, das sich nicht mit Computern auskennt, ist heutzutage benachteiligt. Auch die Schulen haben doch ihren Unterricht entsprechend ausgerichtet. Früher mussten wir uns für ein Referat noch durch verschiedene Bücher wühlen, heute wird gegoogelt. Es wäre unverantwortlich, einem Kind nicht den Zugang dazu zu ermöglichen, nicht zuletzt im Hinblick auf Ausbildung und Beruf. Heutzutage ist doch das Leben ohne Computer nicht mehr denkbar."

„Das alles sind vordergründige Vorteile," bemerkte Arthur „am Ende werden wir anfälliger, abhängiger, entfremden, du kennst meine Meinung. Außerdem.."

„Allerdings, ich kenne sie und verstehe dich, und das gleiche Verständnis erwarte ich von dir," fuhr ihm Franzi barsch dazwischen. „So ist das, wenn man eine Familie hat, man muss Kompromisse schließen, ganz besonders, wenn da noch Kinder sind, die sich ja mit der Welt auseinandersetzen müssen und nicht nur Hühner im Kopf haben können. Du musst lernen, dass man sein Lebensmuster nicht auf andere übertragen kann, schon gar nicht, wenn es so ausgefallen ist. Wenn du in eine der Höhlen des Moormuseums ziehen willst – bitte! Ohne mich! - Ehrlich, wir leben bescheiden genug. Was spricht dagegen, sich das Leben ein bisschen angenehmer zu machen?" schloss sie mit einer unerwarteten Milde in ihrer Stimme.
Sie seufzte und strich Arthur mitleidig über die Wange. „Männer sind manchmal wirklich schwierig," wandte sie sich an Anita.
„Wem sagst du das!" sagte Anita und strich nun ihrerseits Ulf über die Wange.

Ulf war währenddessen zu der Ansicht gelangt, dass es sich bei dieser Franzi nicht um seine von früher handeln konnte, sondern um eine Doppelgängerin mit gleichem Namen. Diese sah zwar genauso aus, war aber vom Charakter her ganz und gar nicht mit seiner zu vergleichen. Diese schien zu den vernunftsbegabten Frauen zu gehören, mit praktischem Lebenssinn, die sich verantwortlich fühlten und entsprechend handelten, Eigenschaften, die auf seine Franzi eindeutig nicht zutrafen. Andererseits war die Ähnlichkeit frappierend: ihr Gesicht, ihre Augen, die Sprechweise, ihre Art zu lächeln, sogar an die Jacke erinnerte er sich. Er wusste einfach nicht, was er denken sollte.
„Gemütlich habt ihr es hier," bemerkte Anita, „nur etwas abgelegen."
„Na ja, wir sind es ja nicht anders gewohnt," antwortete Franziska während sie den Tee einschenkte und die Kluntjes reichte, „bis auf Arthur sind wir alle hier geboren, in diesem Haus, aber manches ist umständlich, das ist schon richtig, besonders für die Kinder. Ohne Auto ist man hier aufgeschmissen, im Grunde bräuchten wir ein zweites, nicht wahr, Arthur?" Arthur regte sich nicht.
„Wir arbeiten dran." Sie sah auf die Uhr und entschuldigte sich.
„Und wie ist es für Euch, hier draußen zu wohnen?" wandte sich Ulf an die Kinder.
„Im Winter ist es hier abends immer überall ganz dunkel, und das ist dann manchmal auch etwas unheimlich," meinte Uda. „Und zu meinen Freundinnen ist es auch immer eine Weltreise. Aber ich mache ja bald meinen Mofaführerschein. Später möchte ich auf jeden Fall in der Stadt wohnen, wo es nicht dauernd nach Gülle riecht und wo man auch mehr Abwechslung hat."
„Das kann ich gut verstehen," sagte Anita, „im Winter ist es bestimmt schwierig, besonders, wenn noch Schnee dazu kommt. Aber die schöne Natur gibt es in der Stadt nicht, und es ist dort auch alles viel unpersönlicher. Jedes hat seine Vor- und Nachteile."
„Ich bin deshalb sogar schon ein paar Mal nicht zur Schule gekommen, weil der Schnee so hoch lag." Uda zeigte es mit ihrer Hand, und sie sahen sie mitleidig an.
„Und du?" wandte sich Ulf an Wilke.
„Ich möchte immer hier bleiben. Hier ist es schön, und ich kann immer meinem Papa

helfen," war die Antwort.

„Und, Ihr schmeißt den Laden hier ganz allein?" meinte Anita.

Arthur nickte, strich Wilke über den Kopf. „Ohne Wilke würde ich es nicht schaffen. Früher war es Enno, der mitgeholfen hat."

Als wäre das Stichwort gefallen, war hinter der Tür ein Rumpeln zu hören, und Franziska schob einen alten Mann im Rollstuhl ins Zimmer.

„Hier ist Enno, mein lieber Vater," sagte sie mit lauter Stimme. „Papa, schau, da ist unser Besuch."

Er war, wie sie erfuhren, seit seinem Schlaganfall teilweise gelähmt und hatte auch Schwierigkeiten beim Essen und Sprechen.

„Hast du geschlafen, Enno?" sagte Arthur und steckte ihm eine Serviette in den Hemdkragen. Dann erhielt er Tee aus einer Schnabeltasse.

„Du Franzi.., und der Preis.., über unserem Limit?" meinte Arthur unvermittelt.

Sie antwortete mit einem Nicken, worauf er „du bist wunderbar" ausrief und sie überschwenglich küsste.

„Es geht darum, dass wir einen neuen Abnehmer für unsere Eier gefunden haben," erklärte sie, „Vitamin B sei dank."

„Enno! Hast du gehört, wir sind gerettet! Deine Tochter hat uns gerettet." Arthur umarmte innig den alten Mann.

Sie blieben länger als geplant. Für das ursprüngliche Ziel ihrer Fahrt, „das Ewige Meer," reichte die Zeit ohnehin nicht mehr.

.